나답게 산다

나답게 산다

지은이 **신희지**

우리 시대 문화예술인들이 말하는 **나답게 사는** 20 가지 **방법**

꿈의지도

Prologue

한 사람이 살아온 삶의 이야기를 듣는 일은

여러 권의 책을 읽는 것 이상의 큰 울림을 갖는다.

자기 분야에서 한 획을 그은 사람들!

그들의 삶을 통해 나는 (혹은 우리는) 왜 아직 인생에서 도달하고 싶었던

어떤 지점에 이르지 못했을까, 돌이켜보았다.

도달하고 싶었던 그곳은 먼 꿈이었을까, 신기루였을까 다시 생각한다.

그들은 한결같이 말했다.

더 외로웠어야 했다고.

내 안의 나와 더 많은 말을 했어야 했다고.

지독히 외로운 순간에도 긍정적이면 되는 거였다고.

나는 사랑하는 내 아들 후와 윤 또래의 친구들에게 말하고 싶다.

어떠한 경우에도, 무엇 때문에라도 슬퍼할 필요는 없다고.

우리는 모두 우리답게 살면 되니까!

그냥 놀지만 부단히 놀고

삐뚤게 보지만 즐거운 상상을 하고

나누고 싶은 것은 나의 마음 가는 대로 나누고

누가 뭐라고 하기 전에 내가 나에게 주문하고 가열차게 해보고 긍정하면 된다고.

그리고 외로움이 실은 우리에게 큰 보물이라고!

이 책은 홀로 쓴 것이 아니고 함께 쓴 책이다.

자신의 삶을 기꺼이 드러내주신 스무 분과 사진을 허락해주신 모든 분들께

감사드린다.

가족에게도 친구에게도 선후배님께도 그리고 항상 곁에 있어주는

지리산 식구들에게도 고맙다는 말을 하고 싶다.

꿈의지도 김산환 대표님과 윤소영 팀장님 덕분에

이제야 이 책을 내밀 수 있게 되었다.

생각해보니, 지리산이 있어서 가능한 일이었고

섬진강이 있어서 버틸 수 있는 시간이었다.

찡한 고마움이 머리를 숙이게 한다.

나답게 산다

Contents

Contents

남 눈치 보지 말고 소신껏 ;

개그우먼 **김미화**

묘비명에 '웃기고 자빠졌네'를
새기는 그날까지

김미화, 그녀는 사람들을 웃게 하기 위해서 세상의 아픈 곳을 본다. 아픈 사람들이 웃을 수 있어야 진정한 웃음이기 때문이다. 그녀도 누구보다 많이 아파본 사람이다.

사람들은 유명하거나 부자면 힘들지 않을 거라 막연히 짐작한다. 하지만 가진 게 많을수록 책임도 크고 부담도 많다. 더구나 그녀처럼 사회적 발언을 하는 연예인의 경우에는 쏟아지는 온갖 비난의 화살도 맨몸으로 받아낼 각오를 해야 한다. 대한민국 사회에서 조용하고 무난하게 방송 생활을 하기는 애초에 글렀단 소리다. 그러나 그녀는 기꺼이 돌두성이 가시밭길을 마다하지 않는다.

2010년 블랙리스트 파동이 나면서 그녀는 8년간 진행을 맡았던 라디오 프로그램에서 강제 하차했다. MBC 라디오의 《세계는 그리고 우리는》은 청취율 높은 인기 프로그램이었다. 그러나 결국 그녀는 본인의 의지와 상관없이 진행자 자리에서 물러나야 했다. 한 사람의 사회적 생명이 짓밟힌다는 것은 단순히 일을 그만두는 차원이 아니었다. 더구나 블랙리스트의 진위 여부를 두고 다퉈야 하는 현실은 하루하루가 지옥이었다.

그녀는 몸과 마음이 다 아팠다. 사람이 무서웠고 어떻게 살아야 할지 막막했다. 자신의 의지와 상관없이 예기치 않던 상황이 계속 만들어졌다. 처음엔 싸우기도 하고 저항도 해봤다. 하지만 별 소용이 없었다. 아침마다 자신의 하차를 막겠다고 온몸으로 싸우는 젊은 피디들의 눈물을 지켜봐야 했다. 그것은 자신이 아픈 것보다 더 괴로운 일이었다. 거짓과 탐욕으로 가득한 사람들의 민낯을 보는 것만으로도 고통스러웠다. 누군가의 욕심 때문에 희생당하는 많은 사람들을 매일 매일 목격했다. 부당함과 불합리함을 직면한다는 것은 생각보다 참기 힘든 고통이었다.

'그래도 아직 모든 게 끝난 건 아니다, 이게 끝은 아니다'라는 생각으로 버텼다. '내가 패배한 사람은 아니다'라고 믿으며 마음을 추슬렀다. 무엇보다 가족에 대한 책임감이 그녀를 단단하게 잡아주었다. 그녀가 우울하면 남편도 우울하고 아이도 우울하고 친정어머니 시어머니 모두 우울해졌다. 그들을 마냥 힘들게 놔둘 수 없었다.

"돌아보니 참 감사한 일이었어요. 잘린 덕분에 집에서 쉴 수 있었으니까요. 남편과 오래 시간을 보낼 수도 있었고 동네를 돌아다니며 산책할 여유도 가질 수 있었어요. 게다가 덕분에 대학원 박사과정까지 등록할 수 있었잖아요."

그녀는 슬플수록 긍정의 기운으로 자신을 다잡아 세운다. 긍정의 기운은 결국 자신을 기쁘게 하고 가족들을 다시 살게 만든다. 똑같은 상황도 어떤 눈으로 보느냐에 따라 전혀 다르게 보이는 법. 그게 마법 같은 삶의 힘이다.

긍정의 기운을 입히면 힘들었던 유년의 기억도 추억이 된다. 어린 시절, 폐병에 걸린 아버지를 간호해야 했던 소녀는 현실을 잊고 싶었다. 목이 마르면 기침이 더 심해지는 아버지의 입에 젖은 가제수건을 물려주고 집 밖으로 나돌았다. 철부지 어린 아이였던 김미화. 그녀는 동네에서도 이미 연예인이었다. 유명한 코미디언이 될 거라는 자부심과 상상에 사람들 앞에만 서면 익살스런 재간둥이가 됐다.

그녀가 살던 곳은 가난이 지천인 동네였다. 거의가 일용직 노동자들이었던 동네 사람들은 밤이면 모두 지쳐서 집으로 돌아왔다. 피곤함에 절은 몸이었지만, 그래도 저녁이 되면 좁고 갑갑한 집을 벗어나 하나둘씩 동네 가운데 평상으로 나와 쉬었다. 그러면 어린 김미화는 어른들 앞에서 마이크를 들고 가수 이미자 노래도 하고 배삼룡, 구봉서, 이주일 등등 코미디언 흉내도 냈다. 힘든 표정으로 나왔던 사람들이 배를 움켜쥐며 웃었다. 그녀는 사람들이 웃는 모습만 보면 덩달아 신이 났다. 집에는 아픈 아버지가 있고 저녁 땟거리가 걱정일 만큼 가난했지만 웃음이 넘쳤다. 그 시간만큼은 더없이 행복했다.

그녀를 위해 전파사 아저씨는 마이크를 만들어주었다. 비만 오지 않으면 날마다 동네 쉼터에 나가 재롱을 피웠다. 어른들은 어린 김미화에게 장에서 팔다 남은 자두를 주기도 하고 오이를 주기도 했다. 그때부터였던 것 같다. 이웃과 함께 무언가를 나누는 재미를 안 게. 이다음에 돈을 많이 벌면 맛있는 음식도 나눠먹고 좋은 옷도 나눠 입고 멋진 집에서 다함께 살아야지, 어려운 사람들도 다 도와줘야지. 상상만으로도 즐거웠다. 그러니 그녀가 지금 어려운 사람들 편에 서서 사회적 발언을 하는 것은 어릴 때부터 꾸어오던 꿈의 연장이다.

김미화는 자신이 어떤 이념이나 사상을 가진 사람이라고 분류되는 것에 동의하지 않는다. 누군가 자신의 사상을 묻는다면 오직 '상식'이라고밖에 말할 수 없다. 그녀가 원하는 건 어렵고 복잡한 게 아니다. 상식적인 세상, 그게 전부다. 무엇을 하든지 이것이 상식적인 행동인가 아닌가는 그녀의 기본적인 판단 기준이다. 자신에게 이익이냐 아니냐를 따지는 것보다 더 우선되는 기준. 그게 바로 상식이다.

대한민국 사회에서는 연예인이, 방송인이, 자신의 정치적 소신을 드러내는 것을 못마땅해하며 금기시한다. 마치 어느 한쪽으로 치우쳐 균형을 잡지 못하는 사람으로 여기는 경향도 있다. 그러나 자기 생각 없이 중립만 지키는 게 마땅하고 옳은가? 가치 판단을 외면하거나 양비론자라면 모를까 진정한 중립이란 게 가능한가? 그녀는 있을 수 없는 일이라고 살며시 고개를 젓는다. 이도 저도 아닌 중립이란 사실은 무관심이거나 회피다.

사람들은 곧잘 김미화를 오프라 윈프리에 빗댄다. 과분한 비유라 생각하지만 배울 점은 분명히 있다. 진짜 자신을 오프라 윈프리만큼 대단하고 여겨서가 아니라 언행이 일치하는 방송인으로서 오프라 윈프리를 닮고 싶기 때문일 터. 실제로는 어린 시절 지독하게 가난했다는 것을 빼면 오프

라 윈프리와 크게 닮은 구석은 없다. 하지만 진짜 한국의 오프라 윈프리가 되고 싶은 꿈이 그녀에게 있다. 오프라 윈프리는 자신의 생각을 어떤 이익에 결부하여 말하지 않는다. 자기 행동의 동기를 돈에 의해서 결정하지 않고 일과 사생활에 있어 한쪽으로 치우치지 않으려 한다. 무엇보다 꿈을 이루기 위해 쉬지 않고 노력한다. 그런 면에서 김미화는 한국의 오프라 윈프리가 되고 싶다.

사람들은 그녀를 향해 정치적이라고 말한다. 어떤 사람들은 김미화가 정치판으로 나가는 게 아니냐고 묻기도 하고, 모든 발언이 정치를 하기 위한 포석이라고 비난하기도 한다. 또 어떤 사람들은 정치를 진짜 해보라고

나답게
산다

권하기도 한다.

김미화는 시사프로그램을 8년이나 했다. 그녀가 다룬 것이 정치였을 뿐, 자신은 정치인이 아니며, 정치인이 될 생각도 없다고 말한다. 시사프로그램을 진행하는 동안 그녀는 정확한 목적이 있었다. 보통 사람들을 위한 방송, 전문적인 지식이 있는 사람들만 들을 수 있는 어려운 방송이 아니라 쉽게 알아들을 수 있는 시사방송을 해야겠다는 것. 그 다짐 하나로 시작했다. 코미디언이라는 직업이 '쉬운 시사 방송'이라는 콘셉트에 장점으로 통했다. 유식한 전문가가 세상사에 대해 전문용어를 써가며 전문적으로 말할 때, 그녀는 일반인의 시각에서 일반 청취자가 궁금해할 만 한 것들을 망설이지 않고 솔직하게 물었다.

"그래서 그게 뭐죠? 그게 왜 그런 거죠? 그 말이 무슨 뜻이에요?"

2003년 시사프로그램을 하자고 권유가 들어왔을 때 김미화는 코미디언이 무슨 시사프로그램을 진행하겠느냐고 거절했다. 그때 그녀는 성균관대에 입학하여 사회복지학을 공부하는 3학년 학생이었다. 기획 피디는 그녀에게 사회복지 실현을 위해 공부하는 것도 좋지만 방송을 하는 것도 어떻게 보면 더 넓은 의미의 사회복지 아니냐고 설득했다. 어려운 사람들에게 '용기를 내라'고 말하는 일, '우리가 세상을 살 만하게 만들어 가자'고 말하는 일. 방송을 통해 그런 말을 할 수 있다는 것이 김미화에게 가슴 뛰는 작은 설렘을 주었다.

사람들을 위로하고 즐겁게 해주는 시사프로그램을 만들어야겠다는 생각에 몇 개월 고민하다 진행자 자리를 받아들였다. 코미디언이 진행하는 시사프로그램. 사람들은 낯설어했지만, 낯선 만큼 관심을 불러일으켰고 피디의 예상은 적중했다. 시사프로그램은 재미없다는 고정관념을 깨고 재미있는 시사프로그램이 탄생했다. 그녀의 바람처럼, 방송을 듣고 위로와 용기를 얻었다는 보통 사람들의 후기를 많이 받았다. 코미디를 할 때처럼 시사방송도 그녀에게 큰 보람을 안겨주었다. 힘들고 어렵고 소외된 사람들도 방송을 통해 울고 웃을 수 있다면 그녀는 그걸로 충분했다.

블랙리스트 파동 이후 정규방송을 그만두고 2011년부터 《나는 꼽사리다》라는 팟캐스트를 했다. 경제전문가인 선대인, 우석훈과 인기 팟캐스트 《나꼼수》의 정치비평가 김용민이 함께였다. 쟁쟁한 전문가들 사이에서도 김미화는 기죽지 않고 큰누나의 면모를 과시했다. 새로운 장르인 팟캐스트까지 섭렵한 것. 개그우먼에 대한 편견을 깬 그녀는 자신만의 특별한 아우라를 만들어냈다.

그녀가 편견을 깬 건 코미디를 할 때부터였다. 70~80년대 먹고 사는 일이 급했던 그 시절, 사람들의 시련을 달래준 것은 코미디였다. 그런데 코미디를 통해 위안을 받은 사람들이 아이러니하게도 코미디는 저질이다, 라는 말을 많이 했다.

"나는 정면으로 맞서고 싶었어요."

예전에 코미디 녹화는 방청객 없이 비공개로 촬영했다. 관객을 두고 해도 억지웃음을 지시해서 끌어내는 경우가 많았다. 그녀는 처음으로 관객이 직접 보고 현장에서 자연스럽게 웃는 코미디를 시작했다. 가짜 웃음을 방송 중간에 끼워 넣는 게 아니라 진짜 웃음을 넣고 싶었다. 관객을 직접 상

대해야 하니 냉혹한 평가도 견뎌야 했고, 더 많은 연습도 감당해야 했다.

<쓰리랑 부부>의 순악질 여사는 그렇게 만들어졌다. 서민들의 애환을 담은 현실 코미디를 하면서 서민의 마음을 말과 연기로 표현하려고 애썼다. 그녀는 우리 코미디가 개그로 한 차원 변화를 맞는 시점에 큰 역할을 담당했다. 코미디가 저질이 아니라는 것을 보여줬고 시사프로그램은 전문인이 맡아서 해야 한다는 고정관념도 보란 듯이 깨트렸다. 여자라서, 나이가 많아서, 웃기는 사람이라서 안 된다는 온갖 제약을 통쾌하게 부숴버렸다. 웃기는 사람이 우스운 사람은 아니라는 걸 보여줬다. 제약을 제약이 아닌 것으로 만들었다. 그러더니 마침내 결혼과 남자에 대한 편견도 가뿐하게 깨버렸다.

첫 결혼에 실패했고 이혼했다. 나머지 인생에 꼭 남자가 필요하지는 않다고 마음을 닫았던 그녀. 남자는 다 거기서 거기라고, 결혼은 한 번으로 족하다고 공공연히 말했다. 그러나 이제는 그런 말들도 다 사람에 따라 다르고 인연에 따라 다르다는 것을 알게 되었다.

결혼에 대한 편견을 깨도록 도와준 이는 윤승호 교수다. 2008년 성균관대학교 스포츠과학부 교수로 있던 윤승호와 그녀는 다시 결혼했다. 가수 홍서범의 친구였던 그를 자연스럽게 만나 결혼에까지 이르게 된 것. 누군가는 '아직 멀었다. 더 살아봐라'라고 더러 이야기한다. 하지만 결혼생활이 오래되면 애정도 식게 마련이라는 말 역시 또 다른 편견이 아닐까, 그녀는 의심하는 중이다. 마음이 맞으면 살수록 더 정이 깊어지는 관계도 있기 마련이니까. 윤승호 교수는 스포츠뿐만 아니라 음악에도 재능이 있어 호세윤 밴드를 만들어 활동하고 있다. 남편은 음반기획자로, 그녀는 음반제작자로 함께 일하면서 <빈손 콘서트>를 열기도 했다. 누구나 부담 없이 음악을 즐기러 오라는 뜻으로 붙인 이름이다. 부부가 좋아하는 신영복 선생 시에서 착안했다.

빈 손
\
물건을 갖고 있는 손은 손이 아닙니다
더구나 일손은 아닙니다
갖고 있는 것을 내려놓을 때
비로소 손이 자유로워집니다
빈손이 일손입니다. 그리고 돕는 손입니다

_신영복

그녀는 자유롭고 싶고 가진 것을 나누고 싶고 누군가를 돕고 싶다. 그녀의 중심에는 늘 사람이 있다. 그래서 평소 정치·사회적인 자신의 생각도 소신껏 말하는 편이다. 미군에 의해 희생당한 미선이·효순이 사건부터 이라크 파병 반대, 호주제 폐지까지 솔직한 자신의 생각을 말하는 데에 주저하지 않았다. 크레인 꼭대기에 올라가서 한진중공업 해고사태를 되돌리기 위해 생존 투쟁을 하던 김진숙 씨에게 다가가 그 불안함과 외로움을 위로하기도 했다. 녹색연합, 유니세프, 국가인권위원회 등에도 형식적으로 이름만 올리고 마는 게 아니었다. 그녀가 적극적인 참여와 활동을 하는 단체만도 수십 개에 달한다. 2016년 박근혜 퇴진 촛불집회 때도 당연히 함께 했다. '개그우먼 주제에 왜 저래?' 사람들이 이러쿵저러쿵 떠들어도 개의치 않으려고 노력한다. 사람들의 시선보다 더 중요한 건 자신이 옳다고 생각하는 가치다. 누군가는 그녀를 '좌파'라고 한다. 김미화를 무슨 파로 정해 가두는 건 우스운 일이다. 만약 그녀를 무슨 파로 단정하고 싶다면 난 그녀를 인파(사람파)라고 부르고 싶다. 그녀의 모든 가치판단의 중심에는 언제나 사람이 있으므로.

사람에 대한 그녀의 생각 뿌리에는 언제나 어머니가 있다. 힘든 생활 속에서도 자식을 버리지 않고 산 김미화의 어머니. 많이 배우지도 못했고 보따리 장사에, 해장국집까지 하며 어렵게 살아온 어머니였지만 늘 어려운 사람들을 도와야 한다고 말씀하셨다. 어머니의 말씀은 알게 모르게 그녀의 삶에 스며들어 있다.

개그우먼 김미화는 자신의 고향 용인에서 카페 <호미>를 운영 중이다. 그곳에서 동네 사람들이 생산한 농산물을 사고파는 장터를 열고 주말마다 작은 공연도 보여준다. 김미화는 자신이 행복한 사람이라며 웃는다. 가끔은 상식을 말하려다 이리저리 치이기도 하지만 코미디언으로 자리매김도 했고 사랑도 많이 받았으니 후회는 없다고. 그러니 자신이 가진 것을 나누는 건 어쩌면 당연한 일이며, 아직 더 나눌 수 있어 행복하다고.

행복이란 양이나 질로 누구와 비교할 수 있는 게 아니다. 그것은 논리로 설명되는 것도 아니다. 행복은 자신만이 느끼는 감정일 뿐. 행복의 조건은 그것을 알아차릴 수 있느냐, 없느냐가 아닐까? 그녀는 자신의 행복을 이미 눈치채고 있다. 앞으로도 충분히 더 행복할 수 있도록 마음을 활짝 열어두고 있다.

평생을 철부지로 살고 싶다는 그녀. 근엄하게 무게 잡는 어른이 되기보다 철없는 어른으로 살고 싶어 한다.

"난 이다음에 더 늙으면 뭐가 될까?"

혼자 엉뚱한 상상을 하며 스스로 설레하는 사람. 그녀를 보는 내내 그녀가 나중에 묘비명으로 쓰고 싶다는 말이 떠올랐다.

'웃기고 자빠졌네.'

죽을 때까지 '웃기고 자빠질' 만큼 재밌는 코미디를 하고 싶다는 그녀는 누가 뭐래도 천생 개그우먼이다. 순악질 여사의 일자눈썹을 보며 사람들이 배꼽을 잡고 웃었던 것처럼, 언제까지나 모든 사람들이 그녀의 모습을 보며 웃기고 자빠졌으면 좋겠다.

그래도 늘 착한 마음으로 ;

판화가 **이철수**

한결같은
마음 길을 새기다

'한결같이'라는 단정한 글씨를 받은 기억이 있다. 한결같다, 라는 말처럼 사람을 편안하게 해주는 말이 또 있을까? 이랬다저랬다 수시로 바뀌는 사람은 타인을 불안하게 만든다. 언제 어떻게 변할지 모르는 사람과 산다는 건 피 말리는 일이다. 그래서 '한결같다'라는 말에는 믿음과 편안함이 그득하다. 잘 변하지 않고 한결같은 사람, 늘 그 자리에 서 있는 나무처럼 한결같이 자리를 지켜내는 사람. 판화가 이철수 화백이다.

이철수 판화가는 사람들에게 한결같은 편지를 보낸다. 어쩌다 한 번 보내고 마는 게 아니다. 편지를 보낸 세월이 10년을 훨씬 넘겨 20년을 바라본다. 30년, 40년 후에도 늘 한결같이 받아볼 수 있을 것만 같은 이철수의 나뭇잎 편지!

어느 날부터 나도 그 편지를 꾸준히 받기 시작했다. 누구라도 그대가 되어 받을 수 있는 편지였다. 엽서로 된 나뭇잎 편지는 오래 내 책상 앞에 붙어있곤 했다. 처음 받아든 글씨 그대로, 판화가 이철수가 띄우는, 이철수를 닮은 한결같은 편지. 그러나 받는 사람은 제멋대로다. 어느 날은 잘 읽고 어느 날은 무심히 지나치기도 한다. 편지가 쌓이면 슬쩍 읽기도 하고 바쁘면 그냥 외면하기도 한다. 누군가 '한결같지 못하게' 제멋대로 편지를 받을지라도 그는 아랑곳없다. 탓하거나 서운해하는 법도 없다. 그의 편지들처럼 그저 담백하고 담담하다.

엽서에 쓰기 때문에 그의 편지는 짧다. 늘 짧지만 울림은 크다. 옅게 시작해서 높고 크게 파도쳐온다. 작은 미동이 큰 파장을 가져올 때의 신선함. 그 느낌은 매우 알차면서도 속닥하게 가슴을 흔든다. 편지를 받아든 그날부터 이철수 화백에게 달려가서 이것저것 이야기를 듣고 싶었다. 그러나 굳이 찾아가서 얼굴을 맞대고 이러쿵저러쿵 묻는 것도 폐를 끼치는 것 같아 몇 번을 주저주저했다. 평소 친분이 있었기에 더 조심스러웠다. 가까울수록 머뭇거려지는 때가 있는 거다.

내내 미루다가 어느 해 설날 그를 찾아갔다. 매해 맞는 새해지만 그해는 좀 비장했다. 그에게 가서 답답한 세상사를 어찌 살아내는 게 옳은지 이야기를 듣고 싶었다. 그에게서 가장 맑은 울림을 듣고 나도 세상에 대해 푸념과 넋두리를 슬그머니 내려놓고 싶었다. 비가 오는 어떤 날, 결국 내가 사는 지리산에서 제천 평장골까지 내달렸다. 허름하고 엔진이 부실한 차는 내내 자꾸 흔들거렸다. 그러나 흔들리는 차 안에서도 내 마음은 이상하리만치 차분하고 고요해졌다.

그의 부인인 여경언니가 낭랑한 목소리를 내며 반갑게 마중을 나와

콩깍지 하나도
집이라면 집이지
어여쁜 작은집

' 작은집 '
천수 2001 籬

주었다. 마당에는 소나무 한 그루가 당당하게 자리하고 있었다. 무거운 한겨울의 눈을 이고도 아무렇지 않게 단단히 붙박여 있는 모습이 든든했다. 내가 간 날에는 마침 손님들이 겹쳐 찾아왔다. 누구는 판화가와 이야기를 하고 누구는 판화가의 아내와 소탈하게 마주앉았다. 십 년 동안 보낸 이철수 판화가의 편지를 엮은 책이 세상에 나온 날이기도 했다. 한동안 책에서 눈을 떼지 못하고 제목을 입 안에 물고 음미했다. 《사는 동안 꽃처럼》.

크게 우러를 것 없이, 넉넉한 어미의 웃음을 닮은 화사한 꽃처럼, 그는 사람들이 그렇게 살기를 바라고 편지를 보낸다고 했다. 처음에 그는 그냥 사는 이야기를 하고 싶어, 시골 생활의 소소함을 편지에 담아 띄웠다. 그러나 세상살이는 녹록지 않아서 꽃 같은 사람들에게서도 종종 가시가 나왔다. 그해 겨울, 불안한 전조가 깊어질수록 그의 엽서도 거칠게 사람들을 다그쳤다. 꽃으로 가는 길에 천둥 번개가 수시로 들이쳤다.

그러다 노무현 대통령 탄핵 때 잠시 정치이야기를 편지에 쓰게 되었다. 늘 꽃과 새와 바람과 풀의 이야기를 받아보던 사람들이 원망과 우려를 표했다. 선생님 편지에서만큼은 정치 이야기를 보고 싶지 않다는 것이었다. 세상사 등지고 그가 홀로 별나라 꽃동산에 사는 것도 아닌데. 늘 한결같이 잔잔하던 그의 마음도 편치 않았다. 그는 사람들이 불편해하더라도 할 말은 해야겠다고 생각했다.

그가 정작 하고픈 말은 '마음 길'이다. 아주 근본적인 질문이다. '무엇이 문제인가'에 대한 질문. 본질에 대해 묻는 것도 누군가는 현실적이지 않다고 한다. 그러나 본질적인 욕망이 모든 문제의 뿌리이기에 '한결같이' 그는 묻는다.

"지금보다 더 많이 갖는다고 사람들이 행복할까요?

정말 자유롭고 싶다면, 정말 행복하고 싶다면 자신의 심연을 들여다보라고 그는 나직나직 말한다. 스스로에게 본질적인 질문을 하다 보면 '마음길'이 훤하게 들여다보이는 때가 있을 거라고. 행복으로 가는 길을 막고 있는 자신의 욕망더미도 보일 거라고. 짧은 엽서 한 장에 그가 진심으로 담으려던 말들은 오로지 그것이었을지도 모른다.

그에게 가장 큰 가치는 착하게 사는 마음이다. 뭔가 매우 심오한 말을 던질 것 같은데 그냥 착한 마음이란다. 그러면 또 어떤 이는 너무 쉽다고 실망한다. 뭔가 그럴싸한 것을 기대했다면 싱겁기도 하겠지. 하지만 그는 어려운 것을 거부한다. 어렵다는 건 가까이 두기 힘들다. 말이든, 글이든, 사람이든. 누구나 알아들을 수 있게 말하는 것은 그가 할 수 있는 최선의 배려다. 쉽고 길지 않게 말을 건네는 것. 쉽고 간결함이 가진 미덕과 미학을 그는 늘 작품을 통해 보여준다.

언어의 길은 사실 현란하다. 빈 깡통이 요란하다고, 미사여구를 많이 쓸수록 건질 말은 적다. 화려하다는 건 내용이 없다는 뜻이기도 하다. 그는 단순함을 진리로 가는 길 위에 놓는다. 그의 글에는 군더더기가 없다. 가는 길에 대한 안내도 명료하다.

그의 홈페이지 <이철수의 집>에 가면 선물꾸러미라는 메뉴가 있다. 말 그대로 선물을 받아갈 수 있다. 글꼴도 받아가고 바탕화면도 받아가고 나뭇잎 편지도 처음 보냈던 2002년 10월 15일부터 다 읽을 수 있다. 저작권, 당연히 존중되어야 하지만 그는 자신이 가진 것을 나누고 싶은 마음이 먼저다.

"착한 마음을 실천하는 방법은 나눔이 최고인가요? 나눔 말고 또 다른 게 있나요?"

그가 빙그레 웃는다. 어리석은 내 물음이 나도 우습다. 착함에 나눔만 한 것이 어디 있으랴! 그게 전부라고 해도 과언이 아니다. 가장 큰 선은 가장 작은 것도 나누려는 마음에서 시작되고 끝나는 것. 판화가 이철수의 가장 큰 자산은 그림과 글이니 그는 부지런히 작품들을 나눠주겠다고 한다. 그것이 그가 보여주는 가장 착한 마음이다.

어느 가을날의 나뭇잎 편지에서 그는 썼다.

> 허명을 빨래처럼 걸어놓고 사는 삶을 돌아보게 됩니다.
> 좋은 사람들과 함께 걷는 인생길처럼 좋은 게 있을까요?
> 줄을 잘 서야 합니다.
> 인생은.

그가 선 줄에는 어떤 사람들이 있을까? 그가 착하게 살아가려는 배경에는 좋은 선생님들의 덕이 크다. 반독재와 생명사상운동으로 잘 알려진 장일순 선생님이나 장 선생님의 제자로 함께 노자를 연구한 형님 같은 이현주 목사님, 또 사랑의 실천을 온몸으로 보여준 동화작가 권정생님, 평론가이면서 창비를 만든 민족문학의 거두 백낙청님도 그에게서는 빼놓을 수 없는 스승이다. 그는 이분들에게 줄을 잘 서서 자신의 마음 길이 온전히 가는 것이라고 믿는다. 좋은 선생에게는 좋은 제자가 있고 좋은 제자가 또 좋은 스승을 만든다. 그렇게 서로를 받드는 마음 길이 있어 서로를 지켜주었을 것이다.

장일순 선생님과 그의 돈독한 인연은 주위 알 만한 사람은 안다. 비록 험난한 시대를 견뎌야 했지만 훌륭한 스승들에게 사랑받은 그가 부럽기 그지없다. 큰 스승들께 특별한 사랑을 받는 법이 따로 있는지, 좋은 스승은 어찌 구하는지, 내 그릇은 못 본 채 또 우문을 던졌다. 돌아오는 답은 이철수답게 간결하다. 무엇을 위하여 스승이 필요하냐는 되물음이다. 마음 길을 잡고 싶다면 선생을 구하기보다 스스로 중심을 잡는 것이 먼저여야 한다는 말일 게다. 무언가 기대고픈 내 심정을 아는지, 너그러움이 무엇이냐고 묻는 물음에도 그는 한마디로 자른다. 머리로 깨달아서 따뜻해지는 사람은 없다는 것. 그냥 마음이라는 것. 머리가 아니라.

어쩌면 진짜 스승은 자취가 없는지도 모른다며, 눈에 보이는 선생은 선생이 아니라는 말도 덧붙인다. 벽암록의 한 경구에서는 '부처를 만나면 부처를 죽이고, 조사를 만나면 조사를 죽이고, 부모를 만나면 부모를 죽이고, 나한을 만나면 나한을 죽이고, 친척 권속을 만나면 친척 권속을 죽여야만, 비로소 해탈하여 자유자재할 것이다'라고 말한다. 집착할 일이 아니라는 것에서 탄식이 나온다.

진짜 스승은 농사짓는 허리 구부러진 옆집 어르신이고, 진짜 부처는 무지렁이 노인이구나 싶다. 내 귀 열리고 내 눈 뜨이면 모두가 다 선생인 것. 그 말이 절실히 와 닿는다. 판화가 이철수는 사람들에게 이런 마음 길을 알려주려 부지런히 그림을 그리고 글을 얹힌다. 나는 다시 그에게 뜬금없이 물었다. 제자 한 명 키울 생각 없냐고.

"내가 뭘 가르칠 수 있을까요? 도제적인 의미에서 사제지간은 수탈자 밖에 될 수 없어요. 내가 하는 손 솜씨는 도장 팔 정도면 됩니다. 서각을 하는 칼이나 내 칼이나 도장을 파는 칼, 모두 같은 칼이에요. 그렇다고 철학을 전해주기에는 내 공부도 바빠서 아마 평생 힘들 겁니다."

가끔 그의 제자가 되겠다며 찾아오는 친구들이 있다고 한다. 인생을 바꾸고 싶어서 찾아온다는 것을 알기에 잘 설득해서 돌려보낸다고 한다.

"세상에 나의 존재를 알리는 건 무서운 일입니다. 사람들 사이에서 알려진다는 것에는 늘 책임이 따르기 때문에 경계할 일이지요. 더러 인기와 사람 됨됨이는 다를 수 있습니다."

자신도 자신을 다지려고 매일 나뭇잎 편지로 마음 길을 잡는다는 그의 이야기를 듣고 있자니 전생에 장일순 선생님이 그에게 말했다던 한마디가 떠올랐다.

"기어!"

납작 엎드리라는 이 말 한마디에 담긴 뜻을 나 또한 새기고 새겨보았다.

사람은 자기 그릇만큼 안고 가기에 누군가를 위해 조언하는 것만큼 버거운 일은 없다. 마음 길을 밝게 하기 위하여 야멸차게 말해야 할 때도 있지만 자본주의 세상을 사느라 사람들이 너무 내몰리고 힘들기 때문에 위로해야겠다는 생각도 한단다.

그래서 가족이라는 울타리와 삶의 가치에 대하여 더 자주 이야기를 꺼낸다. 전쟁터 같은 현실에서 가족마저 놓치면 창호 밖에서 언제 총 맞아 죽을지 모르는 처지가 될 수 있을 것 같아서. 가정을 단단히 지키라고 말하

밤뜰에서
반딧불이를 주워
식주수대로 손에
올려보았다.

어둠이
작은 불빛을
크게
한다

반딧불이
천수 '99

나답게
산다

는 것이 쓰러져가는 생명들을 붙잡아주는 일 같다고. 하지만 점점 더 물질을 욕망하는 이들에게 따끔한 매도 든다.

나뭇잎 편지는 농사 이야기, 마음 살피기, 선적인 단상, 정치 이야기, 생명 이야기 등 다양하다. 그러나 큰 줄기는 한결같다. '이래도 착하게 살지 않을래?' 하고 묻는 것이다.

긴말 할 것 없이 혼자 설 힘이 필요합니다.
마음도 몸도 자급자족이 최선이지요.
넘치면 조금 나누어도 좋지만 무엇보다 혼자 서는 힘이 생기면
인간 관계의 질이 달라집니다. 혼자이면서 함께 하는 거지요.
(중략)
혼자 서기가 마음 살피기에서 시작할 수 있다는 건 당연한 이야기이지만
마음 살피기가 스마트폰 구매처럼 간단한 일은 아닙니다.
무료 어플도 없지요.
시간이 필요합니다.
엽서 쓰기나 일기 쓰기처럼 낡은 방식을 권유하는 속뜻도 거기 있습니다.
자신의 하루하루와 일상을 꾸준히 돌아보는 방편이 되지요.

_이철수, 《사는 동안 꽃처럼》의 에필로그 중에서

'늙어서 쓸 돈에 대한 걱정'도 필요하지만 '죽도록 쓸 마음 걱정'도 해야 한다는 그의 글이 오래도록 마음으로 들어온다.

40여 년 가까이 한길만 걸어온 판화가 이철수. 앞으로도 변함없이 한길을 갈 사람. 그는 크게 울리는 진동보다 작은 파동으로 다가오고 싶다고 했다. 자신의 편지를 받고 마음 공부할 시작만 해도 참 고마운 일이라고 했다. 그리고 제 뼈를 드러내는 겨울 산처럼 엄숙하게 또 한 해를 맞아보자며 웃는다.

마음 심心의 한문을 웃는 얼굴로 표현한 그의 판화 한 장이 주는 울림, 일체유심조一切唯心造. 모든 것은 다 마음먹기 나름. 그가 살아온 마음 길, 그 길을 따라가다가 길이 보이지 않는 곳에 이르면 다시 나만의 길을 내봐야겠다. 그러면 마음이 진짜 웃고 있을 것만 같다.

유머는 힘, 웃어라 ;

만화가 **박순찬**

세상의 허를 찌르고
유쾌하게 꼬집는 장도리처럼

　문학의 꽃은 단연 시다. 서정적인 메타포를 통해 잠자던 감성을 일깨우는 시 구절. 사람들 가슴 속으로 파고드는 시는 단 한 줄로도 긴 여운을 준다. 만화 장르의 꽃은 만평이다. 만평이 곧 문학의 시인 셈. 짧은 몇 컷에 담아내는 풍자의 묘미는 손뼉을 치게 한다.

　요즘은 종이신문을 많이 보지 않지만 어릴 때 나는 퇴근해 돌아오는 아버지에게 석간신문을 가져다드리는 게 일이었다. 아버지에게 신문을 배달하기 직전에 맨 뒤쪽 겉표지 안의 시사만화를 냉큼 먼저 보는 것 또한 당연한 수순이었다. 내용은 알 듯 말듯 했다. 하지만 그림체나 상황만으로도 무척 재밌어했던 기억이 난다.

　박순찬 화백은 1995년 경향신문에 입사해 지금까지 시사만화를 그리고 있는 만화가다. 요즘은 《웹툰 장도리》로 그를 아는 사람들이 많다. 이십여 년 넘게 한 곳에서 '장도리'와 함께 한 길을 가고 있으니, 그럴 만도 하다. 박순찬과 장도리는 떼려야 뗄 수 없는 관계다.

그는 어릴 때부터 그림 그리는 것을 좋아했다. 그림 그리는 아버지의 영향으로 자연스럽게 어릴 때부터 그림을 그렸지만 처음부터 화가가 될 생각을 했던 건 아니다. 전공도 특이하게 천문대기학이다. 미술과 전혀 상관없는 공부를 하다가 그냥 우연히 경향신문사에서 만화가를 뽑는다는 광고를 보았다. 만화가를 꼭 하겠다는 마음도 없이 그냥 응시했다가 지금까지 뜻하지 않게 외길 인생을 걷고 있다.

경향신문 시사만화가 모집에는 200명쯤 되는 사람들이 모였다. 넓은 강당에서 즉석 주제를 받고 그림을 그렸다. 운 좋게 입사한 후에도 그는 시사만화에 대한 개념을 잡기가 쉽지 않았다. 시사를 논하려면 사회적인 통찰력이 있어야 했다. 그림만 잘 그린다고 될 일이 아니었다. 한 달 정도 준비하고 처음 그린 네 컷 만화. 그림의 화제로 나온 내용은 가뭄에 대한 것이었다고 그는 기억했다. 작가 자신만의 시각으로 시사 이슈를

압축과 위트로 풀어내는 작업이 쉬울 리 없었다. 처음에는 정말 아무것도 모르고 시작했다. 그러나 자신의 철학이나 신념 없이 시사만화가로 살 수는 없는 일. 처음에는 아무것도 몰랐을지 모르지만, 이제는 통쾌하고 적나라하게 정치·사회 문제의 본질을 꿰뚫는다. 그 누구보다 날카로운 촌철살인의 맛을 낼 줄 아는 전문가가 되었다.

시사만화를 그릴 때 그가 가장 먼저 하는 일 두 가지. 제목을 정하고 주인공을 정하는 일이다. 그는 사람들 누구나 쉽게 부를 수 있는 이름이 없을까 고민하다가 '장도리'라는 말을 떠올렸다. '장도리'는 망치와 비슷한 연장이다. 못을 박거나 빼는 데 쓴다. 평소 만들기를 좋아해서 주변에 연장이 많았고 마침 장도리가 눈에 띈 탓이기도 하다. 장도리라는 단어의 발음도 부드럽고 편했다. 20년 넘게 이어온 시사만평 <장도리>는 그렇게 우연히 만들어졌다.

평범한 직장인 남자 장도리. 작가는 무언가 에둘러 표현하거나 일상의 이야기를 할 때 장도리를 등장시킨다. 삽화 맨 위에서 커피를 마신다든지, 천연덕스럽게 고양이와 테이블을 사이에 두고 마주앉아 있을 때도 장도리가 나온다. 관찰자 같은 장도리는 바로 작가 자신일지도 모르겠다.

부모들은 아이들이 만화책 보는 것을 탐탁지 않게 여긴다. 아무래도 만화책은 공부에 방해가 된다는 걱정 때문이다. 특히 예전에는 책마다 첫 장에 심의필 도장을 크게 찍었다. 마치 불량식품이 아니라는 것을 확인받아야만 읽을 수 있다는 식이었다. 당연히 만화책 앞에도 심의필 도장이 크게 찍혔다.

윤승원 작가의 《요철 발명왕》이라는 만화가 심의를 통과하지 못한 경우가 있었다. 만화에서 사람이 너무 놀라 천장을 뚫고 나가는 장면이 있었는데, 그때 천장 위에 있던 쥐가 우르르 쏟아지는 장면이 문제가 됐다. 당시 한창 경제개발 중이었는데 천장에 쥐가 있는 모습을 보이면 국가 이미지에 해가 된다는 이유였다. 우리나라가 가난하다는 것을 보여주는 장면은 국익에 반한다는 논리. 지금 생각하면 우습기 짝이 없다.

그래도 지금은 만화에 대한 인식이 많이 달라졌다. 인터넷 만화인 웹툰을 너나없이 보고, 《웹툰 장도리》도 젊은 층에서 꽤나 인기가 있는 편이다.

만화가 박순찬은 90년대 초 연세대학교의 '만화사랑'이라는 동아리에서 활동했다. 시위 도중 경찰이 쏜 최루탄에 맞아 사망한 이한열 열사가 그의 직속 선배였다. 영화 《1987》에도 '만화사랑' 동아리가 등장한다. 그 시절에는 거의 대부분의 대학 동아리가 운동권이었다. 만화동아리라고 해서 한가하게 만화만 그릴 수는 없었다. 그 역시도 시위에 필요한 걸개그림을 그리는 등 시대와 역사에 대한 책임을 감당해야 했다. 어쩌면 그 시절의 경험이 시사만화가로서 세상을 보는 건강한 잣대가 되지 않았을까 싶다.

천문대기학을 전공했고, 부전공으로 건축학과를 나왔지만 그는 여전히 만화를 사랑했다. 다만 이과 전공자답게 과학을 접목한 만화를 그리고 싶었다. SF를 극화한 장편만화를 그리겠다는 꿈도 있었다. 물론 신문사에서 매일매일 마감생활자로 살다 보니 원하는 것을 하는 게 쉽지는 않았다.

그래도 2016년 8월에 세상을 떠난 백무현 만화가의 글로 장편 《만화 박정희》를 2년간 작업하여 발간했다. 또 4대강을 밀어붙인 이명박 정권의 이야기를 담은 《삽질공화국에 장도리를 날려라》도 짬짬이 그려 한 권의 책으로 펴냈다. <나는 99%다> <5·16 공화국> <세월의 기억> <헬조선에 장도리를 던져라> 등 여러 편의 작품을 엮어 《장도리의 대한민국 현재사》 세트를 내놓기도 했다.

그가 그리는 시사만화의 궁극적인 목적은 '배설'에 있다. 마음속에 있으나 쉽게 꺼내지 못하는 말들을 통쾌하고 유쾌하게 그가 대신 꺼내주는 것. 배설은 그 자체로 힐링이다. 그러나 어떤 세상이 와도 모든 사람을 만족시킬 수는 없다. 어느 한편에서는 늘 불만이 생기기 마련. 누군가에게는 배설인데 누군가에게는 꽉 막히는 변비가 될 수도 있는 법. 흑백과 찬반이 뒤섞일 때 그의 기준은 언제나 보편과 상식이다. 어떤 이념을 가진 사람들만이 지향하는 노선이 아니라 평범한 사람들이 대체적으로 공감하는 세계를 그리는 게 그의 역할이다. 필요에 의해서 특정한 사람을 지목하여 비판할 때도 있지만 그럴 때도 가장 신경 쓰는 건 균형감이다. 공격받는 당사자도 인정할 수밖에 없는 글이나 그림을 그려야겠다는 생각이 절실하다. 최대한 감정이입을 하지 않으려고 노력한다.

그가 시사만화에 대해서 가지는 중요한 철학도 다름 아닌 '공감'이다. 때로는 약자의 편에 서서 공감을 이끌어내고, 때로는 감춰진 이야기를 들춰내서 공감을 얻기도 한다. 모두가 한쪽으로 쏠려갈 때 아무도 주목하지 않는 문제를 던지면 공감의 박수가 터지기도 한다.

덕분에 그는 '장도리'가 아니라 '갓도리'가 됐다. 청년문제를 지속적으로 다루며 답답한 속을 확 뚫어준 것에 대한 독자들의 화답이었다. 물론 모두가 칭찬만 한 것은 아니다. 자기들의 관점과 다르면 무수한 비난이 쏟아지기도 한다. 어느 정도는 감수해야 하지만 스스로 수위를 조절하는 것도 필요하다. 상식과 공감을 얻기 위해서는 균형감을 잃지 않기 위해 각별히 조심하고 경계해야 한다.

예전에는 사람들이 전화로 항의를 했다. 요즘은 모두 인터넷 댓글로 한다. 익명의 소통 방식이 보편화됐다. 자연히 예전보다 더 거칠어졌다. 그러나 그는 사람들을 믿는다. 시사만화는 누군가를 공격하려는 게 아니라 진실을 말하는 장르다. 그러므로 그 어떤 매체보다 정확하게 논점을 짚어낼 수 있어야 한다. 객관적이고 통찰력 있는 만화를 내놓으면 결국 사람들 마음을 움직일 수 있다고, 그는 믿는다.

짧은 시사만화 한 편을 그리기 위해 그는 수많은 곳에서 정보를 찾는다. 뉴스나 신문, SNS, 커뮤니티 등 볼 수 있는 건 모두 본다. 책도 보고 영화도 보고 산책도 하면서 사람들을 본다. 아무리 열심히 봐도 미디어에서는 날마다 새로운 정보가 홍수처럼 쏟아져 나온다. 그러므로 옥석을 가려내는 선별력도 중요하다. 정보의 홍수에 휩쓸리다 보면 중심을 잃을 수도 있다. 가려낸 정보에서 정확한 요점을 콕 집어내는 것도 시사만화가로서 중요한 능력이다.

박순찬 화백은 말하는 내내 수줍고 덤덤한 표정을 지었다. 그러나 눈빛만은 순간순간 놀랄 만큼 예리했다. 어떤 사안이건 쉽게 단정 짓지 않고 여러 가능성을 열어놓고 이야기하는 자세를 보였다. 그러면서도 큰 맥을 놓치지는 않았다.

그의 만화에는 장도리보다 주변 이웃들이 더 많이 등장한다. 그의 시선은 늘 이름 없는 서민들의 보잘것없는 삶에 머문다. 맨날 당하고 사는 힘없는 아저씨가 많이 나오는 것도 이 때문이다. 특정 캐릭터 외에 주변 인물들은 실제 이웃을 모델로 그리기도 한다. '마마님'이란 닉네임을 가진 분이 있다. 박순찬 화백과 친하고, 나와도 지인이어서 잘 안다. 실제로 마마님은 인정이 많다. 어려운 사람을 보면 그냥 못 지나치는 분이다. 박순찬 화백은 마마님의 실제 모습을 그대로 작품에 등장시켰다. 그러다 보니 종종 주위에서 자기를 캐릭터로 그려달라는 주문도 있다고. 그만큼 그의 작품 속 인물들은 친숙하고 평범하다. 그는 만화만 그리지 않는다. 얼마 전에는 유화를 그려

<뻔한 그림>이라는 전시회도 가졌다.

그는 여전히 우리 사회의 가장 가난하고 억눌린 소시민의 슬픔과 억압하는 권력, 괴물 같은 돈을 주제로 만화를 그린다. 그가 생각하는 만화의 정신은 그런 것이다. 선동하기보다 울림을 주고 위로를 주는 만화가로 그는 우리 곁에 오래 있고 싶어 한다. 사실 정치에는 별반 관심이 없었다는 박순찬 화백. 그가 진짜 그리고 싶어하는 것은 평범한 일상다.

언제쯤이면 그가 시사만화를 접고 소소한 일상툰을 여유 있게 그릴 수 있을까? 심심하고 지루한 어떤 보통의 날에도 그는 아마 유쾌하게 허를 찌르는 웃음을 예리하게 포착해낼 것이다. 그게 그의 특별한 재능이니까. 장도리와 도리냥의 환한 얼굴은 어디에나 잘 어울리니까.

쫄지 말고 당당하게 ;

_사진 자료 제공 류근

시인 **류근**

'상처적 체질'을 가진
낭만시인

대체로 시인들은 흥이 많다. 그러나 웃음이 많은 사람은 드물다. 크게 노래 부르는 시인은 많지만 크게 잘 웃는 시인은 많지 않다. 류근 시인은 호방하게 잘 웃는다. 그 웃음에 다만 눈물이 스며 있다. 잘 웃는 이가 잘 운다는 말은 맞는 말이다. 호방하게 잘 웃는 이는 엉엉 소리 내어 잘 울 줄도 안다. 그가 유쾌할수록 그 안에 속울음이 느껴진다.

류근 시인을 처음 본 건 KBS역사저널 《그날》이라는 프로그램에서다. HD화면에 나오는 그의 옆모습은 조금 날카로워 보였다. 문학적 상상력과 시적 미학의 멘트들이 고리타분할 수 있는 역사 토크에서 그는 생동감을 주었다. 시인 류근 덕분에 그 프로그램을 종종 보았다. TV에서 그는 단아하다. 순간순간 예리하게 꼬집는 말도 종종 잘 한다. 편집되어서 그런지 독설을 내뱉는 장면을 보지는 못했다. 그의 미모(?)는 '샴푸의 요정' 같다고 일컬어진다. 실제로 만나니 외모가 더 돋보였다. TV는 실물을 다 담지 못한 거였다. 부잣집 막내아들 같은 하얀 피부도 낯설었다. 며칠 쉬지 않고 술을 마셨다는데도 전혀 빛이 바래지 않았다.

류근 시인은 페이스북 스타다. 글을 쓰겠다고 들어갔던 연희창작촌에서 후배가 계정을 만들어줘 시작했다고 한다. 소설가 이외수가 트위터를 권유할 때는 속으로 '시인이 무슨 이런 미천하고 천박한 짓을 해!'라며 거부했단다. 그래놓고 소일 삼아 페이스북 글을 올리며 위로를 받았는데, 돌아보니 갑자기 스타가 되어 있더란다.

친구를 5천 명으로 제한하는 페이스북에서 그의 친구가 되려면 순번을 받고 기다려야 한다. 그가 글을 올리면 순식간에 '좋아요'를 누르는 사람이 1천 명을 넘는다. 좋아요 300개면 14만 명을 아우른다 하니 최소 50만 명은 그를 주목하고 있다는 얘기다. 술에 취해서 지독하게 앓고 있지 않는 한, 그는 하루나 이틀 사이에 하나씩 자신의 생각이나 일상을 말해준다.

그의 페이스북 언어는 거칠다. 사람들은 그를 '시바교 교주'라 부르기도 한다. 그의 글은 늘 끝에 시바를 달고 있다. 중학생들이 흔히 뱉어내는 '졸라'나 '조낸' 같은 단어도 그는 즐겨 썼다. 쓰고 나면 배설의 쾌감이 느껴지고 보는 이도 비슷한 경험을 하게 된다. SNS라는 공간에서조차 자기검열이 더해져 표현이 자유롭지 못했던 사람들에게 그의 과감한 표현들은 오히려 감각적으로 다가왔다.

시바와 조낸으로 버무린 언어로 그는 현실에 대해 가감 없는 쓴 소리를 뱉었다. 가끔은 보는 사람이 다 아슬아슬할 만큼 수위 높은 직언도 한다. 하지만 그는 시인이라면 모름지기 어떤 방식으로든 자기 목소리를 가지고 세상에 대해 이야기해야 한다고 믿는다. 시대가 잘못 되었다면 냉정하게 꼬집고, 미래를 위한 조언이나 예언도 아낌없이 해야 한다고. 시인이 거룩하게, 아름답고 우아한 언어만 구사해야 하는 사람이라면 그는 결단코 시인이 되지 않았을 것이다.

6남매의 막내인 그는 문경에서 태어나자마자 충주로 왔다. 어머니는 말끝에 문경 말인 '그래여, 저래여'를 쓰고 친구들은 '그래유, 저래유'를 썼다. 그는 충청도 말에 더 익숙하다. 어려서부터 어머니와 헤어져 누나와 함께 살았다. 자라면서 내내 그는 외로웠다. 외로움이 깊어질수록 모든 아름다운 것에 대한 동경도 깊어졌다.

마침 중학생 때 처음 만난 국어 선생님이 너무 아름다우셨다. 소년은 선생님께 잘 보이기 위해 책을 읽고 글을 썼다. 선생님 또한 그가 쓴 산문을 각 반마다 돌며 낭송해주었다. 예쁜 국어 선생님은 그에게 "너는 문재文才가 있어. 너는 시인이 될 꺼다." 라고 했다.

"저는 그 말을 너는 문제가 있어, 라고 들었어요. 아, 나는 문제가 있구나, 그래서 시인이 되어야 하는구나. 그렇게 생각했지요."

선생님은 그에게 시집을 선물해주었다. 박인환의 《목마와 숙녀》였다. 하필 그 시는 목소리에 물기가 잔뜩 밴 박인희가 낭송했다. 그를 낭만시인으로 만들어준 건 예쁜 국어 선생과 박인환 시인이었다.

모든 시인들이 그러하듯 그에게는 사랑이 가장 큰 화두다. 사랑의 외연을 넓혀준 또 한 사람, 바로 그의 어머니다.

"우리 어머니는 여장부였어요. 기개가 엄청나셨지요. 제 아내도 그래

나답게
산다

요. 아, 나는 조낸 강한 여자들이 좋아요. 시바!"

일찌감치 예쁜 국어 선생님 덕에 장래 희망을 '시인'으로 정해버린 소년은 속칭 '가오'를 잡아야 했다. 모름지기 시인이란 술을 마셔야 했고 담배를 폼 나게 필 줄 알아야 한다고 믿었다. 그가 용산에 있는 오산고등학교를 다니던 때. 어느 날 학교 방송을 통해 '류근 학생은 당장 학생부실로 오라'는 호출을 받는다. '왜 불려갈까? 대체로 불려가는 애들은 공부 안 하는 놈들인데, 난 좀 하는데?' 의아해하면서 가보니, 호출 이유는 흡연이었다.

담배 피우다 걸린 두 놈이 한 사람당 열다섯 놈을 발고하라는 명령을 받고는 써서 올린 이름 중에 류근 시인도 있었던 것이다. 선생님은 불려온 학생들에게 다시 이번에는 한 사람당 스무 명을 쓰라고 했다. 그는 자기를 발고한 김 아무개 이름만 쓰고 버티다 오지게 두들겨 맞고 집으로 왔다.

집에 와서 학교 다니기 싫다고 어머니께 말하자, 자초지종을 들은 어머니가 득달같이 담임선생님께 전화를 걸었다.

"우리 애 내일부터 학교 안 보낸다. 민족학교라면서 일본 놈 앞잡이 같은 짓을 왜 애들한테 시키냐? 친구를 고자질하는 게 담배 피우는 것보다 더 나쁘다. 마지막으로 이제 고3이면 담배 피울 나이도 되지 않았느냐?"

어머니는 당당하게 항의했다. 그리고는 도시락 안에 남배 일곱 개비를 둘둘 말아 랩에 싸서 이것만 피우라고 넣어주던 분이었다. 어머니는 류근의 단단한 지원자였다.

류근은 어머니에게서 쉽사리 쫄지 않는 당당함을 배웠다. 그가 세상을 향하여 쓴 소리를 하고, 방송에 나가 다 편집되어 잘릴망정 센 어조로 말하는

데에는 어려서부터 어머니한테 보고 배운 남다른 기개가 있기 때문이다. 그에게 절대적인 영향력을 끼쳤던 어머니는 안타깝게도 그가 미처 정서적으로 독립하지 못했을 때 그만 돌아가셨다. 아무래도 시인들은 죽을 때까지 어머니에게서 독립하지 못하는 존재인가 보다. 그들은 세상에 나온 첫 기운으로 미래를 여는 종족들이라 어머니로부터 일부러 독립하지 않는 것으로 보일 때도 있다. 많은 시인들이 '어머니'를 시제로 한 시를 그토록 절절히 쓰는 것을 보면.

아버지와는 돌아가시기 전까지 따로 살아서 평생 사는 동안 백 마디도 못 섞어봤다. 류근 시인의 기억 속에 '아버지'의 존재는 거의 남아 있지 않다. 그에게는 어머니가 곧 아버지다.

아버지의 빈자리 때문이었든, 어머니에 대한 그리움이었든 자랄수록 그는 외로움을 많이 탔다. 외롭고 외로울수록 사랑은 늘 갈급했기에, 류근은 참 열심히 사랑하며 살았다.

하지만 그가 늘 사랑을 말하면서도 사랑을 두려워하고, 때로 사랑을 부정하는 데에는 첫사랑 탓이 크다. 살아오는 동안 가장 많이 사랑한 여자가 첫사랑 그녀였다고 말할 수는 없지만, 분명 그녀 때문에 많이 아팠다고 한다. 군대에 가 있는 사이, 선배에게 힘든 일을 당하고 자신에게 결별을 선언한 그녀와의 아픈 사랑. 그 사랑이 단초가 되어 그는 고 김광석이 부른 <너무 아픈 사랑은 사랑이 아니었음을>이라는 곡의 가사를 썼다. 이 노래가 너무 많은 사랑을 받은 바람에 이 노래의 가사를 쓴 시인 류근도 세상에 많이 알려졌다. 그는 19년 만에 처음 낸 시집 《상처적 체질》에서 이런 시를 썼다.

동백장 모텔에서 나와 뼈다귀 해장국집에서
소주잔에 낀 기름때 경건히 닦고 있는 내게
여자가 결심한 듯 말했다
너무 아픈 사랑은 사랑이 아니었다,
라는 말 알아요?
그 유행가 가사 이제 믿기로 했어요

믿는 자에게 기쁨이 있고 천국이 있을 테지만
여자여, 너무 아픈 사랑도 세상에는 없고
사랑이 아닌 사랑도 세상에는 없는 것
다만 사랑만이 제 힘으로 사랑을 살아내는 것이어서
사랑에 어찌 앞뒤로 집을 지을 세간이 있겠느냐

택시비 받아 집에 오면서
결별의 은유로 유행가 가사나 단속 스티커처럼 붙여오면서
차창에 기대 나는 느릿느릿 혼자 중얼거렸다
그 유행가 가사,
먼 전생에 내가 쓴 유서였다는 걸 너는 모른다

_류근,《상처적 체질》중에서 〈너무 아픈 사랑〉

사랑만이 폭풍 같고 활화산 같은 것이 아니다. 그의 삶도 파도처럼 너울거렸다. 인생은 그를 전혀 예기치 못한 곳으로 끌고 가기도 했다. 책을 실컷 읽을 수 있었던 문고 홍보실에 취직했다가 퇴사하고, 출퇴근 시간을 본인이 정하는 특이한 기획사에 취직했다 퇴사하고, 낮부터 술을 마실 수 있는 주류회사에 또다시 취직한 것까지는 그냥저냥 보통 사람의 삶이었다. 물론 그래도 내면에는 '시인'이라는 자의식이 늘 있었다. 그것은 어디서 무슨 일을 하든 놓을 수 없는 끈이었다. 그러다 주류회사마저 또 그만두었다. 곧 부도가 날 처지의 주류회사에서 '우리는 아무런 문제가 없습니다' 하는 글을 매번 써야 하는 거짓말에서 풀려나고 싶었다. 무작정 또 회사를 그만두고 그는 인도로 날아갔다. 하지만 돌아와서는 엉뚱하게 귀농의 길로 접어들었다. 형이 사놓은 강원도 횡성의 집에 가서 고추농사나 열심히 지어서 먹고 살아야겠다는 어설픈 각오였다. 삽화 소설 《싸나희 순정》의 배경이 된 횡성. 그곳에서 보낸 시간은 순수한 행복이었다.

"정말 행복했어요. 아홉 가구가 모여 사는 작은 마을이었어요. 아는 사람이 아무도 없는 게 특히 좋았어요. 아침 아홉 시쯤 되면 그 시간에 항상 나타나는 어르신이 있어요. 새벽에 나가 농사일 다 끝내고 됫병 소주 들고 오시죠. 저도 나가서 고추 약 줘야 한다고 말하면 내가 다 뿌려놨어, 하시는 분. 그분 가시면 또 다른 어르신이 소주 됫병 들고 와서 또 한잔하고."

술 좋아하는 그에게는 세상 천국이 따로 없었던 셈이다.

그렇게 횡성에서 어르신들과 소주 마시며 고추농사 짓던 어느 날, 주류회사에 같이 다니던 동료가 사업을 해보자고 그를 찾아왔다. 그는 그때까지 크게 돈을 벌겠다는 생각이 없었다. 류근 시인의 페이스북에서도 언급되는 '벤츠 타고 오는 옛 애인' 덕분이었다.

그 옛 애인은 바로 그의 아내. 아내는 그에게 '내가 먹여 살릴 테니 당신은 시만 써'라고 말하는 사람이었다. 그 덕분에 그는 굳이 큰돈을 벌겠다는 생각도 없이 그저 농사 지어 자급자족 하면서 살겠다고 마음먹었다. 그런데 갑자기 옛 동료가 찾아와 뜻밖의 제안을 하자, 시인은 여기에 혹했다. 모처럼 남편 된 도리로 돈 좀 벌어볼까 하는 생각으로 우연히 뛰어들게 되었던 사업이었다. 그런데 어쭙잖게 그 사업이 대박을 쳤다.

1999년에 크게 유행했던 벨 소리 다운로드. 핸드폰을 가진 사람이라면 누구나 한번쯤은 해봤을 핸드폰 벨 소리 내려받기를 그와 그의 동료가 맨 처음 만들어냈다. 사업은 정신없이 번창했다. 1억만 벌어서 엄마 4천만 원 주고, 힘든 누나 2천만 원 주고, 아내에게 4천만 원 갖다 줘야 했는데 뜻밖에도 돈이 자꾸 늘어났다. 그렇다고 사람들이 말하는 것처럼 몇 천 억, 몇 백 억대 자산가는 아니다. 물론 그 정도까지는 아니어도 그는 생각지 못하게 부자가 되었다. 작가회의 기금을 마련하는 김주대 시인의 시화전에 가서 작품 몇 점을 주저 없이 고를 수 있을 만큼 부자가 된 것이다.

하지만 그는 뼛속까지 시인이다. 시인이 굳이 가난할 필요는 없지만 돈이 돈을 버는 사회에 편승해서 자본주의적 인간으로만 살기에는 그의 핏속에 흐르는 시인의 기질이 너무 강했다. 그래서 그는 부자가 되자 아파버렸다. 사업차 가던 제주도행 비행기에서 발작이 시작되었다. 공황장애라는 오진을 받기도 했으나, 정확한 진단 결과 폐쇄공포증이었다. 겨우 치료를 받고 회복했지만 아직도 가끔은 강을 건너기가 두렵다고 한다. 아마도 돈을 벌면 다시 시인으로 돌아갈 수 없을 거라는 두려움이 그를 짓누른 건지도 모른다. 대책 없던 아버지처럼 살고 싶지도 않고 그렇다고 돈에 취해 돈을 쫓으며 살고 싶지도 않은 내면의 갈등이 충돌했다. 그는 유리구두를 신고 계급이 바뀌어버린 신데렐라 같았다고 그 시간을 회상한다. 지금 그는 다행히 유리구두를 벗고 제자리를 찾았다.

언제 또 다른 모습의 삶을 선택할지는 모르지만, 현재는 시인과 생활인의 경계에서 조화롭게 자신을 만들어가고 있다. 아들에게 당당히 집을 나서는 아버지의 뒷모습을 보이고 싶어 TV 방송에도 출연하고, 오직 글을 쓰고 싶어 하는 이들을 만나 문학적 담론을 이야기하고 싶은 마음에 중앙대 예술대학원에도 나간다. 그는 자신이 있어야 할 곳에서 자신의 역할을 다하며 산다. 물론 여전히, 열심히 술도 마신다.

"이거 꼭 써줘야 해요. 용산에 있는 민족고등학교에 3대 시인이 있어요. 소월, 백석, 그리고 류근!"

농담처럼 말하지만 그는 소월이나 백석처럼 이 시대의 천상 시인이다. 그의 시집 제목처럼 그는 '상처적 체질'을 가졌다. 이름 없이 다치고, 사랑을 모두 불륜으로 만든 원죄에 다치고, 버림받아 다치고, 기억에 다치고, 다치고 다치다 또 엎어져 온통 상처투성이다. 그가 상처들을 제압하는 방식은 언제나 술이기에 그는 또 술을 마신다. 일단 통증을 멈추게 하고 모든 병증들을 한 곳으로 모이게 하기 위하여 그는 술을 마신다.

이제 아무도 사랑 때문에 목숨 걸지 않는 세상에서, 잠깐 사랑 때문에 아픈 척 하는 세상에서, 그는 매우 가볍게, 매우 허탈하게, '사랑이 다시 내게 말을 거네'라고 나직이 읊조린다. 그만의 소통방식으로 말을 건넨다. 사랑의 외연이 넓은 그는 정치적인 현실이나 사안에 대해서도 당당히, 과감히 페이스북을 통해 말한다. 시인이기 때문에 말할 수 있고, 말해야 하는 언어의 당당함을 그가 가졌다.

류근 시인의 산문집 《함부로 사랑에 속아주는 버릇》은 제목만 봐도 감각과 감성이 촉촉하게 묻어나온다. 메말라가는 사람들의 마음을 바닥부터 살랑살랑 흔든다. 위로받기 위해 집어든 책에서 나는 거꾸로 작가를 위로하고 싶어졌다. 상처에 대한 공감을 지니기 위하여 스스로를 상처로 내모는 시인은 '어제는 초조와 분노 때문에 아름다웠으니까 내일은 새로운 고통이 배달될 것이다'라고 담담히 말한다. 외로워서 죽을 것 같아도 한 번도 죽지 않은 것처럼 앞으로도 그래야겠다고 한다.

나는 거리를 둔 친구처럼 멀찍이서 외로움을 보고만 있는데, 그는 외로움에 기꺼이 자기를 맡긴다. 시인의 언어는 그래서 눈가와 살갗과 가슴속에 들어와 생생히 맺힌다. 그는 언제까지나 《싸나희 순정》을 노래하는 낭만 시인으로 살 것이다.

힘들수록 함께 어깨동무하고 갈 것 ;

ⓒ박상복

무용가 **안은미**

스쿠터 타는
멀티미디어댄서

알록달록 꽃 달린 머리띠를 빡빡머리에 꽂고 50cc 스쿠터를 타고 나타난 무용가 안은미. 그녀는 내게 야끼모찌 하나를 건넨다. 스스럼없이 다가와, 먹으면서 이야기하잔다. 나는 마치 같은 종족을 만난 듯 단박에 마음이 쏠렸다. 죽을 만큼 바쁘다는 그녀. 학기말 작품을 만들어야 하는 학생들을 봐주기 위해 주말에도 예술의 전당 뒤편의 한국예술종합학교에 나와 있다. 윗도리를 벗어젖히고 열심히 춤추는 학생들에게 아는 척을 하며 이야기를 나누는 동안 쉴 새 없이 사람들과 눈인사를 한다. 멀티미디어댄서, 무용가 안은미다.

만약 천상이 있다면 그녀는 분명 그곳에서 반항하며 살다가 사바세계로 내려온 게 틀림없다. 신에게 맞서 '나, 그래도 이렇게 멋지게 산다'고 이야기하는 것 같다. 춤으로 하늘과 속세를 잇는 매개자 같다.

그녀를 말하는 이름은 다양하다. 크레이지 걸, 도망치는 미친년, 테크노 샤먼, 시베리아 무당, 카멜레온… 이외에도 더 많지만 그녀는 '도망치는 미친년'이 자기를 잘 표현하는 말 같다며 웃는다. 평론가 이정우가 붙여줬다는 그 별명은 시대의 아픔을 담은 말이기도 하다.

전쟁 직후 서울역 근처에는 미친 여자들이 많았다. 아이를 업고 뛰어다니는 여자들, 삶과 죽음이 치열하게 공존하는 전쟁 통에서 모든 것을 잃고 정신을 놓아버린 어미. 누군가에게 쫓기듯 골목길을 내달리다가 갑자기 힐끗 돌아보며 씩 웃고 다시 뛰어가는 여자. 그게 바로 '도망치는 미친년'의 모습이다.

그녀는 세상의 아픔을 끌어안으려고 한다. 세상의 모든 기쁨과 슬픔을 함께 나누며 함께 웃고 싶어 한다. 지치고 피곤하고 돈에 찌들고 각박한 세상에서 잠시라도 탈출구를 만들고 싶어 한다. 그래서 그녀는 끊임없이 사람들을 춤판으로 끌어낸다.

© 최영모

어느 날은 시골의 할머니들을 찾아가 춤 한번만 보여달라고 꼬드겨 <조상님께 바치는 댄스>를 만들었다. 할머니들은 존재 그 자체가 시대이고 역사이고 아픔이니까. 안은미는 할머니들이 가진 긍정적이고 역동적인 생명력을 끌어내기 위하여 직접 무대에서 할머니들이 춤을 추도록 했다.

또 어느 날은 학생들을 찾아다니기도 했다. 늘 공부에 시달리고 불안한 미래에 대해 고민하는 젊은이들에게 춤을 통한 치유를 해주고 싶었다. 일명 <사심 없는 댄쓰>. 치열한 경쟁 속에서 공부와 시험에 파묻혀 사는 특목고 학생들과 함께 무대에 섰다. 고달픈 현실 모습을 여과 없이 표현하기 위해 애썼다. 쫓기듯 살아가는 생활과 늘 잠이 부족한 현실을 춤으로 보여줬다. 마지막 피날레는 아이들을 격려하는 의미로 노란 색종이 세례로 장식했다. 모두가 함께 춤추는 파티의 장이 된 공연! 성공적이었다. 항상 가만히 책상 앞에 앉아만 있던 아이들이 땀 흘리며 자신의 몸으로 마음을 표현하는 과정은 보는 이에게도 희열을 느끼게 했다.

두산아트센터 연강홀에서 <아저씨들을 위한 무책임한 댄쓰> 공연도 올렸다. 책임이라는 무게에 눌려 어느새 자기도 모르게 아저씨 혹은 꼰대가 된 우리의 가장들을 위해 그녀가 먼저 무장해제를 외친 것. 한바탕 뜨거운 몸짓으로 그들의 짓눌린 어깨와 잠든 열정을 흔들어 깨웠다. 곳곳을 다니며 평범한 아저씨들을 춤추게 하여 그 영상을 담았다. 그렇게 촬영한 춤추는 아저씨들의 모습을 무대에서 가감 없이 보여줬다. 그들을 대신하듯 처음엔 술병을 든 안은미가 등장했고, 나중에는 물세례도 이어졌다. 어떤 무대에서든 안은미는 화끈하다.

2013년 4월에는 <피나 안 인 서울Pina Ahn in Seoul> 공연이 있었다. 그녀의 친구이자 그녀의 진가를 누구보다 빨리 알아챘던 피나 바우쉬를 그리는 공연. 그녀의 다큐멘터리를 본 후 춤을 추게 하는 이색 공연이었다. 이번에도 역시 일반인들이 함께 무대에 올랐다. 춤은 특별히 교육받지 않아도 누구나 자신을 표현할 수 있는 언어라고 말한 피나 바우쉬처럼 그녀도 춤이 언어 이상으로 의사소통의 힘을 가지고 있다고 믿는다.

대학을 졸업하고 몇 해 지나지 않았을 때부터 그녀는 자신의 이름을 걸고 춤을 추었다. 대단한 무용단을 만든 건 아니었다. 그렇다고 혼자만 서는 무대도 아니었다. 그냥 안은미다운 춤이었고, 안은미다운 무대였다. 그래도 첫 작품 <종이계단>은 지금 생각해도 잘 만든 작품이었다고 스스로 자부심을 갖는다.

그녀에게는 자신의 아버지 말고도 정신적인 아버지가 계신다. 작가이면서 평론가인 박용구 선생님이다. 88올림픽 주제가 <손에 손잡고>를 지은 분으로도 유명하다. 그분은 실제로 안은미의 친구 아버지이기도 하다. 친구의 아버지라 그녀도 늘 아버지라고 불렀다.

"그분이 제게 어깨동무하고 가야 한다고 가르쳐주셨어요."

멋진 예술가는 사람들 위에 군림하지 않고 나란히 서서 그들을 이해하고 함께 할 수 있어야 한다는 큰 깨달음을 주는 말이었다. 그녀가 그를 아버지라고 부르는 이유가 거기 있다.

'21세기 우리 사회에서는 어떤 춤이 필요한가?'

안은미에게는 이 물음이 가장 큰 화두다. 그 질문에 답을 얻기 위해 많

은 이들과 소통하는 댄스를 선보이고 있다. 누군가는 그녀의 춤을 커뮤니티 댄스라고 한다. 어깨동무댄스 혹은 투게더댄스라 이름 붙여도 좋으리라!

함께 더불어 가는 길은 사랑이다. 사랑을 행하는 방식으로 제자들을 가르친다. 그녀의 첫 수업에서 가장 중요한 건 칭찬이다. 잘 한다, 잘 한다 격려함으로써 학생들의 숨겨진 재능을 끌어낸다.

한 사람의 단점을 보기보다 그 사람 자체를 보려고 노력하고, 그 사람이 가진 장점을 극대화시켜서 말해준다. 그리고 그냥 과정을 지켜본다. 나태해지고 교만해지는 모습도 본다. 그래도 웬만하면 그냥 쭉 봐준다. 그러다 아니다 싶으면 전광석화처럼 번개를 내려친다.

"무용을 하는 사람에게 긴장감은 매우 중요해요."

몸의 완급으로 감정을 전달하는 게 춤이다. 늘 꼿꼿할 수는 없지만 흐트러진 상태가 오래가면 습관으로 굳어버리기 때문에 안 된다. 그녀는 자신에게 사육사 기질이 있다고 한다. 맹수를 조련하고 맹수의 강점을 키워서 서로 으르렁거리다가도 서로 뒹굴게 만드는 재주가 그녀에게 있다.

"요즘 성형수술이 많은 건 정보가 많아서래요. 옛날에는 고작 한 마을 사람만 아니까 그 가운데서 자기가 예쁜 줄 알고 살 수도 있는데, 요즘은 온갖 매체를 통해 자기보다 예쁜 사람을 너무 많이 보는 거죠. 자기가 세상에서 몇 등인 줄을 알게 되는 거예요. 그러니 자기 등수를 높이고 싶은 욕망이 들죠. 다른 예쁜 사람이 매스컴에 나오면 그 사람을 좋아하느라 바빠서 자기를 잃어버리기도 하고요."

사람은 누구나 처한 환경이 다르고 저마다의 모습이 다르다. 그 다름이 가장 아름답다. 그녀가 학생들에게 강조하는 말이다. 그녀에게는 세상이 들판이다. 야생의 들판에서 마음껏 자신을 발산하도록 학생들을 둔다. 자기다운 모습을 스스로 끌어낼 수 있도록 그냥 두는 것. 그녀가 생각하는 최고의 가르침이다.

강호의 기운이 넘나드는 무용 판에서 그녀는 누구도 무엇도 의식하지 않으려고 애썼다. 혼자서 부지런히 달리기 바빴다. 누가 끌어주지도 않았고 데리고 함께 달려주지도 않았다. 막 달리다 문득 고개를 돌리니, 누가 옆에서 함께 뛰고 있더라고. 그게 바로 '안은미 컴퍼니' 식구들이다. 무용에는 혼자 하는 독무도 있지만 여럿이 함께 하는 커뮤니티댄스도 있다. 이를 위해서는 늘 여럿이 함께여야 한다. 제자와 동료들이 늘 그녀와 어깨동무하며 곁을 지켜주고 있다. 초강력 슈퍼 긍정주의 무용가 안은미 힘의 뿌리는 결국 사람이다.

사람들은 그녀보고 엄청난 체력을 가졌다고 혀를 내두른다. 결혼을 했다면, 자식을 낳았다면, 아마 지금처럼 살기 힘들었을지 모르겠다. 춤에 에너지를 쏟고 기운을 보태느라 그녀는 다른 곳에 쓸 에너지가 없었다. 언제나 그녀는 오직 자신의 춤에만 충실하려고 애쓴다. 그렇게 일을 많이 벌이다 보니 때론 잊어버리고 놓치는 것도 많다. 그러나 슈퍼 건망증이 오히려 초강력 슈퍼 긍정주의에 한몫 거들었다. '돌아서면 잊어버리기'. 이것은 그녀만의 무기다. 나쁜 일도, 힘든 일도 툭툭 털고 잊기 때문에 다시 용기 내 살아갈 힘이 생기는 거다.

모든 일이 다 원하는 대로 성공적으로 돌아갈 수는 없다. 공연이 끝나고 나면 늘 아쉬움도 남는다. 잘하면 잘한 대로 못하면 못한 대로 부족하고

ⓒ 최영모

허기지고 아쉽다. 그 순간 필요한 게 바로 슈퍼 건망증이다. 지난 건 다 잊고 지금 이 순간을 즐기고, 다시 시작하자는 마음으로 그녀는 자신을 향해, 함께 춤추는 친구들을 향해 소리친다.

"지금 당장 춤을 춰! 롸잇 나우Right Now!"

그동안 함께 살아가는 이야기를 춤으로 표현했다면 죽음에 대한 이야기도 하고 싶다. 죽음과 삶의 유희에 대한 또 다른 화두가 그녀를 자극한다. 놀이는 아이들만 필요한 게 아니다. 어른들에게도 건강한 놀이가 절실하다. 잘 놀고 함께 놀아야 세상이 잘 순환된다.

소통의 도구는 갈수록 세련되고 편리해지는데 갈수록 관계는 더 단절된다. 세대 간에는 물론이고 계층 간, 계급 간에도, 부모와 자식 사이에도 서로 통하지 못한다. 서로서로 문을 닫아걸고 벽을 만든다. 남성이 여성을, 여성이 남성을, 젊은이가 노인을, 노인이 젊은이를, 서로가 서로를 혐오하며 끓어오른다. 혐오의 세상은 결국 파국으로 치닫게 마련이다. 문화적 정치적으로 통합과 포용의 역량이 필요한 때지만 쉽지 않다. 이런 문제를 풀 수 있는 가장 손쉬운 방식이 어쩌면 문화다. 그녀는 사회적 갈등을 줄이고, 서로를 인정하며 사회 통합을 이루는 작업을 하고 싶다. 억압 받고 설움 받고 소외된 할머니들의 내재된 언어를 끌어내려는 이유도 그런 거다. 그녀는 김 메는 할머니, 미역 따는 할머니 곁에서 오랜 시간을 머물고, 오래 오래 설득한다.

빨간 바지를 입고 귀마개를 하고 교문에 들어서서 아이들에게 일부러 구경거리가 된 다음, 호기심에 자신을 둘러싼 아이들과 함께 춤을 춘다. 자장면 집에서 만난 아저씨와 막춤을 추기도 한다. 그녀에게 춤은 굳이 무대 위에서만 춰야 하는 게 아니다.

몸 시리즈 3부작을 끝내고 그동안 세대별로 나눈 것을 통합했다. 그 와중에 런던으로 날아가기도 했다. 우리나라 설화인 바리공주 이야기를 가지고 가서 이승의 바리공주와 저승의 바리공주로 나눠 공연을 했다. 아버지에게 쫓겨났지만 꿋꿋이 살아남아 아버지를 위해 약을 구하러 떠나는 이승의 바리공주를 열연했다. 그녀는 당차고 단단한 바리공주를 닮았다.

바리공주 이승 편의 큰 맥락은 바뀌지 않는다. 그러나 그녀는 매번 같은 공연을 하지 않는다. 국악과 창을 넣어서 역동적인 굿 퍼포먼스를 펼친다. 평론가 이정우는 이를 두고 '병적인 활기'라고 했다. 하지만 나는 인간 대표 제사장이라고 부르고 싶다. 신에게 인간을 대신하여 거침없이 할 말을 하는 몸짓, 단순히 샤먼으로서 신의 말을 전하는 것이 아니라 인간의 말을 신에게 전하기도 하는 매개자이자 대변자다. 그녀는 기꺼이 그 역할을 자청하고 나서준 것이다.

그러면서도 그녀가 오만해 보이지 않는 건 익살과 해학 때문이다. 그녀는 일단 춤이 즐거워야 한다고 생각한다. 힘이 들수록 웃음에 대한 끈을 놓으면 안 된다고 본다. 재미가 있어야 몰입하고, 몰입해야 그 춤을 이해할 수 있고, 이해해야 일치가 되는 것이다. 그래서 그녀의 공연은 관객과 공연자가 따로 나눠지지 않고 모두가 즐기는 파티로 끝맺음을 한다. 다소 과격한 퍼포먼스로 관객이 놀라워하고 등을 돌려도 그뿐, 그녀는 관객에게 요구하거나 가르치기보다 그냥 즐기자고 말한다. 안 좋은 일은 슈퍼 건망증으로 털어버리고.

©최영모

도시를 사랑하는 그녀는 역동성과 변화를 익숙하게 받아들인다. 그녀에게 빌딩은 숲과 같다.

"저는 도시가 재밌어요. 게다가 우리나라 사람들의 기운이 좋아요. 사계절이 뚜렷한 탓인지 사람들도 다 확실하잖아요. 우리에겐 약간의 광기도 있어요. 다만 전 그 광기를 눈치 보지 않고 마음껏 발산할 뿐이지요."

돈 안 들이고 '좋은 곳'에 사는 법을 연구하다 보니 한강이 내려다보이는 옥탑방을 찾았다고 한다. 한남동의 3층 꼭대기에서 그녀는 멋진 전망을 누리고 너른 옥상 공간을 맘껏 쓴다. 예술이 돈이 안 되는 세상살이에 안은미는 잘 적응하고 있다. 타이즈 한 벌만 있으면 원하는 춤을 출 수 있는 현대무용의 장르도 그녀의 적성에 안성맞춤이다.

최근에는 이 도시에서 가장 낮게 움직이는 이들을 위하여 '마음 시리즈'를 또 만들어냈다. 시각장애인들이 직접 춤을 추면서 자신을 느낄 수 있게 해주는 <안심安心댄스>를 기획했고, 키가 작은 장애인들과 함께 <대심大心>이라는 이름의 춤을 추었다. 앞으로는 성소수자들을 무대에 세우는 <방심放心>을 올리려고 계획 중이다.

그녀가 늘 화두로 가지고 가는 삶과 죽음의 한 실타래에서 모두가 손잡고 추는 춤, 세상에서 가장 느리고 아픈 춤이라는 <쓰리쓰리랑>도 만들었다. 군대에서 아들을 잃은 어머니들의 춤이다. 그녀가 가장 잘하는 접신의 몸짓이 빛을 발하는 춤이다. 보지 않아도 명치가 묵직하게 쓸려 나가는데 그 춤을 어떻게 마무리했을까? 그 아프고 슬픈 공연에서는 하늘 문이 열리고 꽃상여가 내려왔다고 한다. 울음 대신 북을 두드리는 어머니들이 하늘 문을 연 것이다.

소통이라는 화두로 북한 춤도 공연했다. 남북정상회담이 열릴 거라고는 생각도 못했는데 마치 예견이나 한 듯 북한 춤 공연을 했다니. 그녀의 접신이 또 통했나보다. 유튜브에 올라와 있는 북한 무용수 최승희의 춤을 보면서 우리가 추는 북한 춤을 무대에 올려야겠다고 생각하고 2017년부터 준비했다고 한다. 그리하여 현대적으로 해석한 안은미의 독특한 북한 춤이 무대에 올랐다.

몸이라는 하나의 그릇에 정신이라는 고명을 넣어서 알차게 자신을 반죽하여 내놓는 안은미. 그는 국내보다 해외에서 먼저 알려졌다. 덕분에 역으로 국내에서도 인정받게 된 춤꾼이다. 무용에만 자신의 장르를 한정하지 않고 영화판도 드나들고 자신이 함께 할 수 있는 영역이라면 그녀는 어떤 경계도 긋지 않는다.

그녀의 머리는 이 시간에도 회전하고 그녀의 몸은 이 시간에도 움직인다. 더러 대자로 뻗어 홀로 쉬지만 문을 나서는 순간, 그녀는 세상 속에다 자신의 열기를 뿜어준다. 하늘을 향해서 사람들을 대신한 퍼포먼스로 이야기한다. 맘만 먹으면 언제든 접신할 수 있는 그녀, 그 에너지가 어디까지 닿을까 지켜보고 싶다. 앞으로도 흥미로운 접신을 기대하면서 당장 춤을 추자. 롸잇 나우! 그녀의 쩌렁쩌렁한 목소리에 덩달아 춤을 추고 싶다.

모든 경계를 없애고 틀을 깨라 ;

설치미술가 **최정화**

생활예술의 달인, 모든 하찮은 것의 쓸모를 찾다

　그를 만나기 위해 평창동에 있는 토탈미술관으로 가던 날. <토탈 서포트>라는 전시회가 열리는 중이었다. 전시장 입구에 세기의 선물이라는 탑이 서 있었다. 그리스 3대 건축 양식인 이오니아, 코린트, 도리아 양식을 섞어서 만들었다고 했다. 서양의 양식들을 섞어 동양의 탑 같은 느낌을 냈다. 동서양의 경계가 묘하게 허물어지고 전혀 낯선 세계가 탄생한 듯했다. 서양의 것이라고도, 동양의 것이라고도 할 수 없는 특별한 어떤 것. 보는 사람에 따라 전혀 다른 느낌으로 피어날 작품. 작가가 염두에 둔 의도가 이런 게 아니었을까 추측해보았다. 양극화와 분리가 확연한 우리 사회에 주는, 실치미술가 최정화의 메시지다. 흑백 논리, 좌우 논리는 가만히 있는 우리를 줄 세우고 편 가른다. 그 보이지 않는 편견에 대한 그의 단호한 대응법이다.

　한데 섞음. 모든 것을 섞어놓음으로써 재탄생되는 어울림의 미! 고개를 주억거리게 한다. 굳이 거창하게 떠들지 않아도 그가 원하는 건 소통과

화합과 다양성의 존중이겠다.

　　토탈미술관을 나와 종로에 있는 그의 작업실을 찾아갔다. 가슴시각
개발연구소는 낡은 이층 주택에 있었다. 대문을 열고 먼저 반지하의 공간으
로 들어섰다. 홍콩에서 전시했던 작품명 <색즉시공>이 놓여 있었다. 검은색
비닐 연꽃은 전기로 작동되어 피었다 오므렸다 반복했다. 그야말로 '숨 쉬는
꽃'이다. 집안 입구에는 대구미술관에서 전시된 연금술이 서 있다. 플라스틱
바구니의 오묘한 조합, 그의 집안 곳곳은 가장 값싼 플라스틱으로 치장되어
있다. 아무렇게나 있지만 아무렇게나 보이지 않는다.

그는 예술이 귀하고 높은 곳에 있어야 한다고 생각하지 않는다. 소수가 독점하는 전유물도 아니라고 생각한다. 전 세계 인구가 80억이면 예술도 80억 개가 존재한다고 말한다.

내가 그를 만나고 싶었던 것은 그의 이런 마인드 때문이다. 최정화는 만나자마자 첫눈에 사람을 매료시켰다. 말도 그리 많이 하지 않는다. 그냥 이것저것 보여준다. 어디서나 볼 수 있는 것들이 낯선 배열에 의해 새롭게 보이고 상상력을 불러일으킨다.

누구에게 가장 큰 영향을 받았느냐 물으니 그는 자신의 스승은 추사 김정희라고 한다. 추사가 누구인가? 조선 시대를 통틀어 뛰어난 조형 예술인이자 선각자였다. 추사를 스승으로 마음속에 품고 있다니, 그가 추구하는 실사구시의 예술 세계를 어렴풋이나마 알겠다. 소설가 이인성의 영향도 받았다고 한다. 소설《한없이 낮은 숨결》을 통해 해체와 결합의 소설적 구성을 새롭게 보여준 작가. 그 소설이 최정화를 얼마나 놀라게 했을지 짐작이 갔다.

그의 예술 원천은 시장바닥이다. 거칠고 억센 시장 아줌마들이고, 시장에 진열된 갖가지 물건들이다. 가장 높은 생각이 가장 낮은 현실과 만나 종이 아닌 횡으로 그 옆에 있다. 그는 시장에서 장사하는 사람들의 조형미를 대단하게 본다. 그는 시장 상인들이 단 한 평 좁은 공간을 활용하는 방법이 대단하다며 찬사를 보낸다. 하지만 나는 그 미학을 알아챈 그의 남다른 시각이 더 대단하게 느껴진다. 최정화는 전통 시장에 가면 즐거운 구상이 저절로 샘솟는다고 한다.

최정화는 홍대 회화과를 나왔다. 그림을 그렸고 인정도 받았지만 재

미가 없었다. 그는 무엇이든 재미있지 않으면 하지 않겠다고 다짐했다. 폴 발레리의 말처럼 '그대가 생각하는 대로 살지 않으면 그대는 살아가는 대로 생각하게 된다'고 믿는다. 사는 대로 생각하지 않고 생각한 대로 살기! 단 한 번뿐인 인생에서 그것은 무엇보다 중요한 가치다.

"예술이 아름답고 예쁘고 좋은 것만을 보여줘야 한다고 생각하지 않아요."

가장 하찮은 것으로 가장 화려한 것을 만들어내는 사람. 바로 최정화다. 그는 원색을 선호한다. 왜 원색을 좋아하느냐고 물으니 생동감이란다. 생기발랄, 생생활활. 그의 작품들은 그래서 반짝반짝 윤이 난다. 무엇이든 그렇다. 더러 칙칙한 이 세상살이에 예술이 주는 위로가 이래야 하지 않을까 싶다. 하찮은 것들이 그에게로 오면 눈부시게 자리를 잡는다. 그는 자신의 작품이 기념촬영의 대상이 되었으면 좋겠다고 말한다. 보면서 '이게 예술이야?' 하고 웃으면 더없이 기쁘겠다고.

사진 속에서 그는 간혹 웃음을 짓고 있지만 입을 크게 벌리고 웃는 사진은 보지 못했던 것 같다. 그래서 물었더니, 자신은 그다지 웃음이 많지 않다고 수줍게 고백한다. 그러면서도 아니 그렇기에 더, 최정화는 웃음을 갈구하고 웃는 사람을 좋아하나 보다.

그의 바람대로 그의 작품들은 여러 사람들의 카메라에 담겼다. 기꺼이 기념촬영의 대상이 되어 여기저기서 기꺼이 찍힌다. 사람들은 그의 작품을 보며 신기해하고 즐거워한다. 예술을 예술이라고 무겁게 의식하지 않아도 충분히 예술을 누리며 동참한다.

2008년 서울 디자인올림픽에서 그는 <천만 시민 한마음 프로젝트-모이자 모으자!>라는 작품을 기획했다. 그가 모은 재료는 분리수거함에 있던 플라스틱 생활용기들이었다. 전국 각지에서 생수병이나 플라스틱 통들을 모았다. 누구나 집안에 가지고 있는 것들, 하찮게 버려진 것들을 모으니 양이 엄청났다. 그는 이 재료들로 올림픽 주경기장의 외벽을 둘러쌌다. 최대 10만 명 넘게 앉을 수 있고 크기도 어마어마한 경기장의 외벽이 몇 미터인지는 정확히 모르겠으나 4천여 명 가까운 인력이 동원되어 '모이자 모으자'라는 작업을 해냈다. 그의 구상과 추진력이 놀랍기도 하고 그 폐자재를 통하여 말하고자 하는 메시지도 감동스러웠다. 아무것도 아닌 것들이 뭉치고 모여 때로는 그 무엇이 될 수 있음을, 그리하여 아무것도 아닌 것들이라도 함부로 대하지 말라고, 함부로 발로 차지 말라고 말하고 싶었던 건 아닐까?

그의 작품들은 유일무이하기로 유명하다. 국내에서도 잘 알려져 있지만 특히 외국에서는 더 큰 호평을 받고 있다. 전 세계 곳곳에서 그의 작품 전시회가 열리고 있고, 그 역시 1년에 절반은 해외 전시를 위해 나가 살다시피 한다. 상해 홍차오 국제공항 앞, 프랑스 리옹, 싱가포르, 말레이시아, 태국, 일본⋯ 수많은 곳에서 그의 작품을 만날 수 있다. 국내에서는 서울 시립미술관, 부천 테크노파크, 파주 헤이리와 대구 등에 그의 작품이 설치되어 있다.

하찮은 재료들로 만든 작품이 왜 사람들을 즐겁게 할까? 바로 그 하찮음 때문이다. 베이징의 갤러리 '페킨 파인 아츠Pekin Fine Arts'에서는 크기가 각각 다른 여러 명의 울트라맨을 '엎드려 뻗쳐'시킨 작품이 큰 호응을 얻었다. 아무것도 아닌 것을 새롭게 배열하여 전혀 다른 작품을 만든 셈이다.

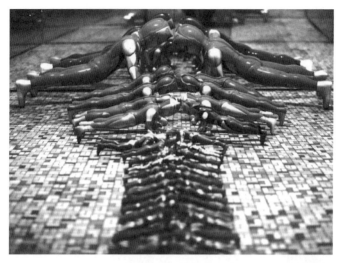

나답게
　산다

그의 작업실에 진열되어 있는 연꽃이나 유난히 노란 부처상을 보며 그가 가진 불교적 색채를 규정하려고 했다. 그러나 그는 무언가 틀에 넣어 규정하려는 내 사고에 고개를 갸웃했다.

어릴 때 자연스럽게 불교적인 환경에서 자라 자연스럽게 불교적인 색채가 배어나오는 것은 인정하지만, 그는 자신의 작품에 규정이나 경계는 없애고 싶다고 말한다. 이것은 불교, 이것은 기독교 하는 식의 구분과 분류는 어쩔 수없이 뻔한 틀을 만들기 때문이다. '불교적'이라고 말하는 순간 그 틀에 매일 수밖에 없으니까.

나는 관객 입장에서 그의 작품 세계를 분석하고 싶어져, 이모저모 찬찬히 훑어보았다. 그의 작업은 모든 것을 해체하는 단계에서부터 시작하는 듯했다. 이름이 부여된 어떤 질료를 해체하여 처음으로 되돌리는 것. 그것은 언뜻 파괴인 것 같지만 창조의 과정이다. 처음으로 돌아간 재료를 다시 배열하고 다듬어 애초에 없던 새로운 이름을 가진 유일한 모양으로 탄생시킨다. 헤겔의 변증법처럼 바르게 있는 것을 전혀 다르게 흐트러뜨리고 다시 모은다. 깨고 부수지 않고서는 새롭게 나아갈 수 없다는 이치를 깨닫게 한다.

그는 군인이었던 아버지로부터 당당하고 정갈한 품성을 물려받았고, 어머니로부터 자유로운 품성을 물려받았다. 오남매의 장남이었지만 책임감에 억눌리지 않고 자신의 기질을 잘 살려나갈 수 있도록 배려해주셨다고 한다. 아버지가 정이면 어머니가 반이고 자신이 합인 셈이다.

그는 어릴 때 친구가 없었다. 군인 가족들이 대개 그렇듯 아버지의 발령지에 따라 초등학교 때만 여덟 번이나 전학을 다녔던 탓이다. 친구들에게 늘 똑같은 자기소개를 해야 했고, 친구를 사귀기도 전에 또 그 자리를 떠났다. 어린 그는 늘 외로웠다. 오래 외롭다 보니 어린 나이에도 외로움을 즐길 수 있게 되었다고. 혼자 있는 시간, 머릿속으로 숱한 공상들을 탑처럼 세우고 쓰러뜨리고 지웠다가 이내 다시 세웠다. 그 시간들은 의외로 큰 즐거움을 주었다. 외롭지 않았다면 알 수 없는 즐거움이었다. 이런 외로움을 즐기다 보면 무엇이 외로움이고 외로움이 아닌지 굳이 분간할 필요가 없게 된다. 외로운 그 시간들이 있었기에 공상을 끌어내고 재미난 상상력에 흠뻑 빠질 수 있었으니, 외로움도 외로움이 아니다. 그 공상과 상상은 예술의 큰 밑천이다.

그는 바쁜 것도 즐긴다. 바쁜 와중에 혼자인 것도 즐긴다. 혼자 있는 시간에 그는 맥주를 마시고 책을 읽고 썬텐을 하며 늘어지게 눕는다. 시간의 제약을 받지 않는다. 혼자라서 외롭다기보다는 혼자라서 온전한 휴식이다. 국내에서는 여러 가지 프로젝트가 동시에 돌아가서 몹시 바쁘다. 외로울 틈이 없다. 그러나 해외 전시 때는 전시만을 위하여 시간을 내므로 오히려 혼자일 수 있다. 바쁜 시간을 충분히 바빠야 혼자 있는 시간도 충분히 달콤하게 즐길 수 있다는 게 그의 논리다. 해외 전시에 나가는 게 자신에게 주는 휴가다.

그는 자신을 '작가'라 하지 않고 '거의 작가'라고 말한다. 초기에는 '간섭자'라는 별칭으로 자신을 말하기도 했다. 그는 작가라는 밋밋한 호칭에 어울리지 않는다. 그가 스스로 지어준 가슴시각개발연구소 소장이라든지 공간 디자이너 혹은 인테리어 디자이너라는 이름에 더 잘 어울린다. 수많은 인터뷰를 하지만 아직도 수줍어서 맥주를 한 잔 마셔야 자기 이야기를 하는 사람. 그는 내게도 맥주를 권했다. 그가 가진 수많은 모습 중에 어쩌면 가장 천진하고 수줍은 내면을 내가 엿본 게 아닐까? 행복한 마음이 들었다.

그는 공간 디자인을 하는 사람답게 그가 놀고 싶은 공간을 스스로 만들어 왔다. 술을 즐기고 사람을 좋아하는 그답게 그의 공간에는 젊고 신선한 기운이 가득하다.

1990년대에는 황금이라는 뜻을 가진 <올로올로olloollo>의 공간을 디자인했다. 혼자 놀 수도 있고 함께 놀 수도 있는 곳이다. 주인이 바뀌었어도 아직 그 카페의 내부는 그대로다. 1991년에는 카페 <오존>의 인테리어를 맡아 전시하고 놀 공간을 만들었다. 대학로 카페 <살>의 아티스트 디렉터로 실내를 꾸미기도 했다. 카페 운영은 동생에게 맡겼다. '살'은 경상도 말로 '쌀'이기도 하고 죽이다는 의미의 '살殺'이기도 하고 피부란 뜻의 '살'이기도 하다. 그는 그런 다중적인 의미를 가진 단어를 좋아한다.

오래전, 이 다중적인 의미의 카페 <살>에 다중적이고 다양한 사람들이 찾아왔다. 문인부터 음악인, 무용가까지 많은 문화예술인들이 그곳에서 서로 소통하며 예술적 교감을 나누었다. 그는 거기서 멈추지 않았다. 이번에는 다양한 이들이 모이는 복합문화공간 <꿀>을 이태원에 열었다. 공연도 하고 전시도 하고 차나 술도 마실 수 있는 공간. 그는 그곳에서 자기가 꾸미고 싶은 자연스런 설치물들을 척척 걸쳐놓았다. 아쉽게도 <꿀>도, <살>도 지금은 없다.

그는 여전히 이런 공간들에 대한 꿈을 꾼다. 그의 카페는 잠시 휴업 중이지만 그의 작품이 걸려 있는 카페는 많다. 제주도에 아이돌 GD가 차린 YG 리퍼블릭 제주신화월드점 천장의 <숨 쉬는 꽃>도 그의 작품이다.

그에게는 딸린 식구들이 많다. 그의 작업을 도와주는 이들이 함께 사용하는 작업실이 있고 그 작업실에 모여 있는 또 다른 작업가들도 있다. 예닐곱 명 내외이니 자신의 진짜 부양가족까지 하면 소규모 기업이다. 그가 바쁘게 사는 이유가 여기 있다. 부지런히 먹이를 모아 나누어야 한다. 매우 자유롭고 싶어 해서 어떤 책임이나 부채로부터도 자유로울지 모른다는 예상은 틀렸다. 그에게는 자유와 책임도 상반된 개념이나 경계가 아니라 조화다. 자유롭게 어울리고 자유롭게 서로를 지탱해주며 함께 살아가는 것이다.

규정을 싫어하고 무한한 상상력을 동경하는 사람, 최정화. 매일 똑같은 하루이지만 어제와 다른 오늘을 사는 그. 예술가라는 빛나는 이름 뒤에 숨어, 현실을 외면하고 식구들에 기대어 사는 게 아니라 함께 서로를 지탱하며 서로를 살게 하는 것. 그런 모습이 그를 더욱 당당하고 단단하게 보이게 만든다. 그래서 그는 작가나 예술가라는 호칭을 거추장스러워하는 걸까?

그의 작품들이 즐비한 작업실 이층 테라스에 전 주인이 남겨놓고 간 항아리들이 둥그렇게 놓여 있다. 무엇을 새로 만들어내는 것만이 창작이 아니다. 무언가를 어떻게 보고 어떻게 배치하는가도 중요한 창작이다. 그것은 고정된 관념을 깨는 과정이기 때문이다. 옥상에는 김장할 때 쓰는 붉은 고무통도 놓여 있다. 회색 방수포를 칠한 바닥은 정갈하다. 여기서도 그가 만들어내고 싶어 하는 세계가 엿보인다.

"저는 예술이 대단한 게 아니라 누구나 예술을 할 수 있다는 걸 보여주는 거라고 생각해요. 그게 진짜 예술이라고."

그가 아파트 주민들과도 작업을 하고 노숙자와도 작품을 만드는 이

유다. 예술에 대한 화려하고 고귀한 환상을 깨는 것. 그래서 가장 하찮은 것
도 다시 들여다보게 만드는 것. 그의 말대로 어쩌면 그것이 진짜 예술일지
도 모르겠다.

　그에게 영감을 주었다는 병따개는 일반적인 모형이 아니다. 작고 네
모난 직사각형의 나무판에 나사를 박고 그 사이로 병뚜껑을 넣어서 지렛대
원리로 병을 딴다. 새로운 발견은 기존에 가지고 있던 모든 도구들에 대한
인식을 바꾸게 한다.

　진열장 아래에 놓여 있던 신랑신부 인형들의 모습이 내 시선을 잡았
다. 신랑신부가 바라보는 유리는 깨져 있고 그 앞에는 총이 여러 자루 놓여
있다.

"여기에도 의미가 있는 거지요?"

그는 살짝 웃어 보였고 나는 슬며시 알은체했다. 여기저기 간혹 쓰레기들처럼 널브러져 있는 것들도 자세히 보면 정갈하게 제자리를 지키고 있는 중이다. 거실에 놓인 연금술사 옆으로 순하고 가녀린 양의 박제가 보인다. 양은 왜 거울을 보고 서 있는 걸까? 양이 가고 싶은 곳은 어디일까? 무엇을 그리워하는 걸까? 애초 그 양은 양으로 태어난 것이 맞는 걸까? 익숙한 사물과 현상에도 물음표를 던져보는 것. 그와 이야기하다 보니 내 마음속에서도 낯선 의문들이 꼬리를 물며 이어졌다.

과거와 현재가 공존하고 값비싼 모형들이 즐비하고 웅장하고 장대한 것들과 초라함이 섞여 있는 그의 작업실은 무한한 상상의 공간이었다. 그 자체로 하나의 작품이었다.

빛이 지구까지 오는 시간을 재는 단위를 '광년'이라고 한다. 영어로는 '라이트 이어Light Year'지만 '라이트Light'의 또 다른 의미는 가볍다는 것. 가벼운 나날! 세상의 진리는 이처럼 역설로 다가온다. 그래서 진짜가 된다.

살아있는 것은 역동한다. 역동하는 것에는 경계가 없다. 경계가 없는 것에는 존재만 있다. 존재 그 자체가 본질이다. 그는 끊임없이 우리의 사유를 부채질한다. 이 지극히 가벼운 시간 안에서 무거운 나날을 보내고 있는 우리는 그의 플라스틱이 보여주는 매트릭스의 시간 속으로 빨려 들어간다. 나는 그를 생활예술 혹은 예술생활의 달인이라고 부른다. 가장 높은 것을 가장 낮은 곳으로 가져와 종을 횡으로 이어주는 그가 새삼 고맙다. 모든 하찮은 것들의 쓸모를 알아봐 주니. 그의 외로움이 고맙다.

그냥 놀아라, 즐겨야 산다 ;

작곡가 **임동창**

'그냥' 살며
소리 짓는 풍류객

그냥! 이 말처럼 편하고 은근한 말이 또 있을까! 투명하면서도 따뜻한 울림. 싱거운데 깊은 소리. 시인 조동례는 '그냥'이라는 말을 자유와 속박을 뛰어 넘는 말이라 했다. 이런 차원의 '그냥'을 호號로 쓰는 사람이 있다. 설명하지 않아도 알 수 있는 사람, 소리를 짓는 사람, 임동창은 '그냥 선생'이다. 가장 단순하면서도 할 이야기가 많은 '그냥'. 이 말을 호로 쓴다는 건 결코 '그냥' 살지 않았다는 뜻이다.

군산의 어느 마을. 어린 임동창은 우연히 피아노 소리를 듣고 반한다. 저 소리를 나도 내야겠다는 마음이 무작정 늘었다. 그러나 자신을 가르쳐줄 선생님이 없었다. 그는 다짜고짜 짐을 꾸려 피아노가 있는 음악실로 들어갔다. 그리고 군산에서 피아노를 가르치는 이길환 선생님을 찾아가 그의 제자가 된다. 부유하고 넉넉해서 시작한 게 아니었다.

열다섯 살 소년이 어떻게 그런 패기가 있었을까? 그는 지금도 여전히 총기가 또렷한 눈매를 가졌다. 그러니 젊고 어린 날에는 얼마나 반짝반짝 했을까!

열다섯 살에 시작한 피아노. 2년 동안 죽어라 쳤더니 베토벤이나 바흐의 곡 중에 마음에 안 드는 부분이 눈에 들어오더란다. 건방진 생각일지 모르지만 사실이 그랬다고. 마음을 표현해주는 음악을 사랑했지만 그것만으로는 충분하지 않더란다. 그는 직접 음악을 만들기 시작했다. 아름다운 소녀에 대한 사랑이 아지랑이처럼 피어오르던 때였다. 첫사랑에 대한 아릿한 마음은 음악의 촉매제가 되었다. 여리고 순수한 소년의 마음이 음악으로 흘러나왔다. 그는 오선지에 마음을 닮은 음표들을 하나씩 하나씩 그렸다.

피아노로 시작했으니 피아노로 끝을 보고 싶었다. 고등학교에 입학은 했으나 다니지 않았다. 그는 종일 피아노만 쳤다. 하루 열여섯 시간씩 5년을 피아노만 붙들고 살았다. 교회 피아노의 페달이 구멍 나도록 밟아댔다. 누구는 목숨을 걸고 한다지만, 그는 목숨에 대한 생각도 잊어버릴 만큼 몰입도가 컸다.

그런데 아무리 쳐도 실력이 느는 게 아니라 더 나빠진다는 생각이 들었다. 피아노를 잘 치기 위해 그는 선생님을 찾아가 묻고 선배들을 찾아다니고 별짓을 다 했다. 하지만 그 어디서도 원하는 답을 구하지 못했다. 잠시 절망에 빠지기도 했다. 그러면서도 습관처럼 치고 또 쳤다.

몸이 너무 힘들어서 죽을 것 같던 어느 날. 그날도 그는 습관처럼 피아노 앞에 앉았다. 그리고는 무심히 쇼팽의 그랜드 폴로네이즈Chopin's Grande Polonaise를 쳤다. 순간, 그는 꿈에도 그리던 소리를 듣게 된다. 자신이 치는 소

_사진 자료 제공 임동창

리라고 믿기지 않을 만큼 완벽한 선율이었다.

'내가 나를 완벽하게 버렸을 때 비로소 완벽한 소리를 낼 수 있구나.'

그리고 시간이 더 흐른 뒤에야 그는 깨닫게 되었다. 완벽한 소리를 내 겠다는 집착과 갈망도 무의미하다는 것을. 피아노에 대한 공부는 그것으로 비로소 끝이 났다. 모든 건 시간과 마음이 해결해주는구나 싶으니 허탈했다. 단순히 기술적으로 피아노를 잘 치는 것은 크게 의미가 없다는 것을 알게 되 자, 그는 더 맹렬하게 작곡에만 매달렸다. 무엇이든 잡으면 끝을 보고 마는 성격 탓에 가혹할 정도로 자신을 몰아세웠다. 그러나 하면 할수록 작곡이라 는 것도 그를 점점 절망에 빠트렸다.

"작곡이 실은 논리예요. 아주 재미있는 작업이지요. 그 재미있는 작업 에 죽어라고 매달렸어요. 그런데 또 매 순간 끊임없는 물음이 생기는 거예요. 내 음악은 과연 무엇인가. 아무리 열심히 해도 '내 음악'이 안 나오는 거예요."

끝없이 생각하고, 끝없이 작업에 매달리다 어느 순간 그의 물음은 다 시 하나로 귀결되었다.

'나 자신을 모르니 내 음악이 나오지 않는 건 당연하구나. 그렇다면 나 는 무엇인가?'

열정적인 피아니스트이자 성실한 작곡가였던 임동창은 그 질문의 답 을 구하는 데도 치열하게 몰입했다.

그러다 어느 한 날, 산책을 한 후 손을 푸는 행위로 기술적인 작곡을 하던 참이었다. 그의 귀에 세 번의 괘종시계 소리가 들렸다. 새벽 세 시인 줄 알고 시계를 봤는데, 고작 열두 시였다. 그는 선생님 방문 앞으로 가서 지금

몇 시냐고 물었다. 선생님은 밤 열두 시 아니냐고 반문했다. 그제야 그는 퍼뜩 정신이 들었다. 시계추가 친 아홉 번의 소리를 그는 진짜 듣지 못했다. 시계는 분명 열두 번의 종을 쳤을 테지만, 자신은 아홉 번의 소리를 놓치고 단세 번의 소리만 인식한 것이다. 소리를 놓친 것도 자신이고, 소리를 들은 것도 자신이었다. 사람들은 눈과 귀로 자신이 알아차린 세계만 전부라고 생각하지만, 어쩌면 알아채지 못하고 놓친 아홉 개의 다른 세상, 아홉 개의 다른 소리가 존재할지도 모른다. 우리가 아는 게 전부가 아닐지도 모른다는 깨달음이 서늘하게 찾아왔다.

"마찬가지로, 보이는 나와 보이지 않는 내가 있어요. 어쩌면 더 중요한 건 드러나지 않은 나일지도 몰라요."

음악 이전에 음악을 하려는 나 자신. '나는 누구인가'에 대한 보다 철학적이고 보다 근원적인 물음이 다가왔다. 그 물음을 해결하기 위하여 그는 인천 용화사 송담 스님 밑으로 출가를 한다.

군 제대 후 다시 세상 속으로 나와 그는 우연히 첫사랑 소녀와 재회한다. 소녀는 더 이상 소녀가 아니라 여인이 되어 있었다. 그는 한없이 여리고 순수한 마음으로 또다시 그녀를 사랑하게 된다. 하지만 가난한 음악가의 사랑이 무난하고 평탄한 해피엔딩일 수는 없었을 터. 순수한 사랑은 차가운 현실 앞에서 속절없이 무너졌다. 드라마처럼 사랑했지만 드라마처럼 떠나보내야 했던 첫사랑. 이후부터 그는 더 이상 사랑을 믿지 않았다. 사랑도 삶의 한 과정일 뿐, 더 큰 의미는 없다고 외면했다.

화두 하나를 붙들고 진정으로 정진하면 사소한 것에서도 큰 깨달음을

얻을 수 있다고 그는 믿는다.

그때부터 그는 자신이 속한 세상을 보고 자신이 딛고 있는 땅의 기운을 느끼며 '우리의 음악'을 붙들고 늘어졌다. 전통적인 가락과 정서에도 마음을 두었다. 가수 장사익에게 곡도 주고 사물놀이패 김덕수와도 협연도 했다. EBS에서 도올 김용옥에 이어 문화강좌도 했다. 시쳇말로 잘 나갔다. 그런데 이렇게 잘 나가던 와중에 그는 돌연 칩거에 들어간다.

"아. 이러다 내가 끝나겠구나. 이런 유명세를 타다가는 진짜 내 음악을 하기는 어렵겠구나."

불안과 두려움이 훅 오더란다. 그는 왕성하던 활동을 접고 집안에 들어앉는다.

한 분야에서 굵직한 업적을 이룬 사람들을 보면 공통점이 있다. 그들은 상황에 떠밀리지 않는다. 달리는 것도 자신의 의지로 달리지만, 멈추는 것도 자신의 의지로 기어코 멈춘다. 자신이 생각하는 대로 자신의 삶을 주도적으로 이끌어가는 힘이 있다.

칩거 2년이 지나갈 때 즈음, 그는 자신이 해야 할 음악이 무엇인지 또 불현듯 깨달았다. 불현듯 이라고 하니 마치 뒹굴뒹굴 놀다가 우연히 번뜩 깨달음이 굴러들어온 것 같지만 그건 아니다. 생각의 끈을 잡고 고뇌와 고통 속에서 치열하게 고민하는 순간들이 쌓여 만들어낸 결과다. 얼마나 많은 고민과 노력을 계속해야 그 끈을 놓치지 않고 붙잡을 수 있는지 알기에 그의 집념이 존경스러웠다. 그는 우리나라 관악합주곡인 <수제천>을 분석하며 듣는 작업을 14개월 동안 했다. 이제 더 이상 들을 것도 없다고 생각하면서

수제천을 다시 듣는데 배꼽 밑이 꿈틀거리더란다.

"이런 느낌 알아요? 14개월 동안 아무것도 먹지 않고 속을 비운 뒤에 물 한 잔을 마신 느낌? 어떨 것 같아요? 그 물이 미세혈관 하나하나까지 찌르르 번져나가는 느낌. 생생하게 말단 핏속까지 새 물이 흘러 들어가는 느낌이었어요. 내 표현대로 하자면 조상을 만났어요. 조상의 얼이 내 안으로 딱 들어온 거예요."

그가 '허튼 가락'이라고 하는 것이 터져 나오는 순간이었다. 삼십 년을 붙든 화두가 일시에 뚫려 나왔다. 두 달 동안 그는 남창가곡 26수, 여창가곡 15수, 총 41수를 짓는다. 그동안 응집해온 모든 역량과 감성이 폭포수처럼 쏟아져 나온 것이다. 그때 비로소 임동창, 그 자신은 세상 밖으로 당당히 스스로 걸어 나왔다. 피아노를 잘 치려고 몸부림을 칠 때처럼, 자신을 내려놓고 나니 비로소 자신이 보였다. 자신이 없어지니까 비로소 진짜 내 음악이 나오더란다.

그는 그 '얼'을 더 구체적으로, 그의 표현에 의하면 '찔게' 하려고 부단히 돌아다녔다. 언젠가는 부여박물관의 백제금동대향로를 일곱 시간 동안 꼼짝도 하지 않고 밥도 먹지 않은 채 들여다보고 있어서 이상한 사람 취급을 받기도 했다. 음악에는 혼이 있어야 하니 조상을 보는 것에서부터 시작하자 싶어 찾아간 곳이었다. 그렇게 발품을 팔아가며 핏속에 내재된 가장 '나다운 소리'를 찾아다니다 보니 마치 봇물이 터진 것처럼 작품이 쏟아졌다. 영산회상, 여민락, 대취타, 전래동요, 민요, 산조 등을 정신없이 작곡해냈다. 그러나 그 순간에도 책상에는 그리다 만 악보가 있었다. 이루지 못한 첫사랑의 선율

이었다.

그에게는 평생 세 가지의 화두가 있었다.

내 음악은 무엇인가? 나는 누구인가? 사랑이란 무엇인가?

이것은 그에게 매우 근본적인 물음이다. 내 음악을 알기 위해서는 먼저 나를 알아야 했다. 음악이란 무엇인가를 어렴풋이 아는 데 30년이라는 시간이 걸렸다. 30년이라는 시간이 걸려서야 겨우 남들이 조금 알아주는 임동창이 되었다.

그러나 사랑은 의외로 간단히 깨달음이 왔다. 첫사랑을 이루려고, 가장 순수한 믿음으로 사랑을 욕심냈지만 그는 첫사랑을 끝내 이루지 못했다. 첫사랑 여인의 집안 반대를 피해 도망까지 가면서 그녀를 지키고 싶어 했지만 결국 뜻대로 되지 않았다. 사랑이 깨졌을 때 그는 마음의 문을 닫았다. 처음처럼, 습관처럼 다시 돌아가려고 했지만 쉽지 않았다. 사랑을 알기 전으로 돌아가도 처음 혼자였던 것처럼 잘 견딜 거라고 생각했다. 하지만 그럴 수 없었다. 힘든 시간을 또 넘어야 했다. 사랑이란 무엇인가? 그에게 이 물음은 마지막 숙제였다.

이 화두를 깨고 싶어서 가장 비천한 사랑부터 가장 고귀한 사랑까지 다 해보리라 작정하기도 했다. 그러나 사랑에 관한 이 화두 역시 어느 순간 퍼뜩 임동창을 정신 차리게 했다.

'그동안 내가 해온 건 사랑이 아니라 그저 사랑의 행위들이었구나. 결국 누굴 만나든 내가 변하지 않으면 내가 원하는 사랑을 할 수 없구나. 내 마음이 진짜여야 진짜 사랑을 할 수 있구나.'

사랑이야말로 말이나 글로 설명이 안 되는 거다. 사랑은 시작도 끝도 없고, 그저 과정일지 모른다. 그의 사랑법은 무엇일까? 아내 이효재 씨와의 만남을 말할 때 그는 담백하면서도 따뜻한 미소를 띠었다.

"내 속살과 제 속살이 같아서 사랑을 하게 된 거예요."

그의 속살이 따뜻하다는 걸 효재 씨가 알아보았다는 뜻이다. 그렇다면 그녀도 따뜻하다는 뜻. 결국 사랑을 알아보는 사람만이 사랑할 수 있다. 그들은 남들처럼 살지 않고 남들처럼 사랑하지 않지만, 그래도 남들과 크게 다르지 않다. 사랑은 다 닮았다.

임동창, 그는 사랑이 가지는 의미를 실천하는 사람이다. 그가 철저하게 나란 무엇인가? 내 음악은 무엇인가? 그렇게 내 자신으로부터 시작한 이 기利己심이 우리에게는 이로움이 되어 돌아왔다. 그가 우리에게 주는 음악은 사랑이다. 그는 단순히 위로만 하는 음악을 하고 싶어 하지 않는다. 사람을 바꾸는 음악이 진짜 음악이라고 생각한다.

그의 음악을 듣고 있으면 새벽녘 물안개 가득한 호수 위에 물방울 하나가 톡 떨어져 파문을 일으키면서 묻는 것 같다.

'당신은 지금 어디에 있고 무엇을 하는가? 그게 당신인가? 어디에 있든 무엇이든 다 당신이다.'

그의 음악은 끊임없이 묻고 끊임없이 대답한다. 그 물음과 대답들은 그의 음악을 듣는 사람들의 마음속에 잔잔한 파문을 일으키고 균열을 일으키고 그리하여 결국 사람을 다시 태어나게 만든다. 사람을 바꾸는 진짜 음악.

그러므로 나는 가만히 집중하면서 그의 음악을 듣고 또 듣는다.

아무것도 헐 것이 없구나
그저 놀기만 허면 되는 것을…
논다는 것은
삶을 흐르게 두는 것이며
바람과 하나 되는
숨결을 이루는 것이다.
이것이 풍류로구나

　　최치원이 낙랑비 서문에 썼던 '국유현묘지도 왈 풍류國有玄妙之道 曰風流'라는 말에 그는 무릎을 쳤다.

　　'바로 이것이구나.'

　　숙제를 마친 어린아이처럼 즐거웠던 어떤 날, 그는 앞으로 자기가 살아갈 방향을 풍류로 정한다. 혹자는 풍류를 술 먹고 이성을 만나 왁자지껄 노는 것이라고 생각할지 모르겠지만 풍류는 도道다. 임동창은 풍류가 석가나 예수 같은 성인들 말씀 이전부터 이미 인간에게 있었던 삶의 길이라고 말한다.

　　음악을 하기 위해서 정신없이 자기를 몰아치며 다잡던 시간을 지나 음악을 놀이삼아 신나게 노는 시간 한가운데에 그가 있다. 그는 음악 안에 사로잡혔던 자신을 꺼내 자유롭게 놓아둔다. 그냥 놀라고 한다. 무엇에 걸리지도 말고 억지를 쓰지도 말고 바람처럼 숨처럼 노는 게 신명나는 길이고 행복할 수 있는 길이고 만물 가운데 하나인 사람이 되는 길인 것이다.

무엇에 예속되는 것을 싫어하지만 무엇에 예속되지 않으려고 애쓰지도 않는 그는 자신이 빌미가 되어 밥벌이가 되는 것은 고마운 일이라고 한다. 그래서 공동체를 만들어 함께 한다.

새로운 음악을 하고 싶어 온 아이, 그림을 그리고 싶어 온 아이, 피아노를 잘 치고 싶어서 왔지만 피아노를 치지 않는 아이까지 각양각색의 친구들이 그의 제자로 곁에 모여 있다. 시경의 추임새처럼 '흥야라밴드'를 만들어 그들과 놀기도 하고 그냥 막 놀기도 한다. 세상 사람들이 신명이 나 있으면 평화로울 수 있다는 생각에 풍류판을 만들려고 완주군의 도움으로 풍류학교도 만들었다. 전북 완주군 위봉산 자락에는 '임동창 풍류학교'가 있다.

그의 풍류는 '풀어짐'이다. '풀어지면 굳어 있던 사랑이 녹아 흐르고 너와 내가 하나 돼 행복하고 신명나는 삶을 살 수 있다'는 취지로 2013년에 문을 열었다. 주말마다 이런저런 잔치로 이 동네 사람, 저 동네 사람 모두 불러 한바탕 논다. 서로 낯설어도 음악을 통해 풀어지면 어깨를 맞대고 놀 수 있고 잘 놀면 서로 친근해져서 어울렁더울렁 하나가 된다. 그렇게 잘 노는 이를 풍류인라고 부른다. 풍류인은 흥이 있어야 하고 사랑을 실천할 수 있어야 한다. 그러기 위해서 반드시 한 가지 능력이 필요하다. 그 가장 큰 능력이 바로 '사랑'이다.

2017년부터 하고 있는 EBS 라디오 임동창의 풍류방 첫 방송 때 그가

나답게
산다

한 말이다. 전국의 아리랑을 모두 새로 만들었다는 임동창. 그는 세종대왕을 존경하여 '세종아리랑'도 만들었다. 세종이야말로 대표적인 풍류인이라고 한다. 자신의 능력을 사랑으로 백성들에게 주어 서로 통하게 하였으니 얼마나 대단하냐며 극찬한다.

그가 좋아하는 사람 중에는 동학의 창시자 최제우도 있다. 그는 유학자 최제우의 솔직함에 매료되었다고 한다. 나는 너풀너풀 자신을 던지며 말하는 임동창의 눈빛에서 솔직함을 읽고, 그 솔직함에 매료되었다. 세상을 가장 잘 사는 방법은 솔직함이라는 그의 말에 절로 맞장구가 쳐진다. 솔직해야 자유롭고, 자유로워야 마음껏 놀 수 있다. 맥락 있는 이유다.

케이팝K-Pop처럼 케이클래식K-Classic을 널리 알리고픈 그는 피아노에 우리 관현악 소리를 내는 피앗고를 직접 만들어 연주하고 있다.

군산에서 서천으로, 진안으로, 제주로, 용인으로, 서울로 다시 남원에서 완주로. 어느 한 곳에 거처를 두지 않고 세상을 떠도는 풍류객 임동창. 또 어딘가로 그는 슬슬 발길을 옮길 것이다.

한때는 튀는 음악가로, 한때는 문화반란가로 세상을 두루 거치면서 살아온 작곡가 임동창. 그가 풍류학교에서 사람들에게 가르치는 풍류는 어떤 걸까? 사람과 사랑과 음악이 어우러져 만들어내는 풍류, 신명나게 노는 그의 모습을 아주 가까이서 본다면 누구라도 그의 신명에 젖지 않을 수 없으리라. 산다는 건 그냥 물 흐르는 대로 노는 것. 근데 놀더라도 신명나게 잘 놀아야 한다는 것. 우린 너무 못 놀아서 여기저기 아프고 괴로운 것 같다. 어쩌면 요즘 현대인들에게 딱 맞는 소리다.

"사람이 중심만 바로 서면 어떻게든 못 놀겠어요? 인생살이 신나게 한 판 노는 거지."

그렇다. 어떻게든 못 놀고 어디서든 못 놀겠는가!

그의 놀이판에서는 늘 노는 모습이 달라진다. 그러나 중심은 변하지 않는다. 그는 세상 속에 속해 있지 않은 사람처럼 보이지만, 사실 세상의 중심에서 가장 신나게 놀고 있는 사람이다. 일단 우리도 훨훨 놀고 볼 일이다. 흥야랏!

처음 가는 길이라도 두려워 말 것 ;

몸짓(마임)작가 유진규

말로 다 할 수 없는 심정,
몸짓으로

까만 무대 한가운데 동그란 조명이 켜진다. 그 조명 한가운데에 쇠못이 있고 실에 한쪽 다리가 묶인 개구리, 빛에 눈이 부신지 잠시 가만히 있다. 다리가 묶인 것도 모른 채 벗어나려고 팔짝 뛴다. 어디선가 둔탁한 발소리가 들린다. 몸의 상체부터 무릎까지 꽁꽁 묶여 있는 한 사람이 뒤뚱뒤뚱 걸어 나온다. 그의 입에는 긴 줄이 물려 있고 그 줄 끝에는 보기에도 날카로운 재단가위가 달려 있다. 가위는 그가 걸을 때마다 흔들린다. 남자는 조명 안의 개구리를 내려다본다. 그는 고개를 숙여 입에 매달린 재단가위를 개구리의 등으로 툭 내리꽂는다. 악! 하는 비명소리가 객석에서 들린다. 개구리는 요행히 맞지 않는다. 개구리가 달아나면 남자는 뒤뚱뒤뚱 개구리가 있는 쪽으로 다가가 다시 입에 문 재단가위를 툭 던지듯 내리꽂는다. 관객은 처음에 비명을 지르다가 나중에는 흠칫 소리를 멈춘다. 정적이 흐르고 이제 관객은 그 남자가 개구리의 등에 재단가위를 꽂을 수 있을지 궁금해한다. 모두 숨을 죽인다. 관객들은 저마다 자기가 알고 있는 만큼 상상이나 고뇌를 시작한다. 공연이 진행되는 동안 객석의 비명과 무대에 떨어지는 가위 소리와 개구리의 작은 울림만이 들릴 뿐 아무 소리도 없다.

침묵의 무대, 무언의 몸짓들!

한마디 말도 없이 몸짓만으로 공연을 이어간다. 이게 바로 마임이다. 온몸이 묶인 채 입에서 재단가위를 툭툭 떨어뜨리는 남자가 바로 유진규다.

1960년대 말. 소년 유진규는 세상이 답답했다. 거추장스런 형식들에 반항하기 위해서 그는 가장 불량스런 친구들이 모인다는 밴드부에 들어간다. 그곳에서 담배와 술을 배워보지만 그건 고작 작은 일탈에 불과했다. 소년이 원하던 진정한 자유는 아니었다. 겉으론 얌전해 보이는 소년이었지만, 내면에 늘 뜨거운 의문 하나가 자리하고 있었다.

'내가 살아가는 삶이 과연 제대로인가. 나답게 사는 건가?'

남들과 같은 생각을 하고 남들과 같은 말을 하고 남들과 똑같이 행동하는 자신의 모습이 싫었다.

한창 사춘기를 겪던 고등학생 유진규는 우연히 공연을 한 편 보러 간다. 지금의 세종문화회관 전신인 시민회관에서 '롤프 샤레'라는 마임이스트의 공연을 보았다.

그 공연은 답답한 소년의 마음을 뒤흔들어놓았다. 아무것도 모르고 들어간 공연장이었다. 극의 제목은 <침묵의 독무대>였다. 조명이 꺼지고 동그란 빛이 들어오면서 까만 타이즈를 입은 남자가 무대로 걸어 나와 조명 아래에서 혼자 몸짓을 했다. 신기했다. 뒤에서 보다가 안 되겠다 싶어 쪼르르 앞으로 나가 통로에 앉았다. 넋을 놓고 빠져들었다. 끝까지 공연을 보는 동안, 그 공간 안에는 오로지 공연하는 배우와 관객인 자기 자신만 존재하는 듯했다. 뒤통수를 한 대 얻어맞은 기분이었다. 대학생이 된 유진규는 롤프 샤레에게서 워크숍을 받은 방태수 선생님을 찾아간다.

그때만 해도 그는 자신이 마임을 하게 될 거라는 짐작은 전혀 하지 못했다. 그러나 인연이란 참 알 수 없는 것. 그 공연 한 편으로, 그 인연으로, 그는 전혀 다른 인생을 살게 된다. 처음에는 어른들 말을 무조건 듣지 않겠다는 반항으로 공연을 보러 다녔다. 그러나 나중에는 자신만의 모습을 찾아야겠다는 간절함으로 공연을 보러 다니게 된다. 소풍을 가서도 혼자 밥을 먹을 정도로 내성적이던 소년. 모가 나지도 않고 튀지도 않던 평범한 소년이 홀로 폭풍 같은 사춘기를 지나며 공연에 눈을 뜬 것이다. 그는 억눌렸던 표현의 욕구를 분출시키고 싶어 예술 언저리를 기웃거리기 시작한다.

"제 꿈은 수의사였어요. 어렸을 때 창경궁 앞에 살았거든요. 아버지가 동네 파출소 순경이셨어요. 오후 여섯 시 무렵 사람들이 모두 빠져나간 뒤에도 창경궁에서 혼자 놀 수 있는 특혜가 있었죠. 당시 창경궁은 창경원이라는 동물원이었잖아요. 저에게는 참 좋은 놀이터였죠. 수많은 날짐승과 야수와 들판에서는 볼 수 없는 맹수들이 있었어요. 낮에는 울타리 안에서 축축 늘어져 있던 맹수들이 사람들이 모두 나가면 그제야 서서히 움직이기 시작해요. 폐장 후에야 생동감이 돌아요. 바로 그때가 조련사들이 밥 주러 들어오는 시간이거든요. 호랑이 같은 맹수가 어슬렁거리면서 포효하다가도 조련사가 밥 주러 철창문 여러 개 통과해 들어가면 말을 잘 들어요. 밥을 주니까 꼼짝

을 못하더라고요. 저리 가! 그러면 가고, 앉아 있으라면 얌전히 앉아 있고. 어릴 때는 그 모습이 너무 멋있었어요. 이다음에 나도 저 조련사처럼 호랑이한테 밥 주는 사람이 되어야지 하다가 나중에는 저 동물들을 돌볼 수 있는 수의사가 되어야지 했던 거예요. 그래서 대학도 수의학과를 갔는데, 막상 들어가니 도통 흥미가 나지 않았어요."

대학 벽보에 붙은 동아리 모집 공고를 보고 그는 무작정 연극반에 찾아간다. 물 만난 물고기마냥 연극반에 들어가서야 그는 생기를 되찾는다.

그가 대학을 간 1970년대 초는 불안한 시대였다. 군사정권이었고 살벌한 분위기가 흐르던 시대였다. 모든 게 억압적이었던 때, 연극은 그에게 자신의 의지를 표현할 수 있는 유일한 통로였다. 본격적으로 연극을 하기 위해 그는 극단을 여기저기 알아보았다. 일반적인 연극을 하는 극단에는 들어가기 싫었다. 남들이 하지 않는 것, 알아주지 않아도 무언가 새로운 것을 하고 싶었다. 그래서 마음먹고 찾아간 극단이 바로 <에저또>. 사람들이 말을 시작할 때 '에… 저… 또…'라는 말을 잘 붙이는데 그 감탄사를 가지고 이름을 지었다. <에저또> 극단은 당시 유일하게 연극을 위한 연극, 주로 실험적인 극을 공연하는 곳이었다. 그는 그 극단이 딱 마음에 들었다.

그 극단에서 유진규는 방태수 선생님을 만난다. 연극 표현의 새로운 기법으로 마임을 접하게 된 것. 하지만 아쉽게도 연극에 막 빠져들 무렵 그는 군대에 가게 된다. 그러나 모두 바짝 군기가 들어 있고 통제된 조직에서조차 그의 자유로운 영혼을 막을 수는 없었다. 휴가를 나올 때마다 그는 쉬지 않고 연극 연습을 하고 공연을 한다. 군대에 있으면서도 연극판을 떠나지 않던 그는 제대를 앞두고 고민에 빠진다.

연극을 할 것인가? 마임을 할 것인가? 이것은 아주 중요한 선택의 기로였다.

"연극은 조직 예술이에요. 혼자서는 할 수 없지요. 그런데 마임은 개인 예술이에요. 자신이 혼자 1인 다역을 하기도 하고 자신이 자기의 작품을 연출하기도 하죠. 저는 잠시 고민하고 바로 마임을 선택했어요. 제 기질에는 마임이 맞다 싶었죠."

예술에 있어 자신을 안다는 것은 매우 중요한 일이다. 자신을 객관화하지 않으면 그 작품에 빠져들 수가 없다. 그는 자신이 표현하고 싶은 세계에 정면으로 선다.

1976년에 유진규의 무언극 공연 <육체 표현>이라는 이름을 걸고 홀로 무대에 선다. 그는 희극적인 판토마임에는 재미를 느끼지 못했다. 그냥 광대의 몸짓에 지나지 않아 보였다.

유진규는 자기의 내면을 제대로 표현하는 판토마임을 하고 싶었다. 자신의 마임을 예술로 승화시키고 싶었다. 세세한 스토리도 몸짓으로 표현한다. 단순한 몸짓이 아닌 관념적인 것들을 풀어내어 보여주기 위하여 끊임없이 실험하고 연습한다. 그러면서 시대의 암울함을 상징하는 몸짓을 만들어갔다.

그 고민으로 나온 작품이 <발가벗은 광대>였다. 꽁꽁 묶인 인간이 자기처럼 다리가 묶인 개구리를 향해 재단가위를 내리 꽂는 공연을 했다. 그러나 공연 내내 단 한 마리의 개구리도 그의 재단가위에 찔려 죽지 않았다. 참

© 권영일

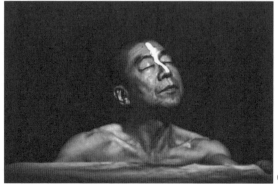

© 김정영

© 김정영

신기한 일이었다. 한번은 대놓고 실험을 해보기도 했다. 개구리는 묶여 있었지만 본능적으로 혹은 필사적으로 피했다. 무언극을 하는 그도 관객도 그 상황을 통하여 느낄 수 있었다. 비극적 운명을 피해 보려는 나약한 존재의 몸부림과 처절한 노력을. 물론 이조차도 저마다 느끼는 감상은 다르다. 어차피 정답은 없으니까.

사람들은 무언극을 보고 가끔 질문한다. 이 작품은 무얼 말한 거냐고. 그러면 어쩔 수 없어 자신의 의도를 말해주곤 했다. 그런데 간혹 '제가 잘못 본거군요'하는 대답이 돌아올 때가 있다. 마임은 일반 연극처럼 제공받는 연극이 아니라 자기가 찾아가면서 보고 느끼는 공연이다. 열 사람이 보면 열 사람의 생각이 다 다를 수 있고, 각자 생각하는 만큼 다른 깊이로 보이기도 한다. 때로는 연출한 사람보다 더 크고 색다른 것을 가져갈 수도 있는 게 무언극의 매력이다. 그래서 이제는 무엇을 말한 거냐고 물으면 어떻게 보았느냐고 먼저 되묻는다.

어느 날 그는 온 인생을 바쳐서 평생 할 것 같던 무언극을 돌연 정리한다. 1980년대 유신이 끝나고 드디어 자유로운 세상이 왔다고 기대했던 것과 달리 또 다른 군사정권을 맞으면서 사람들이 죽어나가는 현실과 맞닥뜨렸을 때 이런 상황에 혼자 예술만 하겠다고 자리를 보전한다는 것이 그에게는 너무 힘든 일이었다. 차라리 그는 오래전 접었던 수의사의 꿈을 되살려 동물을 키우는 삶을 살아보기로 한다. 결혼과 동시에 그는 서울을 떠나 아무런 연고도 없는 남춘천에 정착했다.

"소를 키웠어요. 축산업을 했다고 해야 하나? 농사는 하루 종일 매달려야 해서 엄두가 나지 않더라고요. 어릴 때 동물을 좋아하던 생각도 나고 수의사가 될 꿈을 꾸기도 했으니 소 키우는 게 겁나지 않았어요. 돈을 좀 벌기도 했는데 소값 파동이 나면서 다 정리했지요."

잠시 연극판을 떠나 외유했지만, 어차피 안 돌아갈 수 없는 길이었다. 소를 키우는 중간에도 그는 마임을 완전히 떠나지는 못했다. 1989년 서울에서 제1회 마임페스티벌을 <예니>와 함께 기획하여 심우성, 무세중, 기국서와 작품을 올리고 2회부터는 춘천에서 마임축제를 열었다. 마임이라고 하면 희극적인 판토마임이나 어릿광대의 몸짓으로밖에 모르던 우리 문화계에 본격 마임의 장을 연 것이다.

1980년대 춘천은 서울 근교의 작은 도시에 불과했다. 그곳에 다소 생소하지만 마임축제가 열리면서 사람들은 춘천을 문화도시로 생각하게 되었다. 작은 시도가 새로운 문화와 공간을 낳은 것이다. 사람들은 마임을 보기 위해 춘천을 찾았다. 나 또한 단순히 호반의 도시, 안개의 도시, 사랑하는 이와 떠나고 싶은 데이트 장소로 떠올리던 춘천을 문화의 도시, 축제의 도시, 무엇보다 마임과 연극의 도시로 춘천을 떠올리게 되었다. 그동안 지역 축제하면 농산물을 기반으로 한 것이 대부분이었던 데 반해, 마임축제는 말 그대로 함께 즐기고 함께 만들어가는 진짜 축제를 보여주었다. 유진규는 춘천 마임축제에 자신의 젊은 날과 온 기운을 다 쏟았다.

하지만 회가 거듭될수록 그는 마임축제에서 마냥 웃을 수만은 없었다. 그 사이, 인간 관계의 불화로 뇌종양을 얻어 인생의 터닝 포인트를 맞기도 했고 예술가로서 양보할 수 없는 표현의 자유에 대한 침해에 맞서 위기도 겪는다. 축제의 예술 감독이었던 그에게 예술의 본질은 타협할 수 있는 것이 아니었다.

2013년 7월, 결국 그는 모든 것을 내려놓는다. 30여 년을 매달린 일을 한꺼번에 내려놓는다는 것은 말처럼 쉬운 일이 아니다. 더구나 여전히 자신의 머릿속에서는 새로운 장르가 떠오르고 새로운 발상이 가득한데 화가가 그림을 그릴 캔버스를 내려놓는 격이었다. 그러나 미련 없이 손을 털고 중국과 인도 티베트를 3개월 동안 돌아다녔다.

그러나 그의 인생은 역시 마임 그 자체였다. 마임축제의 감독 자리는 내려놓았어도 마임 자체를 내려놓을 수는 없었다. 그는 여행에서 새로운 작품을 구상하고 돌아왔다. 그사이 뇌종양도 극복하고, <빈손>이라는 마임을 만들었다.

소박하게 다시 처음으로 돌아와 마임축제 때 선보인 방 시리즈의 한 공간처럼 그만의 방을 만들었다. 술과 식사, 파티를 할 수 있는 1층 카페와 전시·공연을 하는 2층의 공간으로 이루어진 카페 <빨>을 강원대 후문에 열었다.

나는 카페 <빨>에서 그를 처음 만났다. 카페 입구 전면이 빨간색이어서 보는 것만으로도 붉은 에너지가 느껴지던 공간이었다. 그러나 아쉽게도 요즘 대학생들은 이미 취업과 스펙에 내몰린 상태였고, 젊은 문화예술가들은 더 이상 그곳에 발 붙일 수 없었다. 노래방이나 음식점이라면 몰라도 복합문화공간은 현실적 벽에 부딪혀 그저 꿈이 되고 말았다. 2년 만에 <빨>은 문을 닫았다.

그는 2008년부터 새로운 공연 형태로 전시와 공연을 결합한 방 시리즈를 만들어왔다. 처음에는 빨강, 파랑, 노랑, 검정, 하얀 방을 만들었다가 빨간

나답게
산다

©이수환

방과 검은 방에 더 집중했다. 마임의 외연을 몸짓만이 아닌 공간으로 확대시
킨 것이다. 검은 방은 말 그대로 아무런 빛도 없는 방이다. 마치 관 속 같다. 태
아기처럼 누군가는 두려움을, 누군가는 편안함을 느낄 수 있겠지만 미로처럼
만든 검은 방에 익숙해지는 순간 더 큰 자유를 맛보는 이도 있다고 한다.

　　그가 가장 애착을 갖는 빨간 방은 처음에는 빨간 술이 치렁치렁 늘어
져 있는 방을 통과하다 60도 각도로 놓인 거울이 있는 방을 만나게 된다. 그
곳에서는 자신의 모습이 반사되어 여섯 개로 보인다. 자신이 비친 거울을 보
는 사이 관객은 예상치 못한 질문을 받고 자신을 고민한다. 방은 홀로 통과
하게 되어 있다.

　　'너는 누구냐? 이름이 뭐냐? 그게 너냐? 너 안에 네가 몇이나 있느냐?'

　　그렇게 자신을 찾아가는 순간 거울에 비친 자기 앞에 다른 사람의 얼
굴이 겹쳐진다. 누군가는 놀라서 비명을 지르고 나가지만 누군가는 더 또렷
이 응시한다. 거울 뒤로 공간극을 돕는 마임이스트가 있다. 그리고 그 방을
돌아 나오면 유진규를 만나게 된다. 빨간 방은 유진규의 방과 혼합되어 있다.
관객이 원하면 그는 붉은 와인을 한잔 따라준다. 그리고 서로 그 방을 통과
한 느낌에 대하여 이야기를 나눈다. 그가 시종일관 무언극 혹은 공간극을 통
하여 이야기하고 싶은 것은 존재에 대한 자각이다. 그런 공간을 제공했던 카
페 <빨>이 사라졌다고 하니 내내 아쉽다.

　　그는 젊은 날부터 사회 문제를 형상화하고 마임의 메타포로 알려왔다.
<삼일절 퍼포먼스>라는 작품을 보면, 여전히 결박당한, 여전히 독립되지 못
한, 대한민국을 말하고 있다. 우리나라에서 이미 사라진 표범을 그리워하며

사진을 찍어온 최기순 감독의 표범 사진 전시와 함께 거리에서 펼쳐진 <표범 돌아오다 퍼포먼스>는 우리의 잃어버린 야생성과 기상을 찾으라고 독려하고 있다. 어쩌면 '나 아직 죽지 않았어!' 하는 우리들의 표범 유진규가 기염을 토하는 것 같기도 하다.

그러다 2016년 겨울, 그는 광장으로 나갔다. 사람들이 저마다 촛불을 들고 이게 나라냐고 외치던 때였다. 12월 7일 박근혜 대통령 탄핵소추 직전 사람들에게 힘을 실어주기 위해 그는 주변에서 퍼포먼스와 실험즉흥연주를 하는 소위 비주류 예술가들을 불러 모았다. 탄핵안이 가결되면 그만하려고 했는데 탄핵될 때까지 안심이 안 되어 끝까지 하자는 의견들이 많았다. 2017년 3월까지 매주 토요일마다 열다섯 번의 <옳>퍼포먼스를 했다. 소주제는 그때그때 달랐다. <닥쳐> <눈떠> <황교 아니아니아니> <봄은 그냥 오지 않는다> 등 퍼포먼스의 제목도 매번 바뀌었다. 붉은 옷을 입고 양철판을 들고 청와대까지 들리도록 요란하게 행진을 했다. 3월 말 광화문 캠핑촌이 철수된 후에는 서울 역사박물관에 물품들을 모두 기증했다. 그의 퍼포먼스도 당연히 우리가 기억해야 할 역사이므로.

2017년은 그가 마임을 한 지 45년이 되는 해였다. 자신의 살아온 길을 기념하는 것이 어색했지만 무려 45년. 녹록지 않은 시간이었다. 그에게 공연은 숨 쉬는 일상과도 같기에 45년이 되는 해에도 그는 어김없이 판을 짜고 공연을 준비해 보였다. 그동안 해왔던 공연 가운데에서 애정을 가진 일곱 개의 작품들에 <아름다운 사람>이라는 제목을 붙였다. <빈손> <머리카락> <밤의 기행> <건망증> <아름다운 사람> <어둠은 어둠이다> <몸>을 모처럼 춘천에서 공연했다.

그는 아직도 마임하면 단순한 몸짓으로만 알고 있는 게 안타까워서 누군가 자신을 마임이스트라고 한정 짓는 것에 거부감을 갖는다. 모든 공연은 인간의 몸짓으로부터 나온 것이기 때문에 마임은 넓은 의미로 통용되어야 한다고 말한다. 마임 안에 연극이 있고 무용이 있고 음악이 있다. 그러나 아직 우리는 마임 하면 판토마임 정도로만 생각하니 그는 외연을 넓히는 작업을 하고 싶어 한다.

그리하여 나는 그를 마임이스트라고 부르기보다 '몸짓작가'라고 부르기로 한다. 그런데 자꾸 넓어지는 그의 표현들 때문에 그를 몸짓작가로만 부르기도 어렵다. 그는 말에 단어에 갇힐 수 없는 이가 되어버렸기 때문이다.

유진규는 늘 누구도 가지 않은 길 위에 있다. 그가 좋아하는 장자의 구절처럼 '내가 가면 길이 된다'는 자신에 대한 믿음이 그를 끌어간다. 지금 그의 머릿속에서는 어떤 관념들이 춤을 출까? 어떤 몸짓들이 춤을 출까? 말로 다할 수 없는 그의 기발한 발상들이 매우 궁금하다. 그의 머릿속을 훔쳐 새로운 나를 맞이하기 위해서라도 빠른 시간 안에 그의 공연을 보러가야겠다. 그는 여전히 멈추지 않고 어디에선가 자신의 몸짓을 펼치고 있을 것이기 때문이다.

비겁하지 않게, 부끄럽지 않게 ;

배우 **권해효**

부끄럽지 않게
살기 위하여

    2016년에 찍은 사진 한 장을 보았다. 위안부 피해 할머니들의 정기 수요 집회가 있던 날. 피해자 문제를 더 이상 들추지 않겠다는 불가역적인 합의에 분노해서 많은 사람들이 일본대사관 앞에 모였다. 피해자 김복동 할머니는 이 합의는 무효라고 애끓는 목소리로 외쳤고 할머니의 손을 잡고 있던 사회자는 눈물을 흘렸다. 그 사회자가 바로 배우 권해효다.

    권해효는 따뜻한 사람이다. 그는 부조리한 것들에 대해 분노할 줄 아는 사람이다. 배우로 살면서 정치·사회적으로 자기 목소리를 낸다는 것은 한국사회에서 쉽지 않은 일이다. 하지만 그 누구도 정치에서 자유로울 수는 없고, 사회구성원이라면 누구든 자신의 정치적 견해를 당당히 밝힐 권리가 있다. 그가 설령 배우라 할지라도. 드라마에서 자신이 맡은 배역에 충실하듯 배우 권해효는 자신의 사회적 역할에도 충실하려고 애썼다.

    그는 한양대학교 연극영화과 86학번이다. 폭풍의 시절을 보낸 세대다.

하지만 그는 운동권 학생은 아니었다. 친구 따라 원서를 넣고 입학한 연극영화과였지만 바로 연극에 매료된 데다 형편상 장학금을 받아야 할 처지라 적극적으로 학생운동에 참여하지 못했다.

당시 연극영화과 지도교수는 최형인 선생님. 뉴욕대학교 예술대학원 연기학과를 끝내고 돌아온 선생님의 열정은 가히 폭발적이어서 누구도 받아보지 못한 수업을 받았다. 40여 명이 넘는 친구들 앞에서 자신의 이야기를 고백하고 인간 본연에 대해 치열하게 고민하는 시간들을 가졌다. 그 과정을 통해 자신의 본성을 스스로 탐구해가는 매우 실험적인 수업이었다. 그는 사회과학에 대한 관심보다 자신을 탐구하고 표현하는 연극영화과 수업에 더 빠져 들었다.

대학을 졸업한 뒤 사회에 나와서야 비로소 세상의 부조리에 눈 뜨기 시작했다. 약한 자들끼리 갖는 연대감은 그에게 매우 특별한 경험이었다.

1990년대 중반 전교조 해직교사들과 제자들이 여름 청소년캠프를 열었다. 권해효는 아는 친구로부터 그 캠프에 선생으로 와달라는 부탁을 받았다. 사물놀이나 연극반을 운영하는데 연극을 가르쳐달라는 거였다. 선뜻 그러마 하고 별 뜻 없이 간 자리에서 그는 처음으로 따뜻한 보람을 느꼈다. 학생들의 순수한 사회의식과 성의로움을 지켜주고 싶어 하는 선생님들에게 크게 공감했다. 그 후 그는 매년 이 여름캠프에 참여한다. 그들을 통해 사회를 바라보는 시선도 조금씩 달라졌다. 학부 때를 생각하면 부끄럽다는 생각이 들었다. 역사와 현실을 알면서도 모른 척 할 수는 없었다. 불편하지만 이 불편한 진실을 사람들에게 더 많이 알려야겠다는 사명감도 들었다.

배우는 철저한 개인사업자라고 그는 말한다. 함께 모여 작업을 하지만 자본으로는 독립적이다. 때문에 사회 속에서 누군가와 함께 연대한다는 것이 그에게는 생소했다. 여름캠프 때 학생들을 만나면 수줍고 부끄럽기까지 했다. 하지만 사회적인 문제를 고민하는 학생들을 보면서 연대감이 주는 행복을 느꼈다. 아무리 약하고 소외된 존재라도 우리는 혼자가 아니라는 말. 그 말에 그는 힘을 얻는다.

큰아이가 태어났을 때 그는 먹고 사는 문제보다 오히려 이 불합리한 세상에서 아이를 어떻게 키우나 하는 걱정이 더 컸다고 한다. 적어도 내 아이들이 살아가는 세상은 지금보다 나았으면 하는 바람이 있다.

'아빠는 조금 더 나은 세상을 만들기 위해 노력했단다'라고 말할 수 있을 만큼 떳떳하고 싶었다. 그가 가장 낮고 어려운 사람들과 어깨동무 하고자 마음먹는 이유다. 그것이 아빠로서, 배우로서, 사회구성원으로서 자신의 역할이라고 믿는다.

2004년 노무현 대통령 탄핵이 결정되던 날, MBC 일일드라마를 찍고 집으로 돌아가다가 그는 운전대를 돌려 국회 앞으로 갔다. 광화문에서 첫 번째 탄핵반대 집회의 사회를 맡았다. 배우 최광기와 함께 무대에 올라 열심히 사람들과 외쳤다. '탄핵반대, 민주수호!' 그의 바람은 오직 한 가지. 상식이 통하는 사회에 살고 싶다는 것뿐이었다.

노무현 대통령과의 추억 한 편도 꿈처럼 아득하다. 인사동의 어느 밥집, 소탈했던 한 사람. 노무현 전 대통령과 마주앉아 밥을 먹던 순간이 떠올라 인사동을 지날 때면 아직도 코끝이 시큰거린다. 그때마다 그는 여전히 자

신의 역할이 무엇일까 생각한다. 그 역할을 잊지 않고 그는 때로 거리에서, 때로 공연장에서, 때로 사람들 사이사이를 이으며 걸어간다.

사람이 되어야 합니다
따뜻한 사람이 되어야 합니다
나하고 가까운 사람에게만 따뜻한 사람이 아니라
넓은 우리에게 따뜻한 사람이 되어야 합니다
따뜻한 사람은 분노가 있는 사람이지요.

_2007년 7월 참여정부 평가포럼에서 고 노무현 전 대통령

© 황재현

나답게
산다

약자들이 힘들어하는 이슈가 생기면 광화문에는 피켓을 든 그가 나타난다.

- 반값 등록금은 학생들의 권리입니다. 무상교육으로 갑시다!-

또 피켓을 들고 있는 그에게 다가가 나와 있는 이유를 물었다.

"그 전에는 강의도 하고 학생들 행사 사회도 봐줬는데 어느 날 보니까 나 혼자 떠들고 있더라고요. 서로에 대해 잘 모르니까 거리감이 있었던 거죠. 그래서 2008년 이후에는 대학가에 가지 않았어요. 그러다 이 책 저 책 들여다보며 깨달았어요. 아, 그 친구들이 반응이 없었던 게 아니라 내가 그 친구들과 소통하는 법을 몰랐던 거구나. 뭘 가르치겠다고 할 게 아니라 그들의 이야기를 들어줄 사람이 필요할지도 모르겠다. 그런 생각이 들자 학생들에게 미안했어요. 내가 그들을 잘 몰랐던 거죠. 내 말만 떠들 게 아니라 그들의 생각을 묻고 듣고 함께 하는 게 더 소중한데…"

배우 권해효는 선생님으로, 어른으로서, 선배로서 학생들 편에서 그들의 목소리에 귀 기울이고 힘을 보태고 싶었던 거다. 그는 들어준다는 것이 얼마나 소중한지에 대해 강조한다.

세월호 참사 때도 그는 유가족 분들의 억울한 마음을 듣고 진상규명을 위해 함께 했다. 그러나 2016년 박근혜 탄핵 촛불집회 때는 무대에 오르지 않았다. 당연히 그가 마이크를 잡고 사람들과 함께 할 거라고 생각했는데 보이지 않아 궁금했다. 그는 늘 촛불집회 현장에 있었으나 앞에 나서지는 않았다. 나서고 물러설 때를 잘 아는 그였다.

그가 가장 많은 마음을 쏟는 단체가 하나 있다. 몽당연필이라는 재일 조선인학교 '우리학교'다. 2002년 금강산에서 열린 청년학생통일대회 사회를 보러 갔다가 처음 재일조선인학교 학생들을 만났다. 3일 동안의 행사가 끝나고 헤어지던 날 남과 북의 학생들은 덤덤했는데 일본에서 온 학생들이 가슴을 치며 우는 것이었다. '왜 그럴까?' 권해효는 의아했고, 당시에는 그들의 마음을 제대로 이해하지 못했다.

일본에서 한류 열풍이 일어나고 드라마 <겨울연가>가 큰 인기를 얻을 때였다. 그 드라마에 주인공의 선배 역으로 출연했던 권해효도 행사 때문에 종종 일본을 가게 되었다. 그때 그는 일본에서 재일동포들이 만든 조선인학교 이야기를 듣는다. 여전히 조선인을 멸시하는 일본인들 사이에서 그들은 일본인으로 살 수 있는 길을 포기하고 어렵게 '우리말'을 배우며 조선인으로 살고자 애썼다. 2006년에는 나고야의 작은 시골 도요하시의 조선학교에 갔다. 한복을 입고 우리말 노래를 하던 작은 아이들을 그곳에서 만난다. 환경은 너무나 열악했지만 한국을 사랑하고 그리워하는 그들의 마음은 깊었다. 권해효는 이들을 도와야겠다고 생각했다. 더구나 그 와중에 일본 후쿠시마에 지진까지 일어난다. 분단된 조국으로 돌아가지 못하고 일본에 남아 있는 재일조선인들이 자신들의 정체성을 잊지 않기 위하여 만든 재일조선인학교도 쓰나미에 무너져 내렸다는 소식을 듣게 된다. 그는 가수 이지상, 안치환과 함께 쓰나미 피해를 입은 재일조선인학교를 돕기 위하여 1년 동안 몽당연필

토크콘서트를 열었다.

내가 그를 만나러 간 날이 몽당연필 공연이 있던 날이었다. 그날은 비가 내렸다. 그러나 공연이 열릴 예정이던 동국대학교 앞 '웰콤씨어터(현 스테이지 팩토리홀)'에는 많은 사람들이 줄을 서서 공연 티켓을 끊고 있었다. 가수 이지상이 사회를 맡았고 옥상달빛, 신영복 교수, 재일영화감독 박영이가 와서 이야기와 노래를 들려주었다.

원래는 1년만 하고 물러나려고 했지만 많은 이들이 그들을 계속 돕자고 했다. 몽당연필은 무슨 대단한 단체가 아니다. 몇몇 사람끼리 조곤조곤 재일조선인학교를 돕는 모임이다. 그래도 제법 많은 이들이 좋은 뜻에 꾸준히 동참하고 있다.

서울시에 비영리민간단체 신고를 하고 토크콘서트를 만든 권해효가 대표를 맡았다. 태어나서 대표 직함을 처음 가져봤다는 그는 조직이라는 말을 낯설어했다. 그가 원하는 조직은 열린 마음과 느슨한 여유를 가진 사람들이 만나서 이로운 일을 하는 것이다. 모금만이 목표면 명망 있는 몇 분의 어른을 내세우면 그만이다. 하지만 그렇게 하지 않았다. 노래하고 연기하는 딴따라답게 각자 잘 할 수 있는 것을 하자 싶었다. 후배들도 모두 자원봉사로 참여해주었다.

'대지는 흔들어도 웃으며 가자'가 우리학교의 구호다. '어머니 모국이여! 당신의 역사 속에 우리가 없을지라도 우리는 여전히 지키고 있어요. 자랑스러운 조선학교를…' 이렇게 되뇌며 묵묵히 차별을 견디고 사는 재일조선인. 그들을 위해 권해효는 또 계속 묵묵히 그들 곁을 지키고 있다.

©임서진

©임서진

누구는 재일조선인학교를 이념으로 몰아세운다. 하지만 그들은 이념이 없다. 민족만이 있을 뿐이다. 전쟁이 끝난 뒤에도 조국으로 돌아오지 못해 그곳에 남은 그들에게 우리는 빚이 있다. 어디로 가야 할지 모르게 나라가 분단돼 버렸으니 어쩌겠는가! 그들에게 원치 않는 선택을 강요했던 시대적 비극이 안타까울 뿐이다. 그 비극은 여전히 진행 중이다.

배우 권해효는 뭐든 오래하는 게 자신의 장점이라고 한다. 시민활동의 최대 미덕은 지속성이다. 지속하려면 자기 긍정의 힘이 있어야 한다. 그는 지치지 않기 위하여 재미있게 자기 안의 기운을 만들어낸다. 오랜 시간 힘없고 약한 사람들과 함께 해온 그에게 시민의 힘을 믿느냐고 물었다. 참 바보 같기도 하고 아프기도 한 질문이다.

"어떨 때는 하나도 안 믿어질 때도 있어요. 사람들이 착하기는 한 걸까? 회의가 많이 들 때도 있고. 이념 그런 거 다 필요 없고 행동으로 평가하고 말하는 게 맞는 거 같아요."

<내 이름은 칸>이라는 영화가 있다. 거기서 주인공의 엄마가 아들에게 말한다.

"세상에는 두 종류의 사람이 있어. 착한 행동을 하는 착한 사람과 나쁜 행동을 하는 나쁜 사람. 하는 행동이 다를 뿐 차이는 없어. 알겠니?"

단순명쾌하다. 행동만 보면 알 수 있다. 사람의 말이 아니라 행동으로 그 사람을 평가할 수 있어야 한다. 그가 착한 사람인지, 나쁜 사람인지. 그는 행동으로 말하는 사람이 되고 싶다.

권해효가 세상에서 제일 싫어하는 사람은 강한 사람한테 약하고 약한 사람한테는 강한 사람이다. 갑질에 피해를 입은 을은 다시 병에게, 병은 다시 정에게 폭력을 이어가는 게 관습처럼 되어버렸다. 사회 곳곳에서 벌어지는 갑질과 폭력으로 인해 아프고 지칠 때, 사람을 믿기 어려울 때, 그는 '우리학교'로 간다. 거기에는 가장 순수하고 맑은 사람들이 있다. 힘은 없지만 포기하지 않는 사람들이 늘 기다리고 있다.

당당한 자기 목소리를 가지고 사는 권해효이기에 연기자로서의 본업보다 때로 사회활동이 우선인 것 아니냐는 우려도 있다. 그러나 그는 누구보다 배우로서 자기 일에 충실하다.

"저는 배우예요. 물론 배우로 사는 제 삶에 대해서 회의가 없는 건 아니에요. 정말 배우라는 직업이 내게 맞는 걸까? 내게 배우로서의 열정이 있는 걸까? 누구는 모든 것을 다 때려치우고 배우를 하기 위해 치열하게 매달렸다고하는데 나는 너무 쉽게 배우가 된 건 아닐까? 스스로 묻지요. 한 가지 분명한 것은 제가 배우라는 직업을 과시하지는 않았다는 거예요. 배우는 대중에게 영향력이 커요. 사람들에게 무언가를 말하기에 좋은 자리입니다. 그러나 저는 제 본연의 일에도 충실하려고 해요. 촬영과 집회가 겹치면 당연히 저는 촬영하러 갑니다. 제가 배우로서 굳건할 때 사회문제도 더 많이 알릴 수 있는 거겠죠."

한번 연기로 재활용이 가능한 영화보다 생생한 현장음과 긴 대사를 외우는 연극을 더 좋아하는 천상 배우 권해효. 그는 <사천의 착한 여자>로 대학 3학년 때부터 무대에 올랐다. 브라운관에서도 미친 존재감을 드러내는 조연으로 활약했다. 학교를 다니는 동안 하루 네 시간을 자본 적이 없을 만큼 연극에 빠져 있던 그는 하루에 드라마 세 편을 찍는 강행군을 하면서도

ⓒ최길수

집회 현장에 나가는 것을 마다하지 않았다.

2017년에는 처음으로 부인이자 배우 조윤희와 함께 홍상수 영화 <그 후>에 부부 역할로 출연해서 칸 영화제에 초대받기도 했다. 현실의 그와는 전혀 다른 캐릭터였지만 그는 열심히 자연스럽게 연기했다. 단정하고 따뜻하고 맑은 그가 연기하는 불륜남이 처음에는 낯설었다. 그런데 영화가 진행될수록 권해효는 비겁하고 우유부단하고 찌질한 주인공 봉완으로 보였다. 실제 현실 속 그는 없었다. 진짜 권해효가 사라지고 전혀 다른 인물이 태어났다.

배우 권해효에게는 자신만의 득특하고 개성적인 몸짓과 소리가 있다. 매우 성격 급하게 감탄사를 연발하는 말투와 손짓, 뭐? 뭐? 하면서 턱을 치켜들고 하는 소리, 한때는 한국의 짐 캐리로 불리며 재미난 연기를 하기도 했고, 전혀 어울릴 것 같지 않은 나쁜 상사 역할도 천연덕스럽게 연기했다. 그는 천상 배우니까.

삶의 진정성이 연기에서도 우러나오는 배우, 30년차 부부이면서도 아내에게 한결같은 모습을 보여주는 남편, 딸에게는 페미니스트 아빠이기도 하다. 그는 둘째 딸의 출생신고를 하러 동사무소에 갔다가 결혼을 하면 무조건 남편의 본적을 따르는 호주제의 불합리함에 대해 생각하게 되었다. 그래서 호주제 폐지 운동에도 나서게 됐다. 이 땅에서 여성들이 당해온 차별을 딸들에게 되물림하고 싶지 않았다. 매년 '세계 여성의 날'에는 바쁜 일정 가운데에서도 가능한 시간을 내어 사회를 봐주려 한다. 행동하고 노력하지 않으면 아무것도 바꿀 수 없다고 믿기 때문이다.

여성을 대하는 그의 태도는 지혜롭다. 아내를 통하여 여성을 이해하려고 한다. 하지만 남자와 여자는 어쩔 수 없이 다르다고 말한다. 그 다름은 차별이 아니라 분별이다. 흔히 부부는 대화가 필요하다고 하지만 그는 남편들이 들어주는 귀가 더 열려 있어야 한다고 말한다.

배우로서의 평가는 관객이나 시청자가 하지만 사회활동은 자신이 선택하고 이끌어가야 한다. 최선을 다했는가? 올바로 잘 살고 있는가? 스스로 평가할 수 있어야 한다. 멋진 연기자 이전에 좋은 사람이 되어야 한다고 그는 매번 다짐한다. 세상의 가장 낮은 자리에서 여리고 약한 자의 편에 서는 것. 그것은 특별하고 대단한 일이 아니다. 상식적인 사람이라면 마땅히 해야 하는 일이다. 사회인으로서 자신도 마땅히 해야 할 역할을 할 뿐이라고 믿는 권해효. 그는 여전히 장애인등급제와 의무부양제 폐지 운동에도 동참하며, 지금 이 순간에도 약자의 소리를 대변하고 소외된 이웃과 함께 고민을 나누려 애쓴다.

아버지가 지어준 이름 권해효權海虓. 바다의 아홉 표범처럼 포효하는 삶을 살라는 뜻이다. 이름에 담긴 뜻처럼, 그는 오늘 하루도 세상에 나온 자신의 이유를 되새긴다. 더 이상 자신이 앞장서서 사회적 역할을 할 필요가 없는 세상이 오면 좋겠다는 배우 권해효. 그 누구도 크레인 위에 올라갈 필요 없고 그 누구도 자기 마을에 해군기지를 만들지 말라고 외칠 필요 없는 세상. 누구도 함부로 대우받다가 쓰러지고 다치지 않는 그런 세상. 그러나 아직 갈 길이 멀다. 그래서 우리에게는 여전히 배우 권해효가 더 필요하다.

내 뜻대로 살 자유를 양보하지 말 것;

ⓒ 조영희

가수 **안치환**

꽃보다 아름다운
사람의 노래

©윤성진

나답게
산다

나는 암환자
한동안 멍 때렸지만 이젠 담담해
케모포트를 심고
항암을 처음 맞던 날 눈물이 났어
왜 왜 내가

깨닫게 됐어
당신이 손잡아준 날 살아야 한다
담배도 끊고
먹고 마시던 습관들 모두 버렸어
…
알 수 없는 불안한 미래가
지금 날 지배할 순 없어
내 목숨 주인은 암이 아니라
널 이겨낼 나라는 걸
내가 몸으로 보여주겠어

_안치환, 11집 《50》 중에서 〈나는 암환자〉

그가 아프다는 소리를 건네 들었다. 나이 오십이 거저 오지는 않는구나 싶어 쓸쓸했다. 그동안 아득바득 열심히 살아온 세월이 한순간 허망하기도 했다. 개인적인 인연도 있고, 그의 노래를 좋아하는 사람으로서 무언가 위로를 하고 싶었지만 이내 접었다. 그는 자존감이 높은 사람이다. 거뜬히 이겨내고 아무렇지 않게 툭툭 털고 일어설 것이라 믿었다. 과연 안치환은 저항의 가수. 자신의 몸에 들어온 낯선 침입자에게도 멋진 저항의 힘을 보여줬고 얼마 지나지 않아 더 단단하게 일어섰다.

지난 30년간 그는 노래만 만들고 노래만 해왔다. 사람들은 안치환을 민중가수, 노래운동가 라고 부른다. 하지만 그의 작품 중에는 듣는 사람에 따라 사랑의 노래로 느낄 만한 노래도 꽤 많다. 창작품은 생명력을 갖는다. 창작자의 의도와 상관없이 그 작품을 느끼는 사람들의 마음에서 새롭게 피어나기 마련. 그가 아무리 저항의 가수라 해도 그의 노래가 달달한 사랑노래로 대중에게 다가갈 수 있었던 것은 어쨌거나 아름다움 때문일 것이다. 아름다움은 어떤 메시지보다 강한 힘이 있으니까. 더 넓고 깊게 사람의 마음을 움직이는 법이니까.

그는 2004년 8집을 내며 '타협은 없다'고 했다. 나는 그 말을 '자유'라고 읽었다. 자유에 대한 엄격한 선언, 창작자로서 무언가에 얽매이지 않고 자신이 만들고 싶은 노래를 만들겠다는 외침. 사랑 노래만 불러주세요, 아니 제발 민중가요만 불러주세요, 그 어떤 대중의 요구에도 굴하지 않고 자신이 원하는 음악을 하겠다는 자유 선언. 타협하지 않겠다는 말 속에서 나는 그 곧은 심지를 느꼈다.

사랑과 저항은 실제 서로 상반된 관계가 아니다. 저항은 미움이 아니라 더 속 깊은 사랑이다. 서로 인간답기를 바라며 외치는 사랑의 절규다.

"예전에 가수 조동진 선배가 그런 말을 한 적이 있어요. 노래를 한다는 것은 사람의 마음을 건드리는 거라고. 그때 알았어요. 노래를 한다는 것이 중요하고 위험한 일이구나."

누군가의 마음을 건드릴 수 있는 힘. 노래 하나가 마음을 건드려 행동을 바꾸게 만들기도 하고, 마음을 건드려 죽고 싶었던 사람을 다시 살게도 만든다. 노래 하나에는 그런 힘이 있다.

80년대에 노래패 운동을 하던 그때 민중음악 진영에서는 음악이 먼저냐, 운동이 먼저냐 하는 논란이 있었다. 그는 음악성이 담보된 노래를 만들고 싶었다. 대중에게 말을 거는 매체로 음악을 선택했다면 대중이 원하는 코드를 찾고 예술적 아름다움을 입혀야 한다고 생각했다. 대중의 입맛만 맞추어도 안 되지만 대중과 동떨어진 감성으로 메시지만 전달하려는 음악도 그가 원하는 것은 아니었다. 음악적인 완성도와 장르적 한계에 대한 고민은 갈수록 깊어졌다.

"사람들은 예전에 제가 노찾사('노래를 찾는 사람들'이라는 노래패)를 나올 때 저를 두고 심지어는 변절이라는 말을 하기도 했어요. <솔아 솔아 푸르른 솔아>를 부른 안치환만 기억하고 싶어 하는 사람들은 제가 노찾사를 나오는 게 싫었을지도 몰라요. 하지만 전 나왔어요. 욕을 먹더라도 제가 원하는 음악을 하고자 했어요. 지금 돌아보세요. 저는 여전히 노래하잖아요. 전 음악을 배신하지도, 삶의 가치를 배신하지도 않았어요. 나는 속으로 약속했

거든요. 끝까지 가겠다, 온몸을 던져서라도. 10년 후를 보자고.”

변절은 자신이 가진 가치를 배반했을 때 듣는 말이다. 그러나 그가 젊은 시절 가진 가치는 여전히 변하지 않았다. 그는 세상의 모순이 아직 사라지지 않았다는 것을 누구보다 잘 안다. 먹고 사는 게 옛날보다 조금 나아졌다고 해도 여전히 많은 사람들이 끼니 걱정을 할 만큼 팍팍한 삶을 살고 있다. 하급 노동자의 생활도, 통일도, 환경도, 부자 나라에 눌려 사는 우리의 종속적인 삶도 무엇 하나 눈에 띄게 나아진 게 없다. 그러니 세월이 흘렀어도 가수 안치환이 불러야 하는 노래가 변한 건 없단다.

대중으로부터 외면당하기는 했지만 나는 개인적으로 8집을 수작이라고 생각한다.

내가 만일 하늘이라면 그대 얼굴에 물들고 싶어
붉게 물든 저녁 저 노을처럼 나 그대 뺨에 물들고 싶어

_4집《내가 만일》중 〈내가 만일〉

절대로 악은 없어 절대 선도 없어 니 밥그릇 앞에 내 밥그릇 앞에
영원한 적은 없어 영원한 친구도 없어 니 밥그릇 앞에 내 밥그릇 앞에

_8집《외침》중 〈개새끼들〉

권력이란 무상한 것 무섭다가 우스운 것 똥오줌 못 가리는 것
달콤하다 쓰디쓴 것 날아가다 기어가는 것 매우 외로운 것
늙어 숨어 사는 것 끝이 초라한 것

_20주년 기념 싱글 앨범《권력을 바라보는 두 가지 시선》중에서

1994년 <솔아 솔아 푸르르 솔아>를 부르고 1999년 <내가 만일>을 우연찮게 받아 부르고 2004년에 8집까지 냈다. 2016년 데뷔 20주년 기념으로 낸 싱글 <권력을 바라보는 두 가지 시선>까지 그가 부른 주제는 다양하다. 어느 하나로 한정지을 수 없다. 다만 아쉬운 건 그 음악적 고민을 나눌 사람이 많지 않다는 것. 그가 슬픈 건 그런 외로움이다.

안치환이 존경하고 사랑하는 시인 김남주를 사람들은 시대에 항거한 전사로 기억한다. 그러나 시인 김남주는 누구보다 아름다운 서정시를 쓴 사람이다. 안치환은 자신도 김남주 시인 같은 음악인이기를 꿈꾼다. 그래서 가끔은 시를 노래로 만들기도 한다.

안치환의 노래에는 시를 노랫말로 쓴 곡들이 유난히 많다. 김남주, 정호승, 신영복, 나희덕, 황지우, 정지원, 도종환, 이원규, 함민복 등 숱한 시인들의 시를 노래로 만들었다. 그것은 그에게 흥미로운 작업이었다.

"시詩만큼 좋은 노랫말이 없어요. 전 제 노래가 작품성이 있기를 바라요. 천박하고 싶지 않거든요. 시는 이미 시 자체로 문학성이 있잖아요. 그 시에 날개를 달아주는 역할이 즐거워요. 시를 읽기만 하는 것보다 아름다운 선율을 통해 더 많은 이들에게 불릴 수 있으니까요."

요즘처럼 시를 안 읽는 시대에 노래라는 날개를 달아 시를 더 많은 사람들에게 전해주겠다니, 고마운 일이다. 가끔 본인이 직접 노랫말을 쓰기도 하지만 앞으로도 이 재미난 작업은 계속 하고 싶다고 한다. 조직이나 단체에 잘 속하지 못하지만 시노래 모임 <나팔꽃> 활동에 한동안 참여했다.

텔레비전이나 라디오 등 방송의 매체력은 매우 크다. 텔레비전에 한

번만 나오면 알아보는 사람이 많다. 음악은 특히나 방송 매체에서 자유롭기 어렵다. 유튜브 등 인터넷 매체가 다양화되고는 있지만 여전히 방송을 통하지 않고는 음악을 유통시키기 어렵고 열악하다. 팬의 입장에서 보더라도 TV에 종종 나왔으면 싶은 바람도 있다. 그러나 그는 좀처럼 텔레비전에서 얼굴을 보기가 어렵다. 예전에 음악 프로그램이 많을 때에도 그는 방송을 많이 타지 못했다. 방송을 기피하는 거 아니냐는 오해를 받기도 한다. 하지만 그건 아니다. 가수라면 누구나 자신의 노래를 사람들에게 널리 알리고 싶고 더 많은 사람들이 듣기를 바란다. 일부러 피할 이유는 없다. 다만 TV에 나오려면 소속사도 있어야 하고 전문적인 매니지먼트도 필요한데 현실적으로 그게 어려웠다. 게다가 로비하고 관리해가면서 방송에 나가려고 애쓰지 않다 보니 자연스럽게 기회가 멀어졌을 뿐이다.

그래도 한참 때인 8, 90년대에는 대학가 축제가 열리는 봄가을이면 사방으로 뛰어다녔다. 길보드 차트라 불리는 거리의 레코드 가게에서 온종일 그의 노래가 흘러나오던 때도 많았다.

지금도 텔레비전에 잘 나오지 않는 가수지만, 그의 노래는 아직 잊히지 않았다. 여전히 노래방에서 애창되고, 가수 안치환의 공연 무대를 찾는 사람들이 있다. <사람이 꽃보다 아름답다>고 노래하는 변치 않는 마음들이 있다.

안치환은 초등학교 때 형이 치던 기타를 만지며 음악을 시작했다. 특별히 가수가 되겠다는 생각이 있었던 건 아니다. 그저 노래 부르는 것이 좋아서 연세대 노래패 '울림터' 동아리에 들어갔고, '노찾사'를 거쳐 오늘에 이르렀다. 자신은 운이 좋았다고 말한다.

"원래 노래는 형이 하고 싶어 했어요. 우리 집안이 다들 노래를 잘해요. 어른들도 다 술은 못해도 노래는 잘 불렀죠. 근데 형이 어느 날 가수를 하겠다고 하니까 아버지가 걱정이 되셨는지 득달같이 서울로 올라가셨어요. 그때 생각하면 맘이 아파요. 시골에서 농사만 짓던 아버지가 서울 기획사를 직접 찾아가셨던 거죠. 이런저런 이야기를 듣고는 얼마나 낙담하셨던지 술도 못 드시는 분이 제게 소주를 사오라고 해서 혼자 드셨어요. 그 모습이 생생해요."

부모 바람이야 다 똑같다. 아들이 공부 열심히 해서 그럴듯한 곳에 취직하길 바라셨을 아버지는 안치환의 형이 가수가 되겠다는 말에 적잖이 실망하셨을 것이다. 그러나 사형제 가운데 막내였던 안치환이 가수가 되겠다고 했을 때는 너그러웠다고 한다. 군대를 면제받은 그에게 아버지는 '3년 군대 간 셈치고 봐줄 테니 그때까지만 음악을 해라. 그러고 나서 취직을 해라'고 하셨다. 하지만 가수가 된 막내아들의 기사가 신문에 실린 걸 보시자 3년이 지난 뒤에도 은근슬쩍 넘어가주셨다. 한번은 집이 경기도 화성이어서 근처 장안전문대 축제에 공연할 일이 있었다. 안치환은 처음으로 공연하는 자리에 부모님을 모셨다. 공연을 다 보신 아버지가 넌지시 말씀하셨다.

"언제 그렇게 노래를 배웠냐?"

그가 노래를 배운 적은 없다. 그는 배운 적도 없는 노래를 척척 잘도 만든다. 4집의 <내가 만일>이라는 노래로 그는 대중에게 본격적으로 알려졌다. 그 노래보다 더 많이 불린 곡은 <사람이 꽃보다 아름다워>다. 그의 음악은 기본적으로 록Rock이다. <사람이 꽃보다 아름다워>를 들으면 노래의 생

ⓒ 조영희

명력을 느끼게 된다. 음악성과 대중성은 서로 양립하는 개념이 아니다. 음악성과 대중성을 둘 다 잡으면 어떤 생명력이 발휘되는지 그는 이 노래에서 잘 보여줬다. 그의 오랜 고민의 성과가 잘 드러났다.

지독한 외로움에 쩔쩔매본 사람은 알게 되지 음 알게 되지
그 슬픔에 굴하지 않고 비켜서지 않으며 어느 결에 반짝이는
꽃눈을 닫고 우렁우렁 잎들을 키우는 사랑이야말로
짙푸른 숲이 되고 산이 되어 메아리로 남는다는 것을
누가 뭐래도 사람이 꽃보다 아름다워

_5집 《Desire》 중 〈사람이 꽃보다 아름다워〉

노래운동이 힘을 얻으려면 아마추어리즘을 극복해야 한다. 더 많은 고민을 해야 하고, 더 많은 노력과 시도를 해야 하고 수많은 실패도 감당해야 한다. 틀에 박히고 지루한 음악은 스스로를 힘 빠지게 한다. 안치환은 매너리즘에 빠지지 않고 지겹지 않은 음악을 하려고 애쓴다. 일상도 늘 반복되면 지루해서 짜증이 나는데 음악이 지루하면 어떻게 하겠냐고 묻는다.

노래 한 곡으로 평생 우려먹는 가수는 되지 말아야지, 그가 처음 음악을 시작할 때 가졌던 그 마음은 아직 유효하다. 변하지 않았다. 2014년 직장암을 선고받고 투병하던 그해만 잠시 열정을 누르고 물러나 있었다. 잠시 숨을

고른 후 더 힘차게 도움닫기를 하는 체조선수처럼 펄쩍 날아올랐다. 아프기 이전보다 더 열심히 음악을 만들었다. 음악에 실험이나 파격을 도입하기보다 음악적인 구성을 튼튼히 하는 데 신경을 썼다. 따지고 보면 실험 음악은 없다. 프로그래시브progressive 음악 정도라면 모를까, 모든 음악이 사운드의 재구성일 뿐이다. 그렇다고 그의 음악이 변화하지 않은 것은 아니다. 누구보다도 지루한 것을 못 견디는 그가 같은 음률이나 분위기를 이어간 적은 없다.

지난 9집의 <늑대>나 <행여 지리산에 오시려거든>의 편곡도 전과는 확연히 달랐다. 아프고 나서는 트로트까지 음역을 확대했다. 함민복 시인의 <막걸리>는 토속주의 정서를 재현하듯 60년대 음악을 듣는 듯 오래전의 시간으로 사람의 마음을 끌어낸다. 마치 트로트를 오랫동안 불러온 가수처럼 구성지다.

안치환, 그는 자신이 만든 노래를 사람들에게 발표하기 전에 혼자 녹음해서 들을 때가 제일 행복하다고 한다. 오로지 자신만 듣고 있는 음악, 누구의 눈치도 볼 필요 없고 누구의 조언도 들을 필요 없고 자신과 대화하고 소통하고 공감하는 그 시간을 가장 즐긴다.

그의 공연장에는 8, 90년대 캠퍼스에서 안치환의 노래를 듣던 사람들이 종종 아이들 손을 잡고 찾아온다. 세월이 흘러도 변치 않는 팬들의 신뢰에 힘을 얻는다. 그가 멈추지 않는다면 그의 진정성을 알아봐주는 친구들도 떠나지 않고 자리를 지킬 것이다. 그가 자신을 믿는 만큼 사람들도 그를 믿어줄 것이다. 안치환은 관객을 의심하지 않는다.

세대를 초월한 음악은 모든 뮤지션들의 꿈이다. 진짜 좋은 노래는 세대를 가리지 않고 사랑받는 법. 그는 10대부터 80대까지 모두가 함께 부르고 함께 즐길 수 있는 노래를 만들고 싶다. 그런 노래를 부르며 오래도록 라이브 무대에 서고 싶다. 팬들과 함께 나이 먹어가면서 정서적으로 소통하고, 문화적·예술적 감수성을 노래 하나로 일깨우고 싶다.

영국 출신의 록밴드 핑크 플로이드나 딥퍼플은 1960년대 후반에 데뷔했지만 아직도 음악을 한다. 60이 넘고 70이 넘어도 무대에 설 수 있는 그들이 부럽다. 가수의 생명력이 짧은 우리 대중음악에도 누군가 의지를 가지고 해나가는 사람이 있어야 한다. 그 역할을 안치환이 할 것이다. 그는 저항의 핵심에 서서 노래를 부르기도 했고, 무슨 노래를 할지 몰라 자기 자신에게 함몰되던 시기도 거쳤다. 자유로운 음악에 대한 갈구와 고민의 시간도 지나왔다. 몸이 아픈 시간도 있었고, 마음이 아픈 시간도 겪었다. 외로움과 공허함의 쓴맛도 이제야 안다.

나이가 들어도 감성이 늙지 않는 가수, 안치환. 꽃보다 아름다운 사람이 되기 위해서는 지독한 외로움도 견뎌야 한다는 걸 일찍부터 알았던 가수. 그의 노래를 들으며 함께 나이 들어갈 우리들도 그의 노래처럼 아픔과 외로움과 저항을 피하지 않을 것이다. 그리하여 비로소 얻을 사랑과 희망을 기쁘게 맞이할 것이다.

아픈 후부터 그의 앨범명은 나이를 뜻하는 숫자로 매겨진다. 그의 앨범 숫자가 꼬박꼬박 착실히 늘어가길 바란다. 나이만큼 또박또박 그의 음악성도, 감수성도 깊어질 걸 알기에. 그의 노래를 듣는 사람들도 딱 그만큼, 나이테만큼 더 깊은 위로와 감동을 받을 것이기에.

뜨거운 가슴은 식고 차가운 머리만 남았네

익숙한 끈을 애써 부여잡고 노래할 뿐,

한치 앞도 모르는 채 달려왔던 지난 날

홀로 걸어야 했던 고독의 숲길을 지나

돈과 밥의 달콤한 유혹 영혼마저 잠들 땐

차마 부끄러워 지우고 싶던 무대여, 눈물이여

_12집 《52》 중 〈지나가네〉

우린 모두 별 같은 존재, 당신이 스타다 ;

영화감독 **이준익**

©박태진

웃고 있다면 스타로 만들어드립니다, 문화수평주의를 꿈꾸는 사람

　2003년에 만든 《황산벌》이라는 영화가 있다. 관객이 300만 정도 들었으니, 일일이 신작 영화를 챙겨보지 않는 사람이라도 제목은 들어봤을 만한 영화다. 신라와 백제의 전쟁을 다룬 영화인데 주인공은 김유신도 계백도 아닌 '거시기'라는 이름의 한 사내다. 백제의 이름 없는 백성 '거시기'를 통해 전쟁이라는 암울하고 광폭한 시간 속에서도 웃음이 있었음을 말하는 영화다. 영화가 뜨다 보니 거시기 역할을 맡았던 배우 이문식도 한 거시기하며 떠올랐다.

　2년 후 이준익 감독이 민든 영화 《왕의 남자》는 천만 관객의 신화를 썼다. 폭군으로 알려진 연산군 이야기였지만 연산군보다 광대로 나오는 장생이나 공길의 역할이 두드러졌다. 그의 영화에서는 잘 나가는 스타보다 유독 조연과 신인들이 빛을 발한다.

　"세상에는 아주 많은 별이 있어요. 희미하게 보이는 별이 더 클지도 몰라. 명왕성인가? 그별은 여기 지구에서 보이지도 않잖아요. 크기는 달보다 더 큰데 안 보여요. 달은 지구 반밖에 안 되는데도 크게 보이잖아. 존나, 우린 모두 다 별 같은 존재야. 그런데 왜 스타 하나만 보고 재랠이야(웃음)!"

이준익 감독은 명쾌 상쾌 통쾌하다. 스타 하나에 의존하는 방식은 자본주의적 시스템의 결과라고 보기에 못마땅하다. 어떡하든 작품 안에서 스타를 많이 만들어 내고 싶다. 누구나 다 자기 인생에서는 주인공이라는 자각도 심어주고 싶고, 배우의 개성을 잘 찾아내고 극대화시켜 작품에서 빛날 수 있게 만들어 주고 싶다. 그것이 감독으로서, 문화예술인으로서 해야 할 일이라고 믿는다.

그의 호는 구마됴磨다. 스무살 때 자신이 직접 호를 지었다고 한다. 언덕을 갈아서 평지로 만든다는 의미가 사뭇 재밌다. 세상 모두 대등하게 살자는 뜻이라니, 이준익 감독의 세계관과 인간을 대하는 태도가 호를 통해 확연히 드러난다.

그는 동부이촌동이 고향이다. 꽤 잘사셨구나, 감탄하자 크게 웃는다. 지금의 동부이촌동을 생각하면 내 추리가 틀리지 않는데 60년대 말을 떠올리면 전혀 아니란다. 당시는 신용산초등학교 주변에 막 아파트가 생기기 시작하던 무렵. 한 반 학생의 절반은 아파트에 살고 절반은 판자촌에 사니 어땠겠냐고 되묻는다. 물론 자신은 아파트에 사는 학생은 아니었다는 말도 덧붙였다. 성장기 때 이미 빈부 격차를 온몸으로 실감한 덕분에 굳이 사회과학 서적 한 권 읽지 않아도 저절로 의식화가 되었다고 한다.

출세 지향적 성향은 어쩌면 사회에 대한 복수심에서 출발하는지도

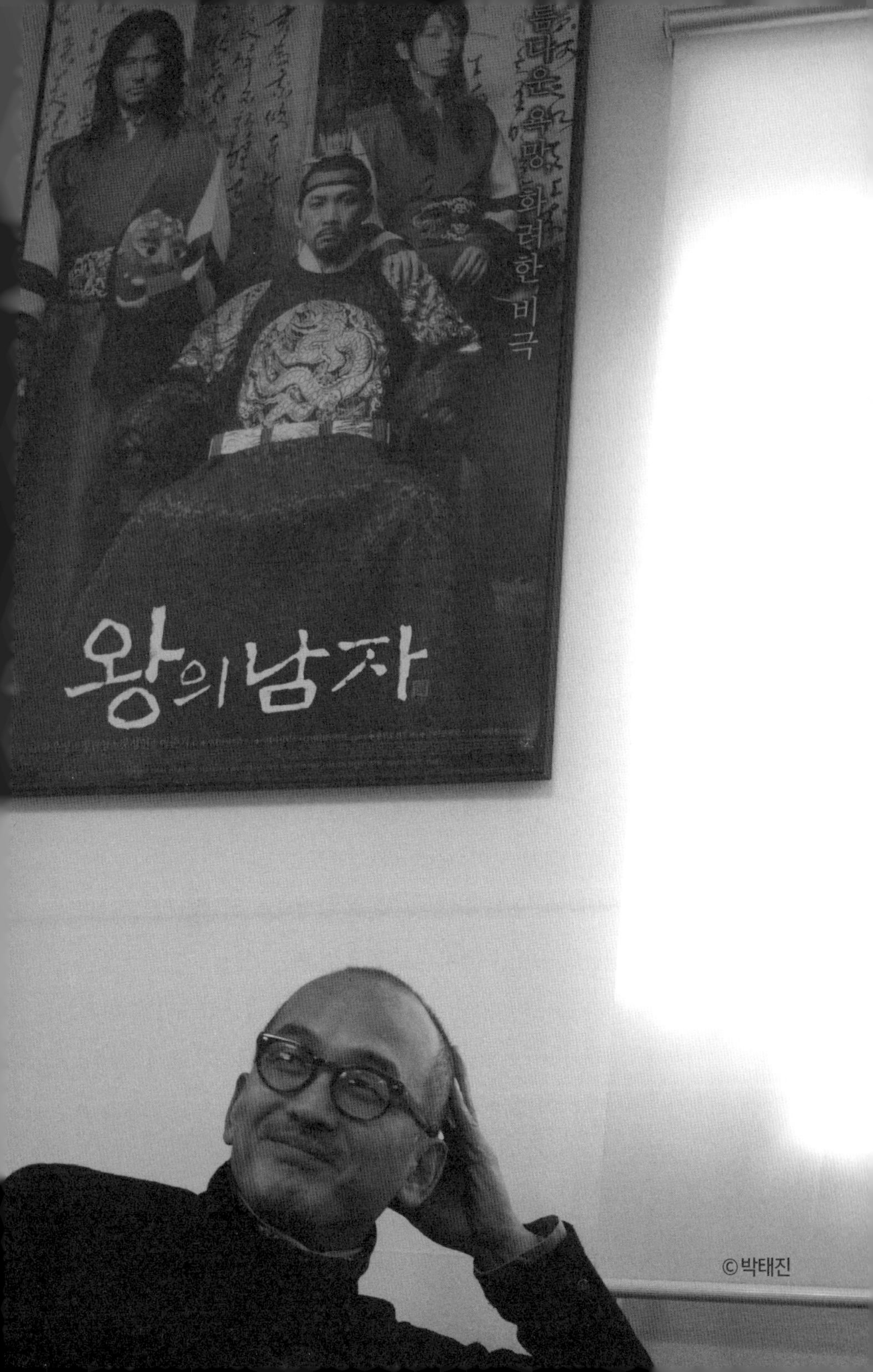

©박태진

모른다. 어려서부터 무시당하고 비교당하고 시달리다 보면 자연스레 당한 만큼 돌려주고 싶은 마음이 생기게 마련. 복수하려면 출세해야 되는구나, 인정받으려면 돈과 권력을 가져야 하는구나, 체득하게 된다. 그러나 이준익 감독에게는 그런 게 없다. 그가 내뿜는 웃음에는 분노나 미움은 찾아볼 수가 없다. 출세나 성공에 대한 강박도 없다. 다만 그냥 하루하루 먹고 사는 문제가 다급했다고. 가난한 자의 매력은 성실이라고 그는 말한다. 성실한 사람은 세상을 무서워할 필요가 없다고.

"닥치면 뭐든 할 수 있어. 성실하게 꾸준히 하다 보면 다 돼. 안 되면 다시 또 하면 되고. 내 신조가 늦게 되면 크게 된다야. 처음부터 안 된다고 실망할 필요 뭐 있나. 가다 보면 언젠가는 되겠지. 뭐든 잘하려는 강박에 메이는 게 싫어요. 난 사실 꿈도 특별히 없었어. 그거 꼭 있어야 하나? 이미 태어났는데 그냥 잘 살면 되잖아(웃음)."

이런 긍정의 마인드는 그가 가진 최대의 힘이다. 늦게 되면 크게 된다는 말은 그의 어록이다. 천만 영화감독이면서도 그는 자만하지 않는다. 또 다소 부진해도 기죽지 않는다. 영화 《평양성》은 그가 자신만만하게 세상에 내놓은 영화였으나 참패를 당하고 말았다. 그래도 괜찮다. 할 수 없다고 생각한다. 언제나 기대했던 결과가 나오는 것은 아니므로, 기대와 예측이 빗나갔다고 크게 실망할 필요는 없다. 다시 또 하면 되는 것이다. 그는 무겁고 슬픈 주제라 하더라도 칙칙하지 않게 나름의 유머와 풍자를 담으려 애쓴다.

그동안 만든 영화 《키드캅(1993)》《황산벌(2003)》《왕의 남자(2005)》《라디오스타(2006)》《즐거운 인생(2007)》《님은 먼 곳에(2008)》《구르믈버서

난달처럼(2010)》《평양성(2011)》까지 코믹 코드를 놓치지 않았다. 살면서 그가 가장 감동받은 문구는 어느 날 화장실에서 본 이것이다.

'우리 인생에서 가장 헛되이 보낸 날들은 웃지 않았던 날들이다.'

웃음은 인간이 자신에게 주는 또 다른 에너지다.

"사실 황산벌 전투를 보면 그 옛날에 5천 명이나 되는 사람들이 죽었어요. 굉장히 참혹한 전투였지요. 그런데 그때 늘 사람들이 울고 힘들어하기만 했을까?《님은 먼 곳에》를 보면 베트콩들이 지하에 숨어요. 거기에 아이들이 있고 그 아이들이 깔깔거리며 웃지요. 얼마 전 교토영화제에 초대를 받아서 갔는데 도에이 스튜디오에 있는 기자가 물어요. 전쟁을 소재로 하는데 어떻게 웃음을 만들어내느냐고. 전쟁을 해도 24시간 싸움만 하지는 않았을 거예요. 인간은 지옥에서도 웃고자 하는 유희적 본능이 있지요."

그는 현실에서도 영화적인 장치를 벗어나 시종일관 유쾌하게 살려고 애쓴다. 심각한 자세만으로 인생이 풀리지 않는다는 것을 알기 때문이다. 웃으면서도 세상사 고민은 다 할 수 있고 세상사 온갖 문제도 다 해결할 수 있다. 웃자! 이 말은 살자, 제대로 살자와 같은 말이다.

이준익은 영화감독이다. 그는 영화감독이라는 자신의 직업을 사랑한다. 영화라는 장르의 특성상 영상에는 감독 저마다의 아이콘과 무의식의 세계가 담긴다. 이준익 감독의 아이콘은 '소'다. 그는 소를 좋아한다. 소가 가지고 있는 어질고 따뜻한 기운을 좋아한다. 사극을 찍을 때는 특히 소를 직접

나답게
산다

구해 와 촬영을 할 정도다.《평양성》에서는 김유신이 소하고 걸어오기도 하고, 장생과 공길이 한양에 갈 때는 소 한 마리가 지나가기도 한다.《님은 먼 곳에》에서도 풍경 스케치할 때 소를 넣었다. 어쩌면 소는 그의 무의식을 표현하는 메타포다. 소의 눈을 보면 닮고 싶어진단다.

어진 심성. 그가 세상살이에서 바라는 것도 이 하나다. 이기심 없이 자신의 모든 것을 다 주고 가는 소에게서 어진 심성을 배운다. 소 이야기를 하다 보니 육식의 극대화가 가져오는 폐단을 말하게 되고, 지나친 육식으로 인해 제국주의적 심리가 발동된다는 추리도 내본다. 이러한 고민은 반대로 채식에 대한 과민성도 생각하게 한다. 결국에는 모든 것이 넘치지 않고 부족하지 않게 균형을 이뤄야 한다는 결론으로 자연스럽게 이어진다. 균형을 이루기 어렵다면 차라리 모자란 것이 낫다. 과유불급過猶不及. 이준익 감독이 좋아하는 말이다.

그도 한번은 개인의 욕망이나 인간의 추악한 끝을 보여주는 영화를 만들어볼까 했었다. 그런 의도로《7번 국도에 사무치다》라는 영화를 기획했지만 자신이 잘 할 수 있는 장르가 아니라는 생각에 접었다.

그는 개인의 욕망을 다루는 영화보다 집단의 문제나 사고에 더 천착한다. 그는 대중이나 사회에 잠재된 심리를 공론화하는 걸 자신이 가장 잘할 수 있는 분야라고 믿는다. 특히 영화《소원》부터 사회 집단적 문제를 많이 다뤘다. 어린아이를 무자비하게 성폭행한 일명 '조두순 사건'이 이 영화의 소재였다. 그러나 피해자나 잔혹한 피해 정도에 초점을 맞추기보다 피해를 당한 아이가 성인이 되기도 전에 범인이 출소를 한다는 사실을 알려 사회적인 파장을 일으키기도 했다.

영화 《소원》 이후 나온 영화에서도 이준익 감독의 사회적 시선이 잘 드러난다. 사도세자의 비극적 서사를 인간적인 측면에서 잘 보여준 영화 《사도》는 역시 이준익이라는 재평가를 가능하게 했다. '별 헤이는 밤'을 쓴 시인 윤동주의 이야기를 다룬 영화 《동주》에서는 시인 윤동주뿐만 아니라 그의 사촌 몽규의 부활까지 이끌어냈다. 윤동주에 비해 그동안 잘 알려지지 않았던 독립운동가 송몽규를 그는 주목했던 것이다. 내내 흑백 화면으로 보여주는 담백하고 절제된 연출력도 빼어났다는 평가를 받았다.

그의 스펙트럼은 매우 넓다. 《황산벌》 《즐거운 인생》에서 《소원》 《동주》 《박열》 《변산》까지 그는 다양하고 자유롭게 넘나든다. 그는 늘 새로운 것을 만드는 창작자로서 자신의 역할을 즐긴다. 그에게 영화는 소통이다. 작품을 통해 관객과 이야기를 나누고 소통할 때 느끼는 희열은 그 무엇과도 바꿀 수 없다.

이준익은 문화예술이라는 말과 거리를 두고 싶어 한다. 예술과 예술가의 가난이 결부되는 현실이 불만스럽다. 영화는 기본적으로 돈이 많이 든다. 돈 없으면 하기 힘든 장르다. 집단 작업이어서 인건비도 지출해야 하고 필름도 사야 하고 촬영 세트를 만드는 데도 많은 돈이 든다. 그러나 감독은 가난해도 작품을 매번 가난하게 만들 수는 없다. 또한 저예산 영화만이 예술 영화인 것은 아니다. 가난한 감독이 종종 자신의 돈까지 끌어와 작품을 만들어야 하는 현실도 탐탁지 않다. 예술가가 당연히 가난해야 하는 것도 아니다. 자기가 좋아하는 일을 하니까 가난해도 좋다는 말은 옳지 않다.

예전에 그는 자신이 예술가적 자의식이 없는 것 같다고 말했다. 철학적인 담론을 가지고 저예산으로 만드는 영화만이 예술적이라면 그는 예술영화 감독은 아니다. 그러나 영화《동주》에서 그는 예술적 자의식까지도 충분히 끌어냈다고 나는 본다. 영화적 미학과 예술성을 놓치지 않으면서 대중적 공감도 얻고, 예산도 적게 들여 만들었다. 나는 그가 이제껏 고민했던 모든 것들이 어쩌면 영화《동주》한 편에 모두 집약된 것은 아닐까 싶다.

그는 가장 이상적인 자본주의 사회는 비정규직이 행복한 사회라고 말한다. 미래사회는 인간의 고용관계가 보다 더 수평적이어야 한다는 게 그의 생각이다. 자본의 수평이 아니라 문화적인 수평을 이뤄야 한다. 자본은 동일하게 나누어 가질 수 없다. 그러나 문화는 나눌 수 있다. 누구는 벤츠를 타지만 누구는 티코를 타면 되고, 누구는 고급 좌석에서 공연을 관람하겠지만 누구는 길거리 음악을 들으면서도 행복할 수 있으면 된다. 저소득 계층일수록 문화적 혜택을 보다 더 누릴 수 있도록 하는 사회적 배려. 중산층도 일상에서 어렵지 않게 문화예술을 즐길 수 있도록 하는 문화수평주의. 그래서 비정규직도, 저소득층도 문화에서 소외되지 않도록 하는 것. 이것은 삶의 만족도를 높게 만드는 최선의 방법이다.

문제는 비교가치다. 돈이 움직이는 사회에서는 끊임없이 누군가와 비교를 한다. 엄친아, 1등주의, 8학군, 엘리트주의를 부추기는 욕망 구조에 휩쓸리지 말아야 한다. 태어날 때부터 비교를 당하는 현실에서 그것은 쉽지 않은 일이다. 그러나 그들이 조장하는 상대적 박탈감에 빠져버리면 우리에게 남는 건 패배의식뿐이다.

"맘마미아라는 뮤지컬이 있어요. 강남의 부자들은 R석의 30만 원짜리에 앉아서 보고 시급으로 몇 천 원 버는 대학생은 일주일 일당을 모아서 일반석 기둥 뒤에서 본다고 생각해보세요. 누가 더 감동적으로 절실하게 그 뮤지컬을 감상할지! 당연히 일주일 일당을 알뜰살뜰 모아 기둥 뒤에서라도 보겠다는 학생의 열망이 더 클 거예요. 그 학생에게 뮤지컬 한 편의 가치는 로열 좌석 관람자에 버금가죠."

남과 비교하지 말아야 한다. 로열 좌석에서 공연 관람 못했다고 슬퍼하지 말아야 한다. 심지어 공연을 보지 못했어도 슬퍼할 필요는 없다. 문화적 허영과 부추김에 스스로 비참해져선 안 된다. 정녕 중요한 것은 얼마짜리 예술을 즐겼는가가 아니라 어떤 감동을 얻었나 하는 것이다. 자신의 처지에서 누릴 수 있는 최선의 예술을 향유하고 충분히 감동할 줄 아는 자세와 여유. 예술은 멀리 있는 게 아니니까. 이런 자각과 수평적 문화 가치를 받아들이면 사는 데 그렇게 큰돈이 들지는 않는다. 큰돈을 벌기 위한 스트레스도 그만큼 줄어든다. 아등바등 돈을 벌려고 인간성을 훼손할 필요도 없다. 그런 가치관으로 사는 사람들, 조연이지만 자신이 주인공이라고 생각하고 성실하게 웃으며 사는 사람들, 이준익 감독은 그런 사람을 스타로 만들어 주고 싶다.

이준익 감독은 10년 전, 나이 50이 된 자신에게 선물을 하나 주었다.

"사람은 살면서 한 가지는 자신을 위해 사치를 하는 겁니다. 딱 한 가지 선물로 치열하게 산 자신을 기쁘게 해주는 거지요."

이준익은 스스로에게 바이크를 주었다. 그의 애마 BMW 650GS. 어

©박태진

릴 때부터 타고 싶었지만 나이가 들어서야 가질 수 있게 됐다.

"나는 어릴 때부터 어딘가 멀리 가고픈 서사적 욕망이 있었어요. 그 욕망을 자극하는 게 바람이에요. 바이크는 바람을 일으켜요. 바람 부는 날에만 떠나는 것이 아니라 내가 바람을 일으켜서 떠나는 거야. 바람 불지 않아도 바람을 부를 수 있으니까 마음도 너그러워져요. 그게 바로 바이크의 미덕이죠."

이원규 시인이 쓴 시 <우리는 폭주족이 아니라 기마족이다>라는 시에서처럼 그도 우리 민족은 기마민족이고 그 말이 지금에는 바이크가 되었다고 믿는다. 2012년 그는 바이크를 타고 세계여행을 떠나고 싶다는 말을 했다. 바이크 영화도 만들고 바이크를 탄 사람들의 자유와 우정과 사랑도 말하고 싶어 했다. 아직 바이크 영화를 만들진 않았으나 그의 마음속에 대륙을 무한히 질주하는 모습이 이미 재현되고 있을 것이다.

일부러라도 즐겁게 살아야 한다고 믿는 사람. 그는 즐거움의 에너지를 희망으로 변환시켜서 영화 안에 바이러스를 심어둔다. 그의 영화를 통해 우리는 웃음에 감염된다. 우리는 희망의 숙주가 되는 것이다. 이준익 감독 같은 사람들이 있어서 메마르고 험악한 세상도 또 그렇게 그럭저럭 돌아간다. 웃음과 긍정의 힘으로.

이준익은 사람들의 지위나 직업을 하나의 역할이라고 생각한다. 우리는 각자 이 세상에서 어떤 역할을 맡고 있다. 자신이 맡은 배역이 어떤 것이든 각각 없어서는 안 될 존재다. 모두 자기 인생에서는 주인공이다. 그리고 그 주인공을 알아봐주는 감독이 여기 있다. '당신이 바로 스타'라고 말해

주는 영화감독. 그를 통해 우리도 이제 곧 별이 될 것이다. 아니 또 별이 되
지 않으면 어떤가! 자기 자신이 별이라고 믿으면 그뿐.

작게, 낮게, 느리게 ;

작곡가 **백창우**

'게으른 개'가 되고픈 '잡곡가'이자
노래 창고지기

마음속에 노래가 가득히 담긴 사람 백창우. 사람들은 그를 어린이 노래를 만드는 동요작곡가로 알고 있다. 어린이 노래패 '굴렁쇠 아이들'을 비롯해 동요와 관련된 앨범을 30개나 냈으니 그렇게 보일 만도 하다. 그러나 동요 앨범 말고도 그는 노래마을을 비롯해 시노래 음반, 개인 독집까지 28개나 되는 별도의 앨범을 가지고 있다. 실로 엄청난 숫자다.

나의 18번 애창곡도 그가 지은 노래다. 가수 임희숙이 부른 <내 하나의 사람은 가고>라는 곡. 작곡가 백창우가 20대에 만든 곡이라니 믿기지 않는다. 시인 도종환은 백창우와 어울려 술을 마시는 날이면 이 노래의 가사를 읊었다. '등이 휠 것 같은 삶의 무게여, 이 늦은 참회를 너는 아는지…' 나이 스무 살에 어찌 이런 가사를 썼을까 감탄한다. 그러면 그는 뭘 알아서 썼겠느냐며 웃곤 한다. 하지만 그는 노래를 통해, 외로움을 통해, 일찍 세상을 알아버렸는지도 모른다.

백창우는 TV 출연은 거의 하지 않는 가수지만 그가 만든 노래는 종종 방송을 탄다. MBC 프로그램 《나는 가수다》에서도 그의 노래가 가장 많이 리메이크 됐다. 윤도현의 YB밴드는 이동원의 《내 사람이여》를, 이은미도 《내 하나의 사람은 가고》를 불러 호평을 받았다. 그 외에도 가수 김광석이 죽기 전 부른 《부치지 못한 편지》라든가 윤설하의 《벙어리 바이올린》 강영숙이 부른 《사랑》 등도 많은 사람들이 다시 부르는 곡들이다.

그는 아주 어릴 때부터 노래를 만들었다. 아마도 어머니의 영향이 컸으리라. 그의 어머니는 이른 아침 피아노로 그를 깨우고 피아노로 그를 키운 분이다. 당시로서는 흔치 않은 신세대 여성이었다. 그의 어머니는 고운 목소리로 동요, 찬송가, 가곡, 민요 가릴 것 없이 모든 장르의 노래를 다 부르셨단다. 온갖 종류의 노래를 가리지 않고 들으며 성장했다. 그러다 보니 어느새 자신도 장르 구분 없이 여러 노래를 만들게 됐다고 한다.

"사람들은 제가 이것저것 다 만드는 걸 보면서 '작곡가'가 아니라 '잡곡가'라고 놀려요."

모두가 가난하던 시절이었다. 백창우도 의정부 철길 옆에서 태어나 자랐다. 길거리 미군들에게 "기브 미 초콜릿"을 외치고 다니기도 했다. 하지만 음악만큼은 그를 풍요롭게 만들어줬다. TV도 게임기도 없던 때, 초등학교를 다섯 번이나 옮겨 다닌 그는 친한 친구도 없었다. 그에게는 집에서 기르던 강아지가 유일한 친구였고, 노래가 가장 훌륭한 놀이였다.

어른이 되고, 작곡가가 되어서도 그때 친구가 되어준 강아지를 잊지 못했다. 자신과 관계된 모든 것에 강아지를 붙이는 이유도 그 때문이다. 자신을

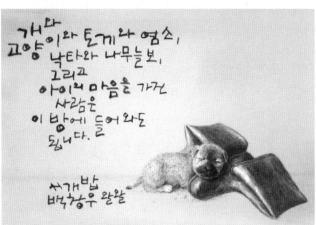

부를 때는 '게으른 개' 라고 하고 자신의 작업실은 '개밥그릇'이라고 한다.

판화가 이철수는 그에게 쓱싹 개 그림을 그려주었는데, 그것이 그의 아이콘이 되었다. 파주 헤이리 예술인 마을에 있는 그의 아지트에는 개가 천지다. 새로 꾸밀 노래창고에도 강아지 그림과 인형들로 가득 채울 생각이다. 내가 그를 찾아갔던 때에도 백창우는 여러 가지 작업을 하느라 정신이 없었다. 굴렁쇠 친구들이나 지인들과 함께 당번까지 정해가며 그의 아지트 '개밥그릇'을 하나씩 꼼꼼하게 꾸몄다.

그가 정식으로 악보를 그려 노래를 만든 것은 열여섯 살 때다. 물론 혼자 노래를 흥얼거리며 직접 가사를 지어 붙이고 놀았던 것은 그보다 훨씬 더 어릴 때부터다. 누나가 처음 직장에 나가서 받은 첫 월급으로 그에게 기타를 선물했다. 당시로서는 기타가 무척 귀한 것이었다. 기타로 도레미파 솔라시도를 치자마자 곧장 그 음계만으로 노래를 만들었다. 그동안 혼자 흥얼거리던 것들이 봇물처럼 터져 나왔다. 마치 기타 줄에 새들이 날아가는 것 같았다고 한다. 오선지에서 그는 펄펄 날았다. 그의 외로움은 그를 천재로 만들었다.

나이 스무 살에 그는 처음으로 자신의 독집 음반을 낸다. 그러나 모든 곡의 가사가 심의에 걸렸다. 그때는 그런 시대였다. 붉은 태양이 들어가도 안 되고 새가 북쪽으로 날아가도 안 되고 사흘 밤 사흘 낮 비가 와도 안 되던 시절이었다. 심지어 '어둠이 너무 깊으면' 이라는 가사도 걸렸다. 너무 우울하게 느껴진다며 못쓰게 했다. 그는 검열에 걸리지 않도록 가사를 다시 써야 했다. 예술을 창작하는 사람들에게 그것은 말할 수 없는 고통이었다.

누군가는 그를 제2의 김민기라고도 부른다. 그러나 그의 말처럼 세상에는 똑같은 아이도 똑같은 노래도 없으니 그는 그냥 백창우다.

백창우는 검열로 노래를 속박할수록 더 슬픈 이야기를 썼다. 제도권을 거부하고 그만이 부를 수 있는 노래들을 하나둘씩 지었다. 그러던 어느 날, 마음이 습하고도 팍팍했던 어떤 날. 그는 우연한 제안을 받는다. 어릴 때 마루에서 떨어져 꼽추가 된 분이었다. 마음이 참 따뜻한 분이었는데, 성남 산동네에 전도사로 계셨다. 그분이 백창우에게 아이들을 위해 여름성경학교를 열어달라는 부탁을 해왔다. 자신이 예배는 보겠는데 노래는 안 된다면서 도와달라고 했다. 주저 없이 그는 친구들을 불러 간판도 없는 허름한 교회에 갔다. 산동네 꼭대기, 달동네 별동네로 불리는 그곳에 아이들이 있었다. 부모들이 모두 일터로 나가면 TV도 없고 읽을 책도 없고 학원도 가지 않는 아이들이 옹기종기 모여들었다. 그 아이들에게 백창우는 책도 읽어주고 노래도 가르쳐줬다.

여름성경학교가 끝나갈 즈음이 되자, 다시 저희들끼리만 남아서 놀게 될 아이들이 마음에 걸렸다. '일주일에 한 번씩이라도 와서 책 읽고 글 쓰고 노래 부르면서 놀아줘야겠다' 마음먹었다. 그 마음이 이어져 어린이 노래 모임 '굴렁쇠'가 만들어졌다. 산동네 아이들과 함께 한 모임이 어린이 노래패 굴렁쇠의 전신이다.

아이들과 어울리는 와중에도 백창우는 끊임없이 노래를 만들어 가수들에게 나눠주었다. 하지만 무언가 헛헛함이 그를 에워쌌다. 그는 언더그라운드 가수들을 모아 색다른 공연을 준비했다. 장장 네 시간에 걸친 공연을

저씨네 노래창고

만들면서 그는 진정성을 담으려고 애썼다. 가난하고 보잘 것 없는 우리 이웃의 이야기를 노래로 만들어 사람들에게 들려주었다. 게스트로는 그가 재기를 도운 가수 이동원이 나와 노래를 불렀다. 알만한 가수들도 앞세우고 중고등학교 때 친구들도 무대에 세웠다. 떠도는 우리 노래들도 모아서 무대 위에 올렸다. 우리의 뿌리가 무엇인지 사람들에게 알려주고 싶었다. 구전되는 창가나 민요들을 부르고 그 뿌리를 이어받은 작가들의 노래도 무대 위에서 열심히 불렀다. 김민기나 한돌 같은 가수들의 노래였다.

공연을 마친 후에도 그는 공연을 함께 이끈 사람들과 노래 팀을 만들면 좋겠다는 바람이 내내 들었다고 한다. 그러면 감춰둔 노래주머니를 다 풀 수 있을 것 같았다. 백창우는 우리말로 된 진짜 우리 노래, 우리의 생생한 삶이 담기고, 정서가 담긴 노래를 만들고 그런 노래를 부르고 싶었다. 돈의

©장성하

잣대로 재기 싫었다. 대중의 인기가 잣대는 아니었다. 진짜 우리 노래를 만들어 부르고 싶었을 뿐이다.

'노래마을'이라는 노래 팀은 그 마음 하나로 만들었다. 하지만 1집에 실은 12곡 가운데 11곡이 또 검열에 걸린다. <은자동아 금자동아>라는 곡만 제외하고 다 잘려나간 것이다. 결국 1집 음반은 검열을 피해 서정적으로 다시 만들 수밖에 없었다. 그 음반에는 학교 때 친구였던 비두로기의 <마지막 몸짓을 나누자>라는 곡이 들어가고 <감자꽃>이라는 곡도 들어간다. <감자꽃>은 나중에 장사익이 부르면서 더 많이 알려진다.

그는 열심히 꿈을 꾼다. 그리고 그 꿈으로 길을 만든다. 달동네 아이들과 노래하면서 이 좋은 노래를 우리만 부르지 말고 여러 사람들과 나누자 생각한다. 역시 그의 말대로 좋은 노래는 좋은 마음을 만들어내는지도 모른다. 그는 그 믿음대로 좋은 가사를 열심히 쓰고 또 찾는다. 좋은 노래로 좋은 마음들이 퍼질 수 있게. 그가 믿는 선한 영향력은 그런 것이다.

그는 노래뿐만 아니라 네 권의 시집을 낸 시인이기도 하다. 《겨울편지》《사람 하나 만나고 싶다 1, 2》《길이 끝나는 곳에서 길은 시작되고》이렇게 네 권의 시집은 젊은 날의 절망과 쓸쓸함, 그리고 가난에 대한 이야기를 담고 있다.

그러면서도 그 안에 사랑과 희망과 성찰을 품고 있는 시들이 많다. 시 <문패>에서 그는 자기가 살던 옛 집에서 문패를 달고 살았던 건 다섯 번밖에 되지 않았다고, 혹시 사는 동안 절반은 다른 얼굴로, 다른 이름으로 산 건 아닌지 묻는다. 시 <냉이꽃>에서는 흔하디흔한 냉이꽃처럼 가난하고 보잘것없는 사람들일지라도 모두 하나하나 소리 없는 노래라고 말한다. 시 <사람 하나 만나고 싶다>에서는 눈 맑은 사람, 가슴 따뜻한 사람, 깨어서 세상을 걱정하는 큰 사람 하나 만나고 싶다고 고백한다. 그러기 위해 자신도 깨어 있으려고 한다. 깨어 있기 위해서는 존재를 가볍게 해야 한다는 것도 깨닫는다. <참을 수 없는 존재의 무거움>이란 시에서는 버릴 것 다 버리고 잊을 것 다 잊고 딱새 깃털처럼 가벼워져서 길이 끝나는 데까지 가보겠다고 표현했다. 길이 끝나는 곳에서 해맑은 아이들의 웃음을 본다면 얼마나 행복할까?

아이들에 대한 그의 사랑은 끝없이 깊다. 아이들을 위하여 부단히 전래동요를 발췌하고, 동시에 곡을 붙여 노래로 만든다. 어린이의 잠자는 얼굴에서 하느님을 본다고 했던 방정환 선생을 위해 직접 노래를 만들기도 했다. 이원수, 윤석중, 윤복진, 윤동주와 윤일주, 권태응, 이오덕, 권정생, 임길택, 이문구, 김용택까지 어린이를 노래한 시인들의 시로 노래집도 만들었다.

음반에 실린 모든 시인들에게 한결같이 고맙지만, 특히 2007년 세상을 떠난 권정생 선생님을 생각하면 힘들고 아프게 살아오신 그분의 일생이 떠올라 마음이 많이 아프단다. 세상 모든 것은 다 쓸모가 있다는 것을 깨우쳐준 권정생의《강아지똥》을 보면서 백창우는 노래를 짓고 싶었다. 자신이 귀하면 상대방도 귀하고 더불어 모두가 귀하다는 생각을 갖도록 하는 노래. 그래서 그가 만든 어린이 노래패 '굴렁쇠 아이들' 멤버가 되려면 노래는 못해도 되지만 한데 어울려 남을 소중하게 생각하는 마음이 있어야 한다. 이게 굴렁쇠 아이가 되는 조건이다.

초창기 전교조 기금마련을 위하여 '굴렁쇠 아이들'과 노래를 부른 그는 1,2집을 단박에 만들어냈다. 한 해에 평균 두 개 이상의 노래집을 만들어내는 건 결코 쉬운 일이 아니다. '게으른 개'라면서 어쩐지 행동은 '잽싼 개'처럼 부지런하다.

아이들을 위해 부르는 노래에는 아이들의 이야기가 들어가야 한다는 게 그의 생각이다. 그래서 가끔은 아이들이 직접 지은 시로 노래를 만든다. 내가 처음 들은 그의 동요는 <내 자지>란 곡이었다. 어른들은 선뜻 못하는 말들도 아이들은 솔직하고 자유롭게 한다.

안동의 대곡분교 3학년 이대흠 어린이가 쓴 <내 자지>란 시에 곡을 붙였다.

오줌이 누고 싶어서 변소에 갔더니 해바라기가 내 자지를 볼라고
볼라고 볼라고 한다 그렇지만 그렇지만 나는 안 보여줬다

깜찍한 상상의 노래다. 정익수 어린이의 <걱정이다>란 노래는 아이들에게 인기가 많았다.

걱정이다 걱정 걱정이다 걱정 나는 공부를 못해서 걱정이다
집에 가면 맞기만 한다 맨날 맨날 내 속에는 죽는 생각만 한다

<걱정이다>라는 노래인데 '공부' 대신 여러 가지 말을 바꿔 넣어 공연 때 부르곤 한다. 아이도 어른도 속내가 드러나니 모두 재밌게 따라 부른다. 아이들이 직접 쓴 노랫말은 내용이 풍부하고 현실적이다. 그는 어른들의 노

래도 아이들이 쓴 것처럼 생생하게 살아있고, 모두가 공감할 수 있을 만큼 쉽고 따뜻했으면 좋겠다는 바람이 있다. 백창우는 이 바람을 지금은 세상에 없는 가수 김광석에게 털어놓았다. 김광석은 당시에도 이미 인기 가수였지만 그의 바람을 듣고는 흔쾌히 함께 하자고 했다. 그들은 정호승 시인의 시 <부치지 못한 편지>에 곡을 붙여 녹음을 했다. 하지만 안타깝게도 김광석은 고인이 되고 말았다.

다행히 서로가 서로를 돕던 시절이었다. 가수 김광석의 죽음으로 그 꿈이 꺾일 무렵, 우연한 기회에 제안을 들은 가수이자 친구 김원중이 일단 해보자고 했다. 몇몇 언더그라운드의 가수들이 동료 선후배들을 불러모았다. 가수 한보리, 김현성, 홍순관, 류형선, 이지상, 안치환, 이수진이 결합했다. 시인은 김용택, 정호승, 도종환, 유종화, 안도현이 처음 시작하고 후에 정희성, 정일근, 나희덕이 함께 했다. 이렇게 시노래 운동을 하는 노래패가 만들어졌다. 그 이름이 '나팔꽃'이다.

1999년 봄 모악산 밑 안도현 시인의 시골집에 노래모임 친구들이 모였다. 모임 이름을 짓기 위해서였다. 그는 게으른 개답게 이리저리 뒹굴고 있었고, 친구들은 봄나물을 뜯어 밥상을 차렸다. 모두 배불리 밥을 먹은 다음 누워서 이것저것 노래 모임에 어울리는 이름들을 말했다. 그때 백창우는 안도현 시인의 시 나팔꽃이 생각났다. "내게 땅이 있다면 아들에게 물려주지 않고 나팔꽃을 심겠다"는 내용의 시였다. 그는 안도현 시인의 그 시가 너무 좋았다. 돈이나 권력보다는 서로가 함께 보듬고 다독이는 세상을 꿈꿨던 그이기에 '나팔꽃'이라는 이름이 가슴에 와닿았다. 노래모임 '나팔꽃'은 그렇게 지어졌다. 구호도 정했다. '작게 낮게 느리게'. 백창우와 꼭 닮은 이름이었다. 공연 때마다 특별 손님으로 여러 시인도 부르고 가수도 불렀다. 초대된 시인의 시에 노래를 붙여 함께 부르기도 했다.

내가 그를 처음 만난 건 구례에서 나팔꽃 식구들의 공연과 수련회가 있던 날이었다. 그날 가수 안치환, 이지상, 시인 정호승, 도종환 등등이 모두 모였다. 남해의 어느 공연장도 또 찾아갔다. 그곳에도 '나팔꽃'과 마음 따뜻한 이들이 정답게 모여 있었다. 아! 이런 이들이 있구나! 아! 이런 노래도 있구나! 공연자와 관객이 서로 한 식구처럼 어찌나 잘 어울리던지 나는 볼 때마다 놀랐다. '나팔꽃' 공연에는 가수 양희은과 장사익도 단골로 등장했다.

'나팔꽃'이 만들어진 지 10년째 되던 날, 백창우는 사람들과 함께 '나팔꽃'의 진로를 모색했다. 전설 속으로 사라질 것인가? 새롭게 태어날 것인가? 그동안 잘 알려지지 않았던 시에 서정적인 곡을 붙여 대중에게 친근하게 알리는 역할을 해왔던 노래패 '나팔꽃'. 시에 곡을 붙이는 방식 말고도, 이제는 소박한 이웃, 어려운 이웃, 우리가 사는 세상에 대한 이야기를 펼쳐보자는 말들이 나왔다. 그리하여 노래 창고지기 백창우는 또다시 사람들을 모아 새로운 기획과 노래작업을 해나가고 있다.

파주 헤이리 예술인 마을에 가면 시를 사랑하고 노래를 사랑하는 어른이나 아이들이 편하게 만나서 즐길 수 있는 공간이 있다. 백창우, 이태수의 <조금 ★난 전시회>처럼 조금은 별난 전시도 열린다. 귀농 운동가 윤구병의 '편견으로 고른 책 열 권' 같은 책 전시다. 환경 문제나 실직자들에 대한 노래라도 캠페인 송처럼 만들기보다 그냥 듣다 보면 마음이 움직이는

_사진 자료 제공 백창우 작업실

착한 노래를 만들고 싶다. 지구를 사랑해야지, 어려운 이웃을 도와야지 하는 착한 마음이 진심에서 우러나올 수 있게 하는 마법 같은 노래.

사람들에게 사랑받는 가수와 함께 마법 같은 노래를 부르고, 뮤직비디오에는 실력 있는 배우도 출연시키고 싶다. 그 꿈을 위하여 개밥그릇 포스터에 아이유 사진을 붙여놓는다. 가수 이효리가 열심히 사회 문제에 참여하는 모습을 흐뭇하게 보고 있다. 개성 있는 연기자 공효진이나 배두나를 출연시킨 뮤직비디오의 기획도 상상한다. 이런 것이 바로 협업 아닐까? 건강하게 서로 함께 하는 것, 지금은 꿈이지만 그에게 꿈은 멀리 있는 어떤 것이 아니라 자신이 풀어야 할 즐거운 숙제다.

그에게는 아직 이루지 못한 버킷리스트가 있다. 하고 싶은 일은 많은데 힘은 들고, 돈은 없어 쩔쩔맨 적도 많았다. 하지만 그렇다고 해서 불행하다거나 좌절감이 드는 건 아니다. 세상에 실망할 수는 있어도 자기 자신에게 실망해 본 적은 없으니까. 꿈을 꾸다 보면 언제든 그것이 이루어질 수 있다고 믿는다. 그리고 차근차근 시작한다.

그는 자신을 게으르다고 말하지만 오늘도 '게으른 개'는 뒹굴뒹굴 꿈을 꾼다. 그리고 날쌔게 날아오는 꿈을 잡는다. 나이스 캐치! 그는 꿈을 물고 내달린다. 무겁던 그가 훨훨 날아오른다. 노래창고의 보물들도 새처럼 날아오른다.

혐오 대신 연민으로 ;

©김동식

사진가 **김홍희**

한 눈의 순례자

    당신은 두 눈으로 세상을 보는가? 두 눈보다 한 눈으로 보는 세상이 더 넓을 수 있다는 사실을 혹시 아는가? 사진가 김홍희, 그는 한쪽 눈의 시력을 잃었다. 한쪽 눈은 완전히 보이지 않는다. 그러나 그가 한 눈으로 보는 세상은 한없이 넓다. 그가 펴낸 두 권의 책《나는 사진이다》와《아무것도 보지 못했다》를 보면 깜짝 놀란다. 그가 한 눈으로 찍었다는 게 믿기지 않을 만큼 아름다운 사진이 가득하다. 더구나 평형을 온전히 잡아야 탈 수 있다는 바이크를 그는 누구보다 신나게 탄다.

    그는 만 한 살이 되던 해 홍역으로 한쪽 눈의 시력을 잃었다. 그 사실을 나이 쉰이 되어서야 아내와 자식들에게 고백할 수 있었다. 가장 사랑하는 사람들에게조차 쉽게 털어놓지 못한 아픔이었다. 보이지 않는 한쪽 눈 때문에 그는 행복하지 않은 청소년기를 보내야 했다. 가정 형편도 넉넉하지 않아 자신의 삶을 비관한 적도 있었다. 힘이 들수록 자신을 더 호되게 몰아

세우며 삶의 고비들을 넘어야 했다. 돈도 없고 소위 '빽'도 없이 한쪽 눈으로 세상을 보는 사내가 사회에서 제 몫을 해내게 되기까지 얼마만큼 애를 써야 했을까!

김홍희는 돈을 벌기 위하여 조경학과를 갔지만 거기서 만족할 수가 없었다. 자신이 생각했던 것과는 거리가 멀었던 데다 학벌과 인맥의 벽도 높았다. 젊은 피는 뜨겁고 회의감은 컸다. 그때 김홍희는 어릴 적 다락방에서 만지작거렸던 사진기를 떠올렸다. 그리곤 과감히 일본으로 떠났다.

일본에서의 생활은 말할 것도 없이 힘들었다. 달랑 30만 엔을 들고 간 일본행. 그는 그 돈으로 밥을 먹고 타국의 언어를 배우고 사진 공부도 해야 했다. 고깃집에서 기름기 밴 석쇠를 닦고 무시무시한 야쿠자의 눈을 피해 망가진 파친코 기계를 찾아야 했다. 새벽까지 사우나에서 마사지 일을 하며 하루하루 악착같이 버텨내기 위해 몸부림쳤다. 이제는 다 지난 일이라며 그는 아무렇지 않게 말하지만 나는 충분히 짐작할 수 있다. 아무리 시간이 흘렀다 해도 그가 결코 웃으면서 떠올릴 수 없는 힘겨웠던 과거라는 걸. 그때의 참담함과 아픔과 절망은 지금도 습관처럼 그를 일으켜세운다. 있는 힘을 다해 살아야 한다고 채근한다.

무언가 일이 잘 풀리지 않으면 그의 어머니는 한쪽 눈의 시력을 잃은 것 때문인가 싶어 마음을 졸인다. '내 눈을 빼서 네게 주고 싶다'는 어머니의 비통한 소리를 들을 때마다 '두 눈이 멀면 맹인가수라도 해서 살 테니 걱정 마시라'고 위로했다. 아무리 절망적인 순간에도 기적처럼 다시 일어나 긍정적인 마음을 다잡을 수 있었던 그의 힘은 어머니의 사랑 때문이 아니었을까?

나답게
산다

그는 50년의 시간이 흐른 지금에 와서야 자신을 돌아보며 트라우마를 고백한다. 한쪽 눈으로 살아간다는 사실을 사람들에게 아무렇지 않게 밝히는 것, 그건 마치 자신의 심장을 내보이고 더러운 속살을 드러내는 것만 같았다. 나이 50이 지나, 지금에서야 찡끗 눈웃음을 지으며 다 괜찮다고 말할 수 있게 되었다. 이렇게 가벼워지기까지 50년이 걸렸다.

사람들은 김홍희의 아픔을 잘 모른다. 오히려 너무 자신만만하게 제멋대로 사는 사람으로 오해할 때가 많다. 하지만 그는 남들 시선에 아랑곳하지 않는다. 오로지 자기 자신만 본다. 자신의 의견을 말하고 자신의 시간을 가지려고 애쓴다. 홀로 길을 걷고 홀로 바이크를 타고 홀로 원고를 쓰고 홀로 사진을 찍으러 돌아다닌다. 외롭지 않느냐고 묻자 그는 또 슬며시 미소를 짓는다. 남들 시선에 휘둘렸으면 그는 이 자리까지 올 수 없었을 것이다. 자기 자신, 내면의 목소리에 귀 기울이며 여기까지 온 것이다.

'선생님은 어떤 사진을 찍으십니까?' 누군가 물으면 그는 주저 없이 '돈 되는 거요'라고 말한다. '포트폴리오 좀 볼 수 없겠느냐'는 부탁을 받으면 '사서 보라'고 잘라 말한다. 치기라는 비판도 받는다. 하지만 그는 프로다. 결과물에 대한 자신감이 그런 호기를 만든다.

프로란 무엇인가? 한결같은 실력을 가진 사람이다. 실력이 들쑥날쑥하면 프로가 아니다. 어디에서든 자신의 실력을 보일 수 있어야 하고 부족한 결과물에 핑계를 댈 수 없는 게 프로다. 그러므로 프로 사진가인 그는 어떠한 경우에도, 어떤 상황에서도 사진을 찍어야 하고 만족스런 결과물을 내놓아야 한다. 그렇지 않으면 프로의 생명은 끝이다. 그러니 실력에 걸맞게,

프로라는 이름값에 합당한 대가를 원하는 건 당연하다. 누구든 프로는 그 자리까지 공짜로 온 게 아니다. 누구보다 성실했기에 프로인 거다. 남들처럼 대단한 학벌도, 집안 재산도 없어 그저 맨몸으로 죽어라 부딪혀야 했던 흙수저 김홍희. 그는 스스로 자존감을 키우고 스스로 자신감을 만들며 스스로를 단련해왔다. 그는 자신에게 끊임없이 주문한다. 많이 읽고, 많이 돌아다니고, 많이 만나며 부단히 노력해야 한다고.

그렇게 쉼 없이 자신을 다그치며 살아서일까? 얼마 전 그의 몸이 탈이 났다. 몸 안에 종양이 생겼다. 바이크를 타고 바람을 가르면서도 털어내지 못한 찌꺼기인지, 아니면 이제 좀 천천히 가라는 신의 일침이었는지 알 수는 없다. 그러나 사람 좋아하고 놀기 좋아하고 일 좋아하는 사람, 김홍희는 그 좋아하던 술과 담배마저 잠시 멀리하며 몸을 보살피고 있다. 지칠 줄 모르는 에너자이저처럼 너무 힘껏 달리기도 달렸다.

그렇게 달릴 수 있는 힘은 도대체 어디서 나오는 거냐고 묻자, 그는 연민이라고 답한다.

"다 불쌍해. 모든 것이, 모든 사람이. 나까지도 다."

그의 책 《아무것도 보지 못했다》는 역설이 아니고 진정이다. 다 보았다는 것을 강조하기 위해 에둘러서 말하는 게 아니다. 진짜 아무것도 보지 않았다. 아무것도 보지 않았으나, 또 다 본 사람과 크게 다를 것도 없다는 생각이다. 사진을 찍고 가르치고 글을 쓰고 책을 내지만 궁극적으로 사람들에게 말하고 싶은 것은 '세상은 알 수 없는 일로 가득하다'는 것. 어디서 와서 어디로 가는지 모르는 사람으로 세상에 태어났다는 것 자체가 연민을 불러

올 수밖에 없는 것 아니겠나. 다 애틋하고 짠하다.

또 세상 별 거 없는 것 같아도 뒤집으면 다 별거다. 김홍희는 거울을 보면 '연민'이란 말을 제대로 이해할 수 있다고 했다. 거울 속의 자신을 보라. 어떤 인생이든 죽음을 맞이해야 하고 이별을 감행해야 하고 일을 멈춰야 할 때가 온다. 언젠가는 끝이 있고, 끝을 알면서도 죽을힘을 다해 살아야 한다. 그러니 그 모든 인생들을 어찌 연민하지 않을 수 있으랴. 살아가면서 끊임없이 일을 벌이는 것도 인생의 끝을 알기 때문이다. 사진을 찍고 글을 쓰고 돈을 벌고 사랑을 하고 아이들을 잘 키우려는 애틋한 그 마음들. 그 모든 바람에 다 연민이 깃든다. 인생이라는 게 결국 끝없이 바위 밀어올리기를 반복하는 시시포스의 신화 같다고 할지라도 바위 밀어올리기를 멈춰선 안 된다. 인생은 어차피 부조리. 삶과 죽음도 명쾌하게 설명되지 않는다. 하지만 그는 염세주의자는 아니다. 자칫 염세주의로 빠질 수 있는 관념도 그는 절묘하게 낙천주의로 치환시킨다. 애 쓰다 보면 또 애 쓴 만큼 돌아오는 게 있다는 생각이다.

그는 많은 일을 한다. 사진을 찍고 글을 쓰고 제자들을 키운다. 특히 그중에서도 가장 많은 에너지를 쏟는 건 사진집단 '일우'와 관련된 일이다. 일우를 왜 만들었냐고 불쑥 물었다.

"먹고 살려고 만들었지."

역시나 그의 대답은 같다. 뭔가 장엄하고 원대한 꿈이 있어서라고 허튼 포장을 하지 않는다.

사진집단 일우의 첫 이름은 '포토갤러리 051'이었다. 포토갤러리

051(0픔1)의 숫자는 의미가 크다. 당신과 나인 5픔가 디지털의 세계를 가리키는 0과 1을 좌우한다는 의미에서 출발했다. 그는 자신의 작품 가운데 <부산> 사진에 대한 자긍심이 크다. 051은 부산의 지역번호이기도 하다. 물리적으로 거리가 멀다는 건 디지털의 세계에서 큰 의미가 없다. 어디에 있든 쉽게 연결된다. 디지털 사진이라는 장르를 통해 그는 전 세계 모든 사람들과 소통하고 공유하는 사진을 찍겠다는 의미를 담아 '포토갤러리 051'을 시작했다.

사진을 배우러 오는 이들의 수준을 초급, 중급, 고급으로 나누었다. '김정일'이라는 조수가 초급을 가르치고 부산매일신문에 다니던 사진기자 친구가 중급반을 가르치고 김홍희는 고급반을 맡기로 한다. 하지만 김홍희가 가르칠 고급반의 수강생은 오지 않았다. 중급 이상 실력을 가진 사람이 사진을 더 잘 찍기 위해 수강을 하러 오지는 않았다. 100평에서 시작한 갤러리가 10평으로 줄어들었다. 놔둘 곳이 없어 애써 작업한 작품들이 썩어나갔다. '이러다 사람이 망하는구나' 하는 생각이 들었다. 닥치는 대로 간판사진도 찍고 사진관 체인점도 차려놓았다.

일본에서는 비록 고생을 하긴 했어도, 학생 신분에서 처음으로 올림푸스홀Olympus Hall과 니콘 살롱Nikon Salon에서 개인전을 여는 영광을 얻기도 했다. 그런데 한국에서는 사진가로서의 자부심을 지키며 살기가 어려웠다. 현실 생활은 갈수록 형편없어졌다. 결국 포토갤러리는 아쉽게 문을 닫았다. 생활이 점점 더 어려워지던 때, 그는 《나는 사진이다》라는 책을 썼고, 재기했다. 하지만 책 한 권으로 무슨 큰돈을 벌 수 있었겠는가! 다행히 '건강

©박태진

사회를 위한 치과의사회'에 있던 이동호 씨가 김홍희를 돕자고 나서주었다. 그게 사진집단 '일우'의 시작이었다. 치과의사 다섯 명에게 사진 찍는 법을 알려주면서 첫 걸음을 뗀 것이 어느덧 온라인 회원 1만 명이 넘었고, 함께 수업을 하는 인원도 서울 일우까지 합치면 1천 명이 넘는다.

　무슨 일이든 시작을 창대하게 하려면 무리수를 두게 된다. 그러나 미미한 시작은 더 큰 성장을 기대할 수 있다. 사진집단 일우는 조금씩 자리매김 하면서 몇 번의 변화를 맞기도 했지만 여전히 건재하고 있다. 물론 기존 사진계에서는 일우를 호의적으로 보지 않는다. 탐탁지 않아 하는 시선이 많다. 그러나 어떤 사회든 기득권이 있기 마련. 기득권에서 철저하게 배제되어 온 그에게 그런 시선들은 익숙하다. 김홍희는 이제 남들 시선에 함부로 위축되지 않는다. 그는 충분히 자신의 인생에서 아픔과 좌절을 겪을 만큼 겪었고, 값도 치를 만큼 치렀다. 이제는 누구에게도 휘둘리지 않고 앞만 보면서 묵묵히 걸어가고 싶다.

그는 제자들의 길을 열어주기 위해 끊임없이 새로운 기획을 하고 책도 만든다. 《7번 국도》와 《김재만 박사》의 사진집, 네이버 촬영 등등 많은 일들을 일우 사진가들과 함께 하고 있다. 그는 일우를 세계적 사진작가 그룹 '매그넘' 못지않은 그룹으로 만들고 싶다고 했다. 일우는 1권 3전, 즉 한 권 이상의 사진집을 내고 세 번의 개인전을 한 사람들을 주축으로 지금도 왕성한 활동을 멈추지 않고 있다. 청출어람의 세계가 바로 사진집단 '일우'다.

그가 궁극적으로 꿈꾸는 건 '사진기를 멘 순례자들Pilgrims with A Camera'이라는 NGO단체를 만들어 활동하는 것이다. 세상에는 이로운 일을 하고자 애쓰는 사람들이 많다. 사진 기록은 그 모든 순간에 필요하다. 그는 일우의 사진가들이 세상을 이롭게 하는 일에 합류하여 봉사할 수 있기를 바란다. '사진기를 멘 순례자들'이라는 단체는 좋은 일, 의미 있는 일을 할 수 있는 기회를 제공할 것이다.

김홍희가 일우 사진가들과 동남아시아를 다닌 것도 그 때문이다. 국내에서는 부산의 소년원 친구들과 함께 나눔 출사를 하기도 했다. 일우의 사진가들은 어디서든 힘든 이웃이 사진을 배우고 싶다거나 사진을 통해 세상에 알릴 것이 있다면 마다하지 않고 도움을 준다. 그의 사진 철학의 기본 바탕은 연민에서 비롯되므로.

"나는 사진가이지 특별히 다큐멘터리 사진가라고 불리고 싶지 않습니다. 다큐멘터리 작업도 하지만 특별히 시류를 쫓거나 이슈를 쫓지도 않습니다."

시류도 쫓지 않고, 이슈도 쫓지 않지만 인간의 본성을 추구하는 사진가. 사람에 대한 연민이 깊은 사람. 자기 자신도 사랑하는 사람. 자기 자신을 사랑하지 않으면서 남을 사랑하는 것은 모순이라 생각하는 사람. 김홍희는 그런 사람이다. 늘 잊지 말아야 할 것 중에 하나는 바로 자기 자신이라고, 그는 힘주어 말한다. 그래서 자신이 떠나고 싶을 때는 주저 없이 떠난다. 혼자 있고 싶을 때는 과감하게 문을 닫아건다. 철저하게 모든 일의 우선은 자기 자신이기 때문이다. 자기 내면의 목소리가 그에게는 무엇보다 중요하다.

"내 손목시계는 내 위주로 흘러."

사람들은 김홍희의 예기치 못한 이기심에 때로 당황한다. 이 세상에 내가 없으면 아무것도 없다는 논리다. 그러나 그를 보고 있으면 가장 이기적인 것이 어쩌면 가장 이타적이라는 생각이 든다. 그의 이기심은 누군가를 해치지 않으며, 누군가를 괴롭히지도 않는다. 다만 자기 마음의 소리에 귀 기울이는 것이고, 다만 자신이 진정 원하는 게 있을 때 그것을 무시하거나 외면하지 않는 것이다. 선행이나 봉사로 인해 자기 자신을 돌보는 데 소홀하다면 그것도 옳지는 않다. 좋은 일도 절제가 필요한 것. 그게 지켜지지 않았다면 아마 지금 이 세상에 사진가 김홍희는 존재하지 않았을 것이다.

그는 현재 자신의 삶에 만족한다. 그러더니 또 "하긴 만족하지 않으면 어쩔 거냐"며 풋 웃는다. 지금 여기, 이 자리가 꽃자리가 아니라고 불만을 갖는다면 어디에 가든 만족할 자리는 없다는 뜻으로 한 말이겠다.

그도 때로는 이 삶을 놓아버리는 상상을 많이 했었다고 한다. 그래서 해가 뜬 곳보다 지는 곳에 더 마음을 둔다. 웃는 사람보다 우는 사람에게 마

나답게
산다

음이 더 가고, 건강한 사람보다 아픈 사람에게 더 마음을 열게 된다. 그가 바로 그들이었으니까.

사람들은 인생에 어떤 대단한 진리라도 있을까 기대한다. 인생 별 거 없다고, 입버릇처럼 말하면서도 무언가를 얻으려고 끊임없이 과욕을 부린다. 그는 쉴 새 없이 움직이면서도 앞으로 특별히 하고 싶은 것은 없단다. 사진기를 멘 순례자들을 말할 때는 의욕에 차서 번득이던 눈매가 삶의 순리를 말할 때는 유순해진다. 그의 블로그 이름은 <아무것도 보지 못했다>이다. 그가 쓴 책 제목이기도 하다. 그의 말처럼 우리가 사는 세상에는 정말 아무것도 없는 걸까? 아무것도 없다는 걸 알아가는 과정이 인생일까?

설령 그렇더라도, 진짜 인생 별 거 없더라도, 다만 노력의 결과물을 만들어내는 데 주저하지 말라고 그는 당부한다. 만들어낼 수 있는데 만들지 않는 것과 만들 수 없어서 손을 놓는 것은 다르니까.

그에게 욕심이 있다면 단 하나, 친구들에게 술 한 잔 사줄 수 있는 경제력 정도다. 그 정도만 있으면 더 바랄 건 없단다. 김홍희는 사람을 가리지 않는다. 자신의 뜻대로 누군가를 움직이려고 하는 사람만 아니라면, 불필요한 질문을 하지만 않는다면, 누구든 환영이다. 그에게 친구는 곧 삶이다. 아이들에게도 사랑한다는 말과 친구와 잘 지내라는 말을 꼭 잊지 않는다.

어쩌면 일우를 놓지 못하는 것도 친구들 때문인 것 같다. 때로 일우 친구들과의 소소한 배신과 질투 때문에 마음이 상하기도 하고 고민이 깊어지기도 한다. '이제 그만 하라는 신호일까?' 회의감이 들 때도 있다. 하지만 미국의 미술비평가 제리 살츠의 한 줄 조언을 떠올리며 마음을 다잡는다. '질투를 이겨내고 동료 작가들과 서로 지지해주라'는 단순한 글 한 줄이다. 경쟁 관계일 수도 있는 동료를 지지해준다는 건 생각보다 어렵다. 그러나 동료만큼 일에 대한 고민을 충분히 나눌 수 있는 관계도 드물다. 그러므로 질투를 이겨내고 같은 길을 걷는 동료들, 친구들을 지지해야 한다.

"나이 60이 지나서야 질투와의 지난한 싸움으로 인생을 허비했다는 것을 깨닫게 되는 모양이다."

그는 허허롭게 웃었다. 그렇지만 이내 "지금이라도 알아서 얼마나 다행이냐"며, 낙천적으로 스스로를 위로한다.

어느새 그는 사진가로 든든하게 자리매김한 제자들을 여럿 둔 스승이 되었다. 제자들은 사진 분야 곳곳에서 두각을 나타내며 열심히 활동하고 있다. 자신처럼 지방에서 사진을 가르치는 제자도 있고 자신보다 더 많은 전시회를 열며 왕성한 활동을 하는 제자도 있다. 한 사람에게 의존하는 집단은 생명력이 길 수 없다. 리더가 없어도 각자 자신만의 사진을 찍을 수 있고, 자신을 표현해낼 수 있는 사람들이 일우에 와서 함께 하기를 바란다. 사진이 그에게 삶을 주었듯이 일우의 사진가들도 사진을 통해 거듭나길 진심으로 원한다.

그는 사진만큼 시적인 것은 없다고 한다. 영상을 응집한 것이 사진이다. 찰나로 영원을 표현해야 한다. 메타포가 없는 사진은 단순한 복사물이다. 그래서 그는 철학을 공부했고 철학적으로 사고하려고 한다.

사진은 실재가 반영된 심오함이다.
사진은 실재를 감추고 변절시키는 심오함이다.
사진은 실재의 부재를 감추는 심오함이다.
사진은 어떤 실재와도 관계를 가지지 않는 무관계함이다.
사진은 시뮬라크르 자신의 순수함이다.

김홍희는 자신을 사진가이자 시인이자 철학자라고 불러달라며 웃는다. 실은 그 모든 것이 한 가지 뜻이라며 또 웃는다. 그는 사진을 찍는 자신의 모습이 어떠할 때 가장 아름다운지를 안다.

왼쪽 어깨에 카메라 가방을 메고 다른 한손에 사진기를 든 모습. 사자가 먹이를 노리는 그 일순간의 침묵과 긴장, 대상과 일체가 된 순간 여지없이 셔터를 누르는 무념의 결단, 사자가 혼신을 다해 사냥감을 낚아채듯 시간을 베어내는 냉정한 모습, 칼을 들고 적 앞에서 베고 베이는 순간조차 잊어버리는 무사의 비장함.

그는 그 모습 그대로, 사진가로서 살기 위하여 긴장의 끈을 놓지 않는다. 그 긴장의 끈은 다른 말로 책임감이다. 세상에 나와 한 부모의 자식으로, 장남으로, 한 가정의 가장으로, 또 한 집단의 대표로 최선을 다해 살아냈다. 살았다기보다 살아냈다는 표현이 맞다. 자신이 책임을 다해야만 모두가 평안하고 이롭다는 것을 그는 한순간도 잊지 않았다.

그에게 사진기는 잃어버린 나머지 한쪽 눈이다. 그는 광각렌즈를 좋아한다. 그리고 늘 대륙에 대하여 목말라한다. 몽골에서 광각렌즈를 들고 사진을 찍을 때. 그곳은 해방구였다. 그는 누구보다 넓은 세상을 마음껏 느끼고 싶어 한다.

우리는 사진을 찍을 때 초점을 맞추기 위하여 파인더를 보며 반사적으로 한쪽 눈을 감는다. 집중하며 산다는 것은 그렇게 보지 말아야 할 것과 보아야 할 것을 선택하는 것일지도 모른다. 그가 시사N라이프에 연재한 <김홍희 작가의 사진 잘 찍는 법>의 글을 읽노라면 사진을 잘 찍는 것이 잘 사는 길과 다르지 않다는 것을 눈치챌 것이다.

만약 당신이 사진을 잘 찍고 싶다면 기억해야 한다. 일단 적정 노출하고 포커스(핀트) 맞추고 어떤 경우에도 손을 떨지 말아야 한다는 것을. 인생도 마찬가지다. 자신을 적정하게 드러내고 한 곳에 집중하고 유영하듯 자신의 의지로 헤쳐나가되, 결코 흔들려서는 안 된다.

그는 오늘도 천진난만한 소년처럼, 때로는 인생을 달관한 듯 석양빛에 머리카락을 휘날리며 사진기를 들고 거리로 나선다. 죽을 때까지 멈추지 않고 길 위에 서 있을 거라는 그. 그러다가 친구가 찾아오면 술을 한잔 사주러 그는 또 거리로 나설 것이다.

내가 좋아하는 스님 중에 연관스님이 계시다. 그분은 운서주굉을 좋아하셔서 그의 고서인 죽창수필을 선역하여 《산색》이라는 책을 내셨다. 그 글에 '몸이 아프다는 것은 겸손하라'는 뜻이라고 쓰여 있다. 김홍희는 지금 자기 몸에 겸손하려고 한다. 그렇지만 움츠려 있거나 의기소침해 있는 건 아니다. 여전히 그는 쉴 새 없이 움직인다. 사진기와 바이크와 음악과 펜으로 부지런히 찍고 쓰는 일을 멈추지 않는다. 삼십여 권이 넘는 책은 그냥 만들어진 것이 아님을 그는 온몸으로 말해준다. 그 와중에 SNS에서도 끊임없이 우리에게 화두를 던진다.

> 봄 속에 있어도 봄을 모르는 이에게는 실로 봄은 내내
> 오지 않는 계절일 뿐이다.
> 어떤가?
> 당신의 봄은 아직 살아있는가?

<상무주암 가는 길>의 첫 구절처럼 그는 묻는다. 니는 좀 어떻노? 라고. 글로 그를 만나는 것도 좋지만 기회가 된다면 그와 출사를 가보라 권하고 싶다. 어느 순간, 그의 피뢰침 같은 안광을 볼 수 있을 것이다.

성실함은 모든 일의 밑천 ;

화가 김동유

농사꾼이 농사를 짓듯이
그림 그리는 그림쟁이

달걀 껍질이 있다. 쓰레기다. 곧 휴지통으로 들어가서 사라져버릴 것이다. 그러나 이 쓰레기를 소중하게 거둬들이는 사람이 있다. 아니 화판에 옮겨 예술로 승화시키는 사람이 있다. 그의 손을 거치면 쓰레기도 작품이 된다. 화가 김동유. 그는 화폭에 이런 놀라운 급반전을 담아낸다. 그러면서도 드라마틱한 것은 싫다고 말한다.

화가 빈센트 반 고흐는 자기 귀를 잘랐고, 서른일곱 살에 자살했다. 화가 김동유는 그림을 그리더라도 그렇게 비극적인 드라마처럼 살지는 않겠다고 다짐했다. 예술가 혹은 화가들의 치기와 광기가 싫어 사신이 예술가로 불리는 것 또한 스스로 경계한다.

그는 진정한 '쟁이'가 되고 싶어 한다. 마지막 순간까지 붓을 놓지 않는 화가이고 싶을 뿐이다. 화폭 앞에 앉아 있을 때 가장 빛나는, 그런 성실한 그림쟁이로 살다 가고 싶다. 그의 바람은 오직 그것뿐이다. 그게 극장의 간판이든 페인트칠이든 상관없다. 붓만 들고 있다면.

처음 그림을 그리기 시작했을 때는 정형화된 것들을 비틀어 그렸다. 그러다가 이미지가 갖는 진실을 알아갔다. 그건 꽃으로, 벌로, 나비로, 수많은 곤충으로 나타나더니 점점 얼굴에 천착되었다. 고흐처럼 살지 않겠다던 그는 고흐를 그리기 시작했다. 서른일곱에 제대로 연애도 못하고 죽은 고흐가 꿈꿨을 욕망에 대해 생각하면서. 점처럼 작게 그린 마릴린 먼로로 고흐 초상화를 그렸다. '이중 초상화'였다.

'소설을 쓸 때만 소설가'라는 말에 빗대어 '그림을 그릴 때만 화가'라고 말한다면, 그는 온전히 화가다. 깨어 있는 어느 순간에도 그리기를 멈추지 않으므로. 설령 손에서 잠시 붓을 내려놓고 있는 때라도 머리와 마음이 그림을 완전히 떠나는 순간은 없으므로.

그런 그의 성실함은 결국 그를 드라마틱하게 재탄생시켰다. 2005년 상업 갤러리 아트파크에서 첫 전시를 열었다. 그것이 인연이 되어 이화익 갤러리에서 그에게 홍콩의 크리스티 경매에 작품을 내보지 않겠느냐고 제안했다. 거부할 이유가 없었다. 실상은 그의 작품을 높이 평가해서라기보다 구색을 맞추려는 의도가 컸다고 생각한다.

지금은 픽셀 모자이크 회화기법이라고 명명하지만 그 당시는 작은 그림들이 모여 하나의 이미지를 만드는 것이 독특했다. 갤러리에서는 그냥 특이한 것도 하나 넣어보자 했을지도 모른다. '그냥 가지고 나간 게 아니었겠냐'고 그는 심드렁하게 말한다.

아트파크에서 이화익 갤러리까지의 거리가 2㎞ 정도 되는데 그의 작품을 손수레에 싣고 갔다고 한다. 그 소리를 들으며 그는 한참을 울었다. 그런데 '마릴린 먼로가 모여 고흐가 된 그림'이 예상치 않게 추정가액보다 높게 팔리는 이변이 벌어진다.

2005년 당시 신문기사는 '이 작품의 당초 예상가는 홍콩달러로 15만 (한화 2,000만 원) 달러였으나 4배 이상인 66만(한화 8천 850만 원) 달러에 낙찰됐다. 한국 작품 중 가장 주목을 받았다'고 소개한다. 사람들도 놀라고 그도 놀랐다. 그가 그린 작품《반 고흐와 마릴린 먼로van Gogh & Marylin monroe》는 그렇게 세상에 알려졌고, 주인을 만났다. 소식을 접하고도 화가 김동유는 도무지 무슨 일인지 감이 오지 않았다. 그 자신도 예상치 못한 결과였다. 한국 미술계 전반에서도 '뭐 어쩌다 보니 운이 좋았겠지'하는 분위기였다.

그런데 다음 해인 2006년, 이번에는《마릴린 먼로 vs 마오 주석》이란 작품이 추정가의 25배인 3억 2000만 원에 낙찰되는 기적 같은 일이 벌어진다. 이는 당시 한국 화단으로는 가장 고액의 낙찰가로 기록돼 다시 한번 미술계를 놀라게 했다. 그 후 그의 작품을 소장한 이가 영국 소더비 경매에서 그의 작품을 6억5천만 원에 낙찰받았다.

지금도 전 세계적으로 화가 김동유의 작품에 대한 관심은 잦아들지 않고 있다. 그것은 운이 아닌 실력이었던 것이다. 숨 쉬는 날까지 붓을 놓지 않고 싶다던 화가의 열정이 빚은 결과였다. 그리고 또 그리고 또 그리는 노력. 화폭 앞에서 떠날 줄을 모르던 그 노력의 결과물이 어느 한 순간 바람을 일으켰다. 노력 없이 어떻게 하루아침에 세계적인 화가가 나올 수 있겠는가! 하늘은, 아무리 할 일 없어도 준비가 안 된 이에게 행운을 거듭거듭 베풀

나답게
산다

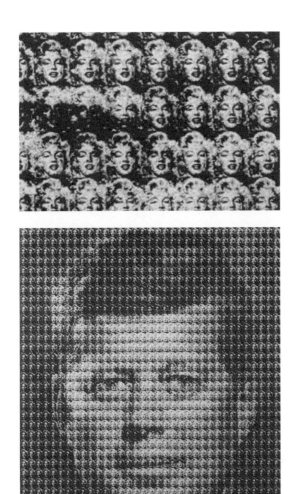

_사진 자료 제공 김동유

어 주지는 않는다.

사람들은 무명의 지방대 출신 작가가 일으킨 놀라운 바람에 호들갑을 떨었다. 하지만 오히려 그는 담담했다. 자만이 아니었다. 그는 가격으로 작품의 가치가 매겨지는 현실 자체를 썩 달가워하지 않았다. 마치 주식 시장처럼 돈 놓고 돈 먹는 것 같은 경매가 불편했다. 솔직한 심정이었다. 그래서 호사가들의 부산스러운 칭찬이 마땅찮았다. 결국 그는 2011년부터 자신의 작품 일체를 경매에 내놓지 않게 된다.

사람의 근본적인 고민이나 갈등은 돈이 있다고 해서 사라지는 것도 아니고 돈이 없다고 더 생기는 것도 아니라고 그는 잘라 말한다. 가난하면 가난한 대로 부자면 부자인 대로 힘든 부분은 늘 있게 마련이다. 누구에게든 사는 건 호락호락 쉽지 않은 일이기 때문이다.

화가들 대부분이 그렇듯이 그도 가난했다. IMF 무렵 미술 등 예체능 학원 대부분이 문을 닫았다. 그도 거기에 끼어 있었다. 대전에서 미술학원을 운영하던 그가 짐을 꾸려 시골 벌곡으로 갔다. 새벽 다섯 시면 일어나 움직이고 해가 지면 일찍 잠자리에 드는 농촌 사람들처럼 살아보자 싶었다. 농사꾼이 농사를 짓는 게 일이듯, 화가는 그림을 그리는 게 주업. 농사꾼이 해만 뜨면 밖으로 나가 온종일 논일, 밭일 하는 것처럼 그도 하루 종일 화판 앞에 앉아서 그리고 또 그렸다. 하루 열두 시간씩 심지어는 열다섯 시간도 꼼짝하지 않고 그림을 그렸다. 그는 도시와 농촌, 인간의 욕망과 체념, 쓰레기와 작품 사이를 쉼 없이, 거침없이 넘나들었다.

그가 자주 그리는 마릴린 먼로는 욕망을 대변한다. 마릴린 먼로를 소재로 택한 것은 고급스럽지 않아서다. 그런데 마릴린 먼로는 이미 앤디 워홀이 이미지화해서 팝아트라는 장르를 만들었다. 예술가에게서 먼저 차용된 이미지를 같이 건드린다는 것은 위험한 일이다. 그러나 그는 앤디 워홀과는 전혀 다른 자기만의 방식으로 마릴린 먼로를 그려냈다.

화가 김동유만의 비틀기를 통하여 마릴린 먼로를 재구성했다. '보이려 하기보다 내가 적극적으로 보여주면 된다'는 자존감으로 그림을 시작했다. 소재로 택하는 인물에 대해 역사적 인식이나 이슈는 특별히 고민하지 않는다. 이미지만을 생각한다. 마릴린 먼로에게서 욕망을 보았고 욕망은 권력과 결탁되어 있으니 자연스럽게 마오쩌둥까지 갈 수 있었을 뿐이다.

마찬가지로 달걀 껍질처럼 이미 버려진 소재들을 다시 재구성했다. 그것은 자칫 누군가 했던 것을 답습하거나 모방하는 것이 될 수 있어 매우 위험한 발상이었다. 그가 그 위험을 물리칠 수 있었던 것은 천착이다. 성실하게 부단히 그려내는 것, 시간과의 싸움, 내 자신과의 싸움, 작품 속 대상과의 싸움. 그 지난한 싸움의 과정에서 그는 포기하지 않고 버텼다.

그는 자신이 고립되어 있는 것을 즐긴다. 어릴 때부터도 혼자 있는 것을 좋아했다. 혼자서 늘 어디론가 떠나는 꿈을 꾸었다. 《로빈슨 크루소우》 《15소년 표류기》 같은 책을 읽으면서 멀리 떠나는 상상을 하면 삼시라도 답답한 현실에서 놓여날 수 있었다. 어쩌면 제 안으로 파고드는 이런 성향 때문에 그 외롭고 고독하다는 작품 활동을 끈덕지게 할 수 있었는지도 모른다.

모르는 사람들은 작품을 보면서 겉으로 드러나는 기발한 아이디어가 작품의 전부인 것처럼 평하기도 한다. 그러나 작품을 만들 때 가장 중요한 것은 지구력이다. 그 세밀한 작업들을 하나하나 끝까지 이어가는 데 있어 지구력만큼 중요한 힘은 없다. 그는 때로 수도승처럼 작품 앞에 선다. 그래서 마릴린 먼로 안의 또 다른 마릴린 먼로들을 들여앉힌다. 그 엄청난 집중력과 지구력의 과정이 예술성으로 승화된다.

대부분 크기가 큰 그의 작품은 멀리서 보면 마릴린 먼로로 보이지만, 가까이서 보면 케네디, 고흐, 마오쩌둥 등 특정 인물이 촘촘히 그려져 있다. 오마주기법을 쓰지만 극사실적이고 객관적인 하이퍼리얼리즘[1] 작품이다. 화가 김동유는 마릴린 먼로의 그림 어디에도 자신의 감정을 드러내지 않는다. 다만 마릴린 먼로의 이미지로 대표되는 권력과 욕망을 보는 이들이 느낄 수 있도록 한다. 그의 작품에는 그가 사랑하는 것들보다 그가 버리고 싶어 하거나 재해석하고 싶은 소재들이 등장한다.

"제 작품이 좀 차갑죠?"

그의 물음에 나는 고개를 저었다. 오히려 작가의 뜨거운 내면을 느꼈기 때문이었다. 욕망과 권력을 비틀어 버리고 싶어서 그는 차가운 웃음을 날리는 것 아닐까? 차가운 외피를 걸치고 있지만, 오히려 뜨거움을 감추려는 속내가 읽혔다.

냉소적인 문학작품을 쓰는 작가를 만나면 의외로 따뜻한 심성을 가진 경우가 종종 있다. 또 반대로 글은 매우 따뜻하고 다감하지만 작가 자체

---

[1] 팝 아트 이후 1960년대 후반에 미국에서 일어난 새로운 미술 경향의 하나. 마치 사진과 같은 철저한 사실 묘사를 특징으로 한다.

는 매우 차가운 경우도 별스럽지 않게 만난다. 작가와 작품의 온도가 반드시 일치하지는 않으므로, 새삼스러울 건 없다. 다만, 화가 김동유의 경우처럼 따뜻한 심성을 가진 작가가 인간의 불순함을 꿰뚫고 비틀어, 오히려 차갑게 보여주면 예술적 아름다움이 더 배가되는 것 같다.

그의 따뜻함은 2012년 겨울, 불쑥 찾아갔던 작업실에서도 느꼈다. 상업적인 부분에서 일정 정도 성취를 이루고 입지를 얻은 그가 굳이 모교에서 힘든 강의를 맡고 있었다. 작품에 매진하기에도 시간이 모자랄 텐데 싶어 의아했다. 단지 후배에 대한 애정 때문이라 했다. 외롭게 고군분투하는 후배들을 위해 기꺼이 자신의 작업 시간을 쪼개어 강의를 하는 것이었다.

"난 학생들에게 잘해주는 선생은 아니고!"

그러나 그가 시간을 내어 함께 해주는 것만으로도 학생들은 이미 많은 걸 얻을 수 있으리라. 그가 학생들에게 자주 하는 질문 하나. 그것은 "왜 그림을 그리는가?" 하는 것이다. 미대를 나왔다고 해서 모두가 작가가 될 수는 없다. 되고 싶다고 다 될 수 있는 것도 아니다. 그래서 더 처절하게 물어야 한다. '나는 왜 화가의 길을 가려고 하는가?'.

더구나 그림을 그리는 일이 돈이 되는 것도 아니다. 학생들에게도 그는 처음부터 말한다. 작품이 돈이 될 거라는 생각은 버리라고. 그렇다면 돈도 안 되는 일을 왜 하려고 하는가? 이 질문이 계속 남는다. 스스로에게 진지하게 묻고 답할 수 있어야 한다. 그림은 독창적인 작업이다. 이 말은 얼핏 진부해 보인다. 그러나 꼭 필요한 말이다. 창작이라는 것은 늘 새로워야 한다. 새로움은 탄생이고, 탄생에는 고통이 따른다. 창작의 고통을 기꺼이 감내하겠다는 각오가 있어야 예술가의 길을 갈 수 있다.

없는 형편에 미대를 가겠다는 것은 무리한 욕심이었다. 결국 그는 4년 장학금을 받는 목원대를 가야 했다. 4년 장학금을 유지하기 위해서는 어느 정도 학점도 받아야 했다. 그러느라 학교 다니는 내내 여유가 없었다. 그러다 보니 자연히 독창성을 고민할 짬이 나지 않았다. 그저 과제를 제출하는 데 급급한 시간들을 보냈다. 당연히 학교를 다니는 내내 칭찬이나 격려도 받지 못했다. 졸업을 하고 나서야 그는 그런 속박에서 벗어났고, 그제야 모든 것을 거꾸로 보는 자신만의 시각이 생기기 시작했다.

그는 당시 화단에서 금기시 하는 것을 모두 다 했다. 학교에서는 빨간색으로 그리지 말고, 세로로 그리지 말고, 서양 인물을 그리지 말라고 배웠다. 하지만 그는 그 세 가지를 모두 했다. 거꾸로 보고 비틀어 보고 금기를 깨는 것. 이 모든 것이 그에게는 새로운 창작의 첫 걸음이었다.

학생들이 그림을 그리는 실기실에서 그가 한 제자의 작품을 들고 즐겁게 설명을 한다. 마치 자기가 그린 작품인 것처럼 애정 가득한 시선이다. 크레파스를 중탕해서 녹여 흩뿌리듯이 화폭에 끼얹어 그린 학생의 작품 옆에는 화려한 여자 모델의 사진이 붙어 있다. 겉치레에 치중하는 인간의 허위를 비판하는 작품이라고 한다. 새로운 발상과 현실 인식의 토대가 스승으로부터 나왔음을 느낄 수 있었다.

그러나 아쉽게도 그는 이제 대학에 강의를 나가지 않는다. 아무래도 작업에 몰두할 시간이 너무 빠듯했기 때문. 조수나 제자의 손을 통하지 않고 모두 다 스스로 해내는 작품을 만들어 보겠다는 의지도 한몫했다. 그러면서도 제자와 같이 2인전을 열기도 하고 여전히 제자들과 그림에 대해 이야기 나누고 서로 격려한다. 제자들에 대한 사랑은 늘 한결같다.

"내 관심은 먼지에 가 있어요."

그의 말이 처음에는 의아했다. 그러나 우리 사는 게 어쩌면 다 먼지 같지 않은가. 있지만 없고 없지만 있고. 그가 종종 읽는다는 금강경이나 반야심경을 들먹이지 않아도 우리가 사는 세상이 실제인지, 죽음 너머가 실제인지조차 분간하기 어렵다. 그가 작업하는 이중 초상화도 따지고 보면 마릴린 먼로이기도 하고 케네디이기도 하지만, 어쩌면 먼로도 아니고 케네디도 아닐지 모른다. 그는 먼지처럼, 있으나 보이지 않는 것들을 화폭에 옮기려고 한다.

나답게
산다

그는 예술가라는 말에 도취되고 싶지 않아 예술가라는 표현을 부담스러워 한다. 예술가라 불리든 안 불리든 그건 중요한 게 아니다. 더 중요한 건 작품 그 자체다. 작품 자체의 독창성이다. 화가의 고민은 모름지기 그것이어야 한다. <구겨진 나폴레옹>부터 <피에타>에 이르기까지 자잘한 균열로 작품을 만들어놓는다. 그는 먼지를 균열로 표현한다. 그것을 크랙기법이라고도 한다. 오래되고 낡은 것의 재생, 이중의 스케치에서 다양한 색의 이동까지 그는 물질의 본질에 대하여 다루고 있다 조각조각 다 흐트러뜨려도, 흩어진 것을 한데 모아도 본질은 변하지 않는다. 그의 책상에 있던 반야심경의 글귀처럼 본래 물질은 있지도 않고, 없지도 않은 것이기 때문이다.

그는 유창하게 말을 잘하는 화가가 아니다. 그러니 글로 꾸미는 것은 더더욱 못한다. 그런데 어느 날 갑자기 세상이 자기를 주목하기 시작했다. 자신을 알아봐주고 자신의 작품에 관심을 가졌다. 그러더니 이것저것 자꾸 물었다. 인물의 이중성이 뜻하는 것은 무엇인가? 거기에는 어떤 의미가 있는가? 어떤 기법을 썼는가? 어느 사조인가? 그는 단지 회화도 재미있다는 것을 보여주고 싶었을 뿐인데, 사람들은 그에게 많은 것을 물었다.

자꾸 묻는 질문들에 기계적으로 답하는 것도 힘들어서 그는 자신을 솔직히 말해 줄 책 한 권을 만들었다. 《그림꽃, 눈물밥》이란 책이다. 그가 말했고 김선희가 썼다. 누구는 성공담이라고 했지만 그는 지독한 가난과 외로움과 세상의 멸시를 동시에 맛본 누군가의 이야기일 뿐이라고 했다. 다만, 자신이 그림을 얼마나 사랑하는지 일일이 만나는 사람마다 붙잡고 다 말해 줄 수 없으니 이 책으로 대신하고 싶었다고 했다.

그는 백 마디 말보다는 그냥 한 장의 그림으로 보여주고 싶어 하는 사람이다. 당신이 당연하게 떠올리는 어떤 이미지라도, 이면에는 전혀 다른 모습이 있을 수 있다는 걸 말하고 싶어 하는 화가다. 그러다가 또 어쩌면 우리가 생각하는 그 모든 이미지가 한순간에 다 사라질 수도 있다는 것을 깨닫게 하는 사람이기도 하다. 버리고 없어질 것들을 일부러 귀하게 모셔오기도 하고, 가장 귀하게 보는 것들을 엉망으로 구겨서 보기도 한다. 수많은 균열들 사이를 새로운 색으로 메워 그 안에서 전혀 다른 분위기가 존재할 수도 있음을 깨닫게 해주는 사람. 내가 만난 김동유는 유창한 달변은 아니라도 사유가 깊은 사람이었다.

세월이 흘렀어도 여전히 그는 언변과 수완이 화려하지는 않았다. 어떤 책에선가 성공의 세 가지 조건이 재능과 열정 그리고 수완이라고 했던 게 기억난다. 미술 비평으로 풀리쳐상을 받은 제리 살츠는 "당신의 작품을 위해 7명만 설득하라. 네 명의 컬렉터와 한 명의 딜러, 그리고 두 명의 비평가"라고 말했다. 어쩌면 이것이 성공적인 화가가 되기 위한 수완일지도 모른다. 하지만 화가 김동유에게는 이런 반짝이는 수완도 별로 없어 보인다. 그런데도 늘 국내보다 해외에서 더 주목받는다. 그림 한 점에 억대를 호가하는 작가이면서도 여전히 비주류다. 특별히 주류에 편승하고 싶어 하지도 않는다. 그동안 꾸준히 해오던 대로 열심히 성실하게 그림을 그리고, 자신의 작품을 알아주는 눈 밝은 이들을 만나면 될 뿐이라고 생각한다. 세상의 모든 이들이 자기 작품을 소장해주기를 바라는 것도 아니고 세상의 모든 평론가들이 자신의 작품에 찬사를 보내주기를 원하지도 않는다. 자신을 상업적인 작가라고 폄하하는 것에도 그는 별로 반응하고 싶어 하지 않는다. 고대로부터 화가는 신을 위해서, 교회를 위해서 혹은 왕이나 귀족의 권위를 위해서 그림을 그리는 노동자였다. 그의 그림은 권력과 욕망과 자본을 빗대어 꼬집고 있는데, 오히려 그 자본가들로부터 그의 그림이 환영받는 것이 아이러니하다. 하지만 누가 그림을 사든 그건 화가의 몫이 아니다. 화가는 그저 묵묵히 그림을 그릴 뿐이다. 그림으로 말할 뿐이다.

그가 세상 밖으로 내어줄 수 있는 건 새로운 작업밖에 없다. 그는 오늘도 작업실에서 자신의 내면에 천착하며 붓을 든 손끝을 부단히 움직인다. 고도의 집중력으로 성실하게 그림을 그린다. 작가는 세상의 평판에 연연해서는 안 된다고 믿는다. 남에게 보이려고 그리는 것이 아니라 그려서 보여주는 것이라는 화가의 자존감. 그 힘으로 화가 김동유는 늘 붓을 든다. 가난해도 화판 앞에 앉으면 남부러울 것 없이 행복하다는 그의 성실함이 오늘의 그를 낳았다.

누구도 흉내 내지 말고, 단순하게 순수하게 ;

_사진 자료 제공 김광석

기타리스트 **김광석**

살아있는 전설의
기타리스트

지리산에서 하동 야생차 축제가 열리던 날이었다. 현수막 하나가 나부끼는데 기타리스트 김광석 공연이라고 씌어 있었다. 김광석? 요절한 가수 김광석이? 그럴 리가? 나는 그때까지도 기타리스트 김광석을 몰랐다. 기타리스트 김광석이라면 이미 알 만한 사람들은 다 아는 유명한 사람이었음에도! 음악을 좋아한다면서도 기타리스트 김광석을 몰랐다는 게 부끄러웠다. 얼른 그의 음악을 찾아 들었다. 내가 익히 알고 있던 기타 소리가 아니었다. 소리에 정중동靜中動이 있었다. 고요한 가운데 끊임없는 파장이 일어 듣는 이의 심장을 움직였다. 그때 내가 들은 음악이 <은하수>라고 했다. 별 하나의 움직임이 한 현의 떨림으로 연주되지만 그 소리들이 모여 우주를 표현하고 있었다. 기타를 가야금처럼 뜯으며 때로 튕기며 연주했다. 그의 다른 음악들을 더 찾아서 들었다. 그의 기타 연주는 하나의 장르에 멈춰 있지 않았다. 재즈, 블루스, 록, 팝, 뉴에이지, 클래식 소품까지 너무 다양했다.

음악을 하는 사람들 사이에서도 그의 정체는 신비하다고 말할 정도였다. 그는 어떤 음악을 하는 기타리스트가 아니라 모든 음악을 하는 기타리스트였다. 그래서 나는 그를 한국의 에릭 클랩턴이라거나 한국의 게리 무어, 한국의 지미 헨드릭스라고 부르는 것이 마땅찮다. 그런 말들에 그를 다 담을 수는 없다. 그는 누구와도 비슷하지 않은 지구상에 오직 하나뿐인 기타리스트 김광석이다.

그는 어떻게 이런 연주와 작곡을 할 수 있었을까? 다섯 살 때 그는 기타를 처음 보았다. 1960년대 원주라는 지방 도시에서 자란 그에게 '기타'는 흔하지 않은 악기였다. 큰길 건너 친구네 집에 갔다가 우연히 벽에 걸린 빨간 기타를 보고는 마치 감전이 된 것처럼 온몸이 짜릿했다고 한다. 호기심에 한참을 들여다보고 돌아온 그는, 널빤지에 고무줄을 달아서 직접 '기타 비슷한' 걸 만들었다. 이것이 김광석과 기타라는 악기의 첫 만남이다.

어릴 때 그는 신동이라는 소리를 들었다. 무엇이든 가르쳐주면 바로 알고 셈도 일찍 하고 책도 다 외워버리는 아이였다. 친구들과 전과 외우기 시합을 종종 했는데 몇 쪽 몇째 줄까지 다 맞춰서 그를 이기는 친구가 없었다. 체구도 작고 나이도 어렸지만 그는 조기 입학을 했다. 형, 누나들과 함께 공부하면서도 늘 1, 2등을 다투었다. 부모의 기대는 남다를 수밖에 없었다. 아버지는 그에게 너는 이다음에 커서 꼭 법관이 되어야 한다고 수없이 말했다. 얌전하고 공부 잘하던 그는 자연스럽게 자신이 크면 법관이 되어야만 하는 줄로 알았다고 한다.

그렇게 순종적이고 착하던 그에게 슬슬 반란의 기운이 몰려오기 시작한 건 중학교 1학년 때였다. 아버지가 전파사에서 여동생을 위해 기타를 하나 사 오신 게 문제였다. 정작 동생은 기타에 별반 관심이 없었는데, 오히려 그가 온통 모든 관심을 기타에 빼앗겨버렸다. 처음에 아버지는 그냥 아들이 기타를 가지고 노나 보다 대수롭지 않게 생각했다. 하지만 김광석은 부모 몰래 기타에 빠져들었고, 혼자 꾸준히 기타 공부를 했다.

고등학교 때는 그룹사운드도 결성했다. 당연히 공부는 뒷전이었다. 고등학교 1학년 때까지는 기타를 치면서도 공부를 곧잘 해서 부모님도 크게 문제 삼진 않았다. 그러나 그룹사운드를 만들어 공연을 준비하다 보니 포스터도 직접 붙이러 다녀야 하는 등 일이 많았다. 바쁜 만큼 더 그의 정신은 온통 기타에만 가 있었다. 학업 성적은 자연히 떨어졌다.

학교에서도 틈만 나면 기타 연습을 하는 바람에 선생님들도 그를 걱정하기 시작했다. 그럴수록 그는 더 숨어서 연습하고, 빼앗길까 봐 기타도 숨겼다. 당연히 성적은 갈수록 급락했다. 노발대발하시던 아버지는 급기야 기타를 부숴버렸다. 참을 수 없었던 그는 그날로 첫 번째 가출을 감행한다.

친구 집에서 일주일쯤 버티고 있을 때. 아버지는 더 좋은 기타를 사줄 테니 집으로 가자고 설득했다. 법관이 될 거라고 믿었던 외아들에게 화가 났지만 우선은 달래야겠다는 생각을 하신 듯 했다. 약속대로 아버지는 서울에서 일렉트릭 기타와 앰프를 사 오셨다. 물론 공부를 한다는 조건이었다. 하지만 그는 아버지와의 약속 따위는 안중에 없었다. 아버지는 학교 수업이 끝날 때쯤이면 오토바이를 타고 나타나 운동장에 서 계셨다. 아들이 딴 데로 새지 못하게 잡으러 오신 거였다.

"아버지한테 매도 많이 맞았어요. 기대를 워낙 많이 하셨는데, 갑자기 공부를 안 하니까 화가 많이 나셨겠지요. 우리 집안에 풍각쟁이는 안 된다고 하시다 결국은 아들을 못 이기고 꺾이셨지만…. 아버지가 돌아가실 때까지 제대로 성공한 모습을 보여주지 못해 지금도 죄송해요."

아버지는 아들을 감시하며 기타보다는 공부를 하도록 유도해보려고 갖은 애를 다 쓰셨다. 하지만 아들은 아버지의 눈을 속여 가며 문을 닫은 동네 자동차 공업사까지 찾아들어가 숨어서 기타를 쳤다.

그래도 어찌어찌 서대문에 있는 경기대학교 관광경영학과를 진학한 그는 학업을 위해 혼자 서울로 올라오게 된다. 부모님 곁을 떠나 있으니 기타에 대한 열정은 날개를 단 듯 피어올랐다. 그는 늘 공부보다 교내 그룹사운드의 공연 준비에 마음을 쏟았다.

공연을 하려다 보니 더 좋은 기타도 필요했다. 돈을 구할 방법이 없어서 학교에서 보낸 것처럼 꾸며 악기 구매를 요청하는 가짜 공문을 집으로 보내기도 했다. 물론 아버지는 꿈쩍도 하지 않으셨다.

그는 매형에게 매달렸다. 매형이 아버지를 설득해준 덕분에 결국 아버지는 할 수 없이 그가 원하던 악기 일체를 사주었다. 그러나 그는 그 악기들을 봉고차에 싣고 그대로 두 번째 가출을 감행한다. 이유는 기타를 마음대로 치고 싶어서였다. 그 가출이 그의 인생을 바꾸었다.

집을 나와 돈이 없던 그는 서대문 음악학원을 전전했다. 아이들 기타도 가르쳐주고 청소도 하며 생활비를 벌었다. 밤이면 의자를 붙여 겨우 쪽잠을 자는 고된 생활이었다. 학교도 그만두었다. 아침 아홉 시면 음향기기

_사진 자료 제공 김광석

를 전문으로 파는 종로 허리우드 상가 악기점에 나가는 게 하루 일과였다.

그날도 그는 하릴없이 악기 상가를 어슬렁거리는 중이었다. 검은 양복을 쫙 빼입은 사내들이 문 닫은 악기점 앞에서 서성거렸다. 악기가 워낙 고가다 보니 당시 그룹사운드를 하는 이들 중에는 악기를 빌려서 연주하는 일이 많았다. 그들도 악기 대여를 위해 가게를 찾았다가 가게문이 닫혀 있자 난감해하고 있었다. '악기를 어디서 구하지' 하고 웅성거리던 그들에게 김광석이 조심스레 다가갔다.

"그 악기 제가 가지고 있는데요."

그의 그 말 한마디에 인생이 달라지기 시작했다. 그가 나이트클럽의 세계로 들어가게 된 것이다. 지금은 음악을 하는 무대가 있고 공연장도 있지만 1970년대 당시에는 음악하는 사람들이 오를 수 있는 무대라고는 나이트클럽이 거의 전부였다. 문화 환경이 많이 열악했던 시절이었고, 대중음악을 예술로 인정해주지 않던 시절이었다.

그는 자연스럽게 자신의 악기를 가지고 헬퍼가 되어서 그들을 쫓아갔다. 그곳이 해밀턴호텔이었는데 그에게는 안드로메다에 와 있는 듯 낯선 세계였다고 한다. 모든 게 신기했다. 형들 가방을 들어주면서 시작한 음악 생활은 그를 설레게 했다. 하지만 설렘도 잠시, 마스터라고 부르는 악단장(연주자들을 책임지는 사람)이 업소로부터 선불을 받아서 어디론가 달아나버렸다. 그의 악기마저 전당포에 잡히는 기가 막힌 일이 벌어졌다.

그 시대에는 악단장을 잘못 만나 사기를 당하는 일이 비일비재했다. 그래도 그는 음악을 계속하고 싶은 마음이 변치 않았다. 나이트클럽에서의 인연으로 그는 미8군에 들어가게 된다. 그곳에는 연습실이 따로 있었다. 골방 연습실에서 늘 혼자 연습을 했다. 그런데 어느 날 콧수염을 기른 어떤 낯선 사람이 와서는 턱 하니 자기의 기타를 뺏어, <FUNK #49>라는 노래를 쫙 치더란다. 한 곡 딱 치더니 바람처럼 사라진 그 사람. 그가 나중에 알고 보니 바로 이중산이었다. 이중산은 당시에도 이미 록음악을 잘 치기로 유명했다.

나중에 이중산과 김광석은 음악의 동반자이자 라이벌이 된다. 서로의 주법을 비교하고 경쟁하며 함께 성장했다. 그는 미8군에서 그룹 허밍버즈로 활동했다. 그런데 어느 날 밤에 건반 치는 연주자가 느닷없이 야반도주를 했다. 팀이 깨지자, 그는 또다시 새로운 이들과 그룹 파이브에이스를 결성한다.

그때 그에게 인생의 두 번째 갈림길이 온다. 미8군에 소속된 팀은 전국을 돌면서 공연했다. 대구에서 공연을 하던 날. 한눈에 보기에도 딱 노숙자처럼 생긴 사내가 나타나서 그의 마스터에게 김광석을 달라고 말한다. 대한민국 음악의 미래를 위해서 김광석은 자기와 같이 서울로 가야 한다며 노숙자 외양의 사내는 팀 멤버들까지 일일이 설득한다. 마치 무림의 강호들처럼 표창을 날리듯 연주를 하고, 대련을 하듯 토론을 했다. 오디션을 통해 어렵게 결성한 팀이라 미8군 기획사에서는 난리가 났다.

"처음에는 이 사람이 미쳤나? 그랬어요. 그런데 저를 두고 멤버들하고 일주일이나 토론을 하는 거예요. 엎치락뒤치락 서로 설전이 오갔는데, 결국 일주일 후에 마스터가 저더러 광석아, 가라! 그래요."

나답게
산다

그는 자신의 귀를 의심했다. 그러더니 일주일 후, 노숙자풍의 사내는 진짜로 김광석을 데리러 왔다. 마스터는 기타리스트를 구해주는 조건으로 김광석을 사내에게 보낸다.

노숙자풍의 기이한 사내를 따라 김광석은 이태원으로 자리를 옮긴다. 사내는 건반을 치는 김옥동이라는 사람이었다. 그가 그리 설전을 해서 대한 민국 음악을 운운하며 데리고 가니, 엄청 대단한 곳인가 보다 김광석은 기대가 컸다. 그런데 사내를 따라 도착한 곳은 고작 이태원의 한 골방이었다. 건반 하나에 헤드폰 하나 있는 게 전부인 곳에서 음악을 하라는 거였다. 김광석은 보름동안 생라면만 먹으며, 딥 퍼플의 〈Smoke On The Water〉 같은 곡을 신나게 연주했다. 음악만 할 수 있다면 열악한 환경은 신경 쓰지 않을 만큼 음악에 대한 그의 열정과 자부심은 높았다. 그렇게 얼마간의 시간이 흐르고 그는 이태원의 골방을 나와 다시 부평의 기지촌 앞 클럽에서 음악을 하게 되었다.

아침밥을 먹고 거리를 걷는데 어디선가 익숙한 목소리가 들렸다.

"혹시 김광석이라는 사람이 어디 있는지 아느냐?"

누가 이른 아침부터 나를 찾나 싶어 돌아보았다. 바로 그의 어머니였다. 그때 그의 모습은 김옥동을 처음 보았을 때처럼 노숙자나 다름없었다. 머리는 산발이었고, 입고 있는 옷도 형편없었다. 그의 행색을 본 어머니는 그 자리에 주저앉아 대성통곡을 했다. 어머니는 아들의 군대 입영통지서가 나오자, 여기저기 수소문해 그를 찾아온 것이었다.

그러나 왼쪽 팔꿈치에 이상이 있어 그는 신체검사에서 떨어진다. 그에게 왼쪽 팔은 늘 핸디캡이었다. 기타리스트인 그는 그것을 벗어나려고 항상 남보다 더 많이 연습했다. 그런 왼쪽 팔 덕분에 그는 다행히 군대에 가지 않게 되었다.

군대가 면제되어 다시 팀으로 돌아온 그는 어머니의 만류에도 음악을 계속한다. 그런데 이번에는 서울에서 가장 실력이 좋은 친구들만 모아서 음악을 한다는 세븐클럽 매니저가 김광석을 찾아온다. 지금은 재즈 아카데미원장으로 있는 김홍탁 씨가 미국으로 가면서 후임으로 그를 추천하고 간 것이다. 김옥동과 마주앉은 세븐클럽 매니저는 일주일 동안 또 토론을 시작한다. 팀에서 사람 하나가 빠져나가는 것은 단순히 나가는 게 아니라 그 팀이 깨지는 것이라고 봐야 한다. 팀이 깨지면 그동안 하숙비며 외상값을 다 해결해야 하니까 악기도 저당 잡히고 그 팀은 끝이 난다. 세븐클럽은 당시에 음악 하는 사람들의 꿈이었다. 거기서 음악 한다, 그러면 모두들 알아줬다. 그래도 자기 한 명 때문에 팀이 망가질 수는 없으니 그는 갈 수 없다고 말했다.

그런데 지난번과 마찬가지로 일주일 동안 격한 토론을 하던 김옥동과 팀원들은 김광석에게 '가라!'고 했다.

오로지 음악밖에는 모르던 사람들이었고, 믿기지 않을 만큼 전설 같은 시절이었다. 당시 백두산의 드러머 한춘근, 보컬, 키보드의 유상윤, 베이스의 김영남 등 쟁쟁한 이들과 함께 김광석은 히파이브, 히식스 등의 그룹을 만들어 음악을 계속했다. 가난하고 배고팠던 시절을 지나 연주자로서 실력도 절정으로 치닫고 있었다. 그는 돈도 많이 벌고 아주 바빠졌다. 시간이 어떻게 가는 줄 모르게 하루하루를 지냈다.

그러던 중 그의 연주 인생에 한 획을 긋는 일이 벌어진다. 연주 중에 누군가 살금살금 무대로 올라오더니 "내일 낮에 시간 있냐?"고 묻는 것이었다. 당대 최고의 드러머였던 배수연이 녹음실 멤버를 찾고 있다고 했다. 1970년대 후반 우리나라의 녹음실은 서울스튜디오, 마장동스튜디오, 장충스튜디오, 이렇게 세 곳밖에 없었다. 그 한 곳인 서울스튜디오에서 그에게 제안이 온 것이다. 녹음실은 가수들이 음반 준비를 할 때 반주를 해주는 곳으로서 당대에 가장 연주를 잘하는 이들이 마지막으로 거치는 곳이었다. 그 제안을 받았을 때 그의 나이가 겨우 스물넷. 내로라하는 가수들이 그의 반주에 맞추어 노래를 하고 녹음 작업을 했다. 위대한 탄생을 만들기 전의 가수 조용필도, 주현미도, 들국화의 전인권도 그의 반주에 맞춰 노래하기를 간절히 원했다.

연주자로서 정점을 찍은 그는 이제 자신만의 음악을 만드는 진정한 작곡가 겸 연주자가 되기로 한다. 그동안 억눌려왔던 그의 창작 의욕이 불타올랐다. 숱한 곡들이 그의 머리와 손에서 뿜어져 나왔다.

1995년에 낸 1집 음반 《The Confession(고백)》에서는 재즈, 블루스, 록, 퓨전까지 모든 장르의 음악을 다 넣었다. 1집 음반을 내는 것과 동시에 장사익과 제2의 연주 인생도 시작하게 된다. 아무런 사전 연습도 없이 한 번에 녹음을 진행했던 장사익을 만나자, 그는 단번에 자신이 추구하는 음악성과 장사익이 잘 맞는다는 것을 눈치챘다.

그즈음 그의 음악 색깔도 조금씩 변하고 있었다. 서태지 이후, 연주

_사진 자료 제공 김광석

음악은 기계음악으로 바뀌어 갔고 녹음실도 우후죽순 많이 생겨나기 시작했다. 그는 운이 좋았다고 한다. 그런 시류에 말리기보다 장사익과 음악을 하면서 안정된 생활을 하고 자신이 꿈꾸던 음악도 할 수 있었기 때문이었다. 미국 유럽 아프리카까지 단 한 번도 빠지지 않고 장사익과 동행했다.

묵묵히 존재를 드러내지 않고 반주만 하던 그의 창작성이 2003년에 두 번째로 폭발한다. 무려 마흔세 곡을 음반 넉 장에 담아 2집 음반《The Secret(비밀)》을 제작한 것이다. 음반 시장이 죽어가던 때였지만 그의 저력은 끝이 없었다.

2004년 장사익 10주년 콘서트를 세종문화회관에서 하던 날, 그는 또 다른 결심을 한다. 장사익과의 동행을 멈추고 이제부터는 온전히 자신만의 음악을 다시 해야겠다는 결심이었다. 가장 정점일 때 보장되지 않은 길을 선택한다는 것은 어려운 일이다. 누구나 쉽게 할 수 있는 모험이 아니다. 그는 현재의 안락함에 안주하다 보면 결국은 내리막을 걷는 수밖에 없다는 것을 알고 있었다. '이제는 장사익 선생도 나 없이 자신만의 음악을 해도 될 거다'라는 안도감도 있었다고 한다.

특히, 그가 새로운 모험을 선택했던 것은 반복되는 공연으로 자신이 기계적인 음악을 하고 있다는 조바심 때문이었다. 그의 정체성은 위대한 반주자가 아니었다. 김광석은 음악인으로서 살고 싶었고, 음악인으로 남고 싶었다. 더 신경이 무디어지기 전에 힘든 길이지만 다시 시작해야 한다고, 그는 스스로를 다그쳤다. 그리고 마침내 장사익과의 결별이라는 힘든 결정을 내린다.

늘 한 몸처럼 움직이던 사람과 헤어지려니 서로가 쉽지는 않았다. 두 달만 더 생각하자는 장사익의 만류를 뿌리치지 못해서 두 달을 더 고민했으나, 역시 결론은 마찬가지였다. 두 사람은 울면서 서로를 보내기 아쉬워했다. 하지만 헤어져야 하는 때라는 걸 알았다. 김광석은 힘들었지만 그때의 이별을 후회하지는 않는다. 오히려 그로 인해 자신이 더 파워풀해졌다고 믿는다.

2008년 11월, 그는 마침내 3집 음반 《은하수》를 세상에 내놓는다. 그의 음악은 가장 단순하면서도 가장 명료하고 각이 없는 새로운 세계를 갖게 된다.

"가장 단순하고 순수해지려고 노력했어요."

가장 정적이지만 가장 역동적인 음악이 앨범 안에 스며들어 있었다. 3집을 만들면서 그는 기타의 한계를 느낀다. 음역의 확대도 꿈꾼다. 기타는 우리의 악기가 아니지만 우리의 전통적인 정서를 표현하는 곡을 만들고 싶다는 생각이 들었다. 아무리 기가 막힌 연주라 해도 자신이 누군가를 흉내낸다는 자괴감이 들었다. 다 버려야 했다. 어설픈 퓨전도 부조화스럽게 느껴졌다. 진짜 내 것으로 돌아와야겠구나, 그는 철저히 반성한다. '나만의 소리는 뭘까?' 고민을 거듭하며, 소리에 정성을 다하다 보니 조금씩 소리가 보이기 시작했다.

키타리스트 김광석, 그는 우리의 소리를 찬찬히 돌아본다. 우연히 라디오를 듣다가 작곡가 윤이상 음악에 충격을 받았던 순간을 떠올렸다. 그래서 그는 자신만의 소리를 내줄 악기를 직접 만들어야겠다는 생각에까지 이르게 된다.

그가 만든 악기 '비타'는 그렇게 탄생한다. 삼국시대부터 연주했다는 우리의 전통악기 비파와 기타를 합쳐서 그는 독창적인 악기 '비타'를 만들었다. 일곱 줄의 현은 명주실로 이어 저역을 확대했고, 한국의 전통적인 음색을 표현해낼 수 있도록 했다.

그런데 비타를 이용하여 산조음악을 만들어낼 때쯤 그에게 위기가 닥친다. 어릴 때부터 단단하지 못했던 심장이 문제를 일으킨 것이다. 병원에서는 심장판막증이라고 했다. 수술하다가 죽을 수도 있다는 말에 그는 비장함이 들었다. 4집은 어쩌면 자신이 세상을 떠나고 나올 수도 있겠구나 싶은 생각이 들자, 간절한 마음이 더 커졌다. 혼신의 힘이라는 게 이런 거구나 싶을 만큼 그는 4집 《비타산조》에 온 마음을 쏟아부었다. 다행히 수술은 무사히 끝났고, 그는 건강을 되찾았다. 4집 음반도 무사히 세상 밖으로 나오게 되었다.

"양극을 극복하고 형식을 배제해서 근본으로 돌아온다."

그가 소리에 대해서 갖고 있는 화두다. 내가 그의 집을 찾아갔던 날, 그는 마침 자신을 만나러 온 후배 두 명과 내가 함께 한 자리에서 5집에 들어갈 새로운 음악을 들려주었다. <겨울 이야기> <좋은 아침>등의 곡이었다.

그는 물질과 본능에 충실한 이 세상과 다른 개념을 갖고 싶어 했기에 자신의 음악이 상업적이기를 바라지 않는다. 저작권에도 연연하지 않으려 한다. 그는 기타의 전설로 통하지만 아직도 그는 자신을 '기타 공부하는 학생 김광석'이라고 소개한다. 그에게 기타 공부는 끝이 없다.

"세상을 살아 보니 지뢰밭인 줄 알고 갔던 곳이 꽃밭이기도 하고 꽃밭인 줄 알고 갔던 곳이 지뢰밭이기도 했어요. 세상은 어떤 의도로 움직이지 않더라고요. 그냥 하는 거예요. 미친 듯이 하다 보면 어느 순간 원하던 자리에 가 있기도 하는 거죠."

20대에는 최고의 프로가 되어야 하고 30대에는 달인이 되어야 하고 40대에는 자기 세계를 가져야 하고 50대에는 입신의 경지로 가야 한다고 누군가 말했다. 그는 세 시간만 연주를 하지 않아도 자기 손가락이 굳어버리는 것 같다. 밥을 먹을 때나 잘 때나 차를 탈 때나 누군가를 만날 때에도 그의 옆에는 늘 기타가 있다. 기타와 그는 한 몸이다. 분리될 수 없는 존재다. 기타와 하나가 되어야 가벼운 음악이 나온다고 그는 믿는다.

5집에서 그는 공기처럼 가볍고 무심한 음악을 들려주고 싶다. 수제천[1]과 같은 음악이다. 얼마나 가벼워야 하늘로 올라갈 수 있을까? 천상에까지 닿으려면 얼마나 아름다워야 할까? 인간의 감정이 아닌 신의 마음이어야 가능하지 않을까?

그동안 그는 많은 무용가들과 컬래버레이션을 해왔다. 음악을 통하여 교감하고 공감하기를 원하는 그를 보면서 어떤 세계를 깊이 있게 알고 느낀다는 것은 인생에 있어 매우 큰 축복이라는 생각이 든다.

세속에 찌든 우리에게 천상의 샘물을 길어주려는 그의 음악을 기다린다. 어디까지 그의 소리가 울려 퍼질까? 귀 밝은 이가 있어 자신의 음악을 알아봐준다면 어디든 기꺼이 달려가 대가 없이도 음악을 들려주려는 그의

---

1) 한국의 전통 기악곡

모습을 보면서 한 경지를 넘어선 사람의 겸손을 본다. 동명이인의 가수에게 가려 인터넷 검색에서도 바로 이름이 나오지 않는 전설의 기타리스트. 음악 좀 안다는 사람들에게, 기타 좀 친다는 사람들에게 기타리스트 김광석은 여전히 전설이다. 살아 있는 전설이, 매일 하루도 쉬지 않고 지금도 어디선가 연주를 하고 있다. 부지런한 천재임에 틀림없다.

집착 없는 사랑 ;

©임서진

MBC 전 PD / 클래식 칼럼니스트 이채훈

음악을 사랑하고
모차르트를 닮은 방송인

　일반 사람들이 가장 손쉽게 접할 수 있는 대중문화는 방송이다. 물론 요즘은 유튜브 등 영상매체가 다양해지고 그 힘도 날로 커져 가고 있긴 하다. 그러나 여전히 방송이 가지고 있는 파급력을 무시하긴 어렵다. 방송 하나의 파급력이 얼마나 큰지를 보여준 좋은 사례가 있다. 20여 년 전, 매회 방송이 나갈 때마다 엄청난 파장을 일으켰던 방송 프로그램. 1999년 9월에 시작해서 2005년 6월까지 총 100회를 방영한 《이제는 말할 수 있다》라는 MBC 다큐 프로그램을 아는지? 그제까지 보고 듣기 어려웠던 우리 사회와 역사의 어두운 이야기를 정면으로 다룬, 당시로서는 매우 획기적인 프로그램이었다. 이 방송을 본 사람들은 매회 경악과 분노로 들끓었다.

　첫 회 방송은 제주 4·3 항쟁에 관한 것이었다. 일요일 밤 11시가 넘은 시각, 월요일 아침 출근을 위하여 일찍 잠자리에 들어야 하는 사람들까지도 잠을 마다하고 텔레비전 앞으로 모여들었다. 5·18 광주민주항쟁, 10·26

사태와 김재규의 재조명, 노근리 사건 등 폭발적인 이슈를 숱하게 만들어낸 프로그램이었다. 이제라도 진실이 무엇인지 알고 싶었던 사람들에게《이제는 말할 수 있다》는 가뭄의 단비처럼 시원하고 짜릿했다. 이채훈 PD는 바로 그 프로그램의 책임PD였다.

그가 방송사에 처음 입사했을 때부터 특별한 이념이나 사상이 있었던 것은 아니다. 그는 그냥 자신이 좋아하는 음악을 실컷 들으며 자유롭게 일할 수 있을 것 같아 방송국에 들어온 숙맥이었다. 자신보다 세 살 아래의 방송작가 아내 정영훈을 만나기 전까지는 세상 돌아가는 것에 대해서도 깜깜한 문외한이었다. 대학교 다닐 때도 그는 현실적인 사회문제보다는 인간의 실존이나 근원에 대한 갈증이 컸던 사람이었다. '한 개인이 인류보다 위대하다'는 키에르케고르의 말에 빠져 있었다. 서울대 철학과를 다니는 4년 동안 괴테와 헤세, 니체를 두루 거쳤다. 어눌한 말투에 공부만 하던 더벅머리 철학과 학생은 사회 변혁보다 늘 자신의 존재에 대한 고민이 깊었다.

페미니즘 의식을 지닌 아내가 방송국 내 여성 불평등에 대해 말하면 그는 어처구니없이 순진무구한 표정으로 되묻곤 했다.

"여성들이 그렇게 불평등한 대접을 받나요?"

어이없는 질문에 그녀는 화도 못 내고 20권의 책을 그에게 권했다. 늦게 배운 도둑이 날 새는 줄 모른다고 그는 자신이 몰랐던 세상 속으로 저벅저벅 걸어 들어갔다. 당시 그와 함께 사회운동을 같이 하던 사람들은 그를 '초 원칙적인 사고를 지닌 강경파'로 기억했다. 하지만 그의 심성은 매우여리다. 극명하고 첨예한 문제들을 다루는 다큐멘터리 감독이지만 그는 음악이 사람들을 선하게 만든다고 믿는 낭만주의자다. 나는 그의 삶에서 음악이 없었다면 어땠을까 상상한다. 조금 끔찍하다. 그랬으면 아마 그가 이 세상에 존재하지 않았을지도 모르겠다.

어릴 때부터 그는 음악가가 되고 싶었다. 할 수만 있다면 지휘자가 되고 싶었다. 피아노를 배우겠다는 그에게 아버지는 '그런 것은 여자들이나 하는 거'라고 말했다. 그의 꿈은 피어보지도 못하고 싹이 잘려나갔다.

한창 엄마 손이 갈 여섯 살 어린 나이에 어머니를 잃는 슬픔도 겪는다. 그의 어머니는 당시 여느 여성들과 달리 자유에 대한 갈구가 강한 사람이었다. 자유 의식이 강한 여자가 살기에는 너무 가혹한 시대를 앞서 살다가, 어머니는 끝내 세상을 버렸다. 또 그가 가장 예민했던 열두 살 사춘기에는 많이 의지했던 누나도 잃는다. 방안의 삼면이 독일 문학 원서로 빽빽하게 채워져 있던 수재 누나였다. 한국일보 기자를 하며 불합리한 사회를 비판하던 누나도 이 세상을 감당하지 못했다.

세상에서 유일하게 기대고 싶었던 두 여자가, 스스로 세상을 떠났을 때. 어린 그는 죽음을 이해하기도, 받아들이기도 어려웠다. 어쩌면 그래서 더욱 실존적인 철학의 물음에 빠져들었는지도 모른다. 죽음은 일상처럼 그를 침범했다. 하지만 그럴수록 그는 더 방어석으로 그 사실에 무심하려고 애썼다.

누나에 대한 그리움은 누나가 아끼던 LP판으로 옮겨갔다. 음악에 대한 사랑이 죽음을 담담하게 받아들이도록 해주었다. 그는 자신의 모습과 너무 흡사한 모차르트에게 빠져들었다. 그가 쓴 책《내가 사랑하는 모차르트》

는 자신에 대한 혹은 어머니나 누나에 대한 사랑, 더 나아가 이상적인 그녀를 향한 고백이기도 하다. 책의 내용 중 <집착 없는 사랑>에서 이채훈은 작가 에릭 엠마뉴엘 슈미트를 통해 자신의 내면을 고백한다.

©임서진

"열다섯 살 때였습니다. 친구, 학업, 진로 등 모든 것이
덧없어 보였습니다. '모든 것이 죽어갈 뿐'이라는 생각에
사로잡혔습니다. 저는 심각한 우울증에 빠졌고,
급기야 자살을 생각하게 됐습니다.
그런데 어느 날 우연히 오페라 공연을 보러 가게 됐어요."

이채훈은 《피가로의 결혼》에 나오는 백작 부인의 아리아 <아름다운 날은 가고>를 들으면서 삶의 의미와 가치에 대해 다시 긍정적으로 생각할 수 있게 되었다. 사춘기 시절 자살을 생각했다는 그는 모차르트를 통해 구원을 받는다.

"……달콤했던 행복의 순간들은 모두 어디로 갔나?
거짓 입술로 속삭인 엄숙한 맹세들은 다 어디로 갔나?
모든 것이 눈물과 아픔으로 변해버린 지금,
왜 나는 축복의 그 순간들을 떠올리는 걸까?
이 무정한 사람이 바뀔 수 있다는 희망은
모든 고통을 이겨낸 나의 사랑,
오직 나의 변함없는 믿음에서 나올 뿐."

자신을 버린 백작을 원망하지 않는 백작 부인의 고결한 자기 확신과 강철 같은 긍정 의지는 여린 그에게 감동을 주었다. 사랑은 집착에서 벗어나야만 비로소 완전해지고, 집착 없는 사랑이 가득할 때 인생은 살 만한 가치가 충분해진다는 것을 어렴풋이 깨닫게 된다.

그의 모차르트 사랑은 광적이기까지 하다. 2006년 모차르트 탄생 250주년에 맞춰 모차르트 다큐 프로그램을 만들어 방영하기도 했다. 가장 잘 만들고 싶다는 욕심 때문이었는지, 가장 맘에 안 드는 작품이 되었다고 말하는 이채훈PD. 돌이켜보니 10년도 훨씬 전인 그때는 모차르트의 정신을 다 이해하지 못하고 허둥댄 것 같다는 고백을 한다. 그는 모차르트를 봉

나답게
산다

건주의의 속박을 벗어난 자유주의자로 그렸다. 그것도 물론 틀리지는 않으나 모차르트를 담기에는 그릇이 너무 작은 단어였다. 그는 다시 모차르트를 정리하면서 집착 없는 사랑에 대하여 깨닫고 있다고 한다.

삶과 죽음에 대한 초월, 가장 힘든 순간에 가장 밝은 노래를 지은 모차르트, 이채훈은 모차르트의 <아이네 클라이네 나흐트Eine Kleine Nachtmusik>를 처음 듣고 모차르트를 좋아했다. 가장 단순하면서도 가장 명쾌하고 밝은 그 음악이 실은 모차르트의 음악적 멘토였던 아버지의 죽음 직후에 쓰였다는 것이 놀라웠다고 한다.

모차르트를 좋아하는 이채훈은 어쩐지 모차르트를 닮았다. 그런 바탕을 전혀 모르고 처음부터 모차르트 음악을 좋아했을 테지만, 결국은 통할 수밖에 없었던 영혼이었음을 알겠다.

그는 《이제는 말할 수 있다》를 취재하는 내내 억울하게 죽은 많은 사람들의 이야기를 들으며 복받치는 슬픔에 놓였다. 이걸 찍다 죽어도 좋다는 생각이 들었다. 그들이 느낀 절망적인 상황에 감정이입 되어 힘들었다. 그럴 때마다 그는 다시 음악으로 위로를 받았다.

그는 《이제는 말할 수 있다》의 <제주 4·3>편, <보도연맹>편, <여수 14연대 반란>편 등으로 방송대상, 통일언론상, 삼성언론상, 평등·인권방송 디딤돌 대상 등 수많은 상을 받았다. 언론의 역할을 묻는 나의 질문에 그는 부정도 긍정도 하지 않고 말을 아낀다. 그는 그저 방송이 제 역할을 다해야 한다고, 두루뭉술하게 긍정의 카드를 내밀었다.

이후에도 세상의 진실과 마주하고 싶어서 애정을 가지고 국제 시사 다큐 <김혜수의 W>를 시작했다. 그런데 이 프로그램은 석연치 않은 이유로 종영되었다. 이 무한경쟁의 사회에서 지치고 낙오한 사람들에게 대안을 주고 싶어 기획한 프로그램이었는데 안타까웠다.

MBC라는 조직에 이상한 조짐들이 하나둘씩 생겨나고 급기야는 MBC 사장이 바뀌었다. 보수정치의 권력자들은 언론을 가장 탐냈다. 여론을 가장 효과적으로 장악하는 길은 파급력이 큰 방송을 통제하는 것이라 믿었던 것이다. 방송이 정치 세력과 결탁하게 되면서 사내 분위기는 급속히 더 험악해졌다. 그의 시련이 본격적으로 시작되었다.

2010년에 그는 이미 임원이어서 노조에 가입할 수 없었다. 그는 MBC 파업에 동참하지는 못했지만 후배 피디들을 적극 지원한다. 입사 동기별 성명서를 주도하면서 1개월 정직을 받았다는 소식이 들렸다. 나는 염려가 되었지만, 애써 무심한 척 어떻게 지내냐는 안부만 물었다. 그도 대수롭지 않게, 일산에서 무슨 교육을 받는다고 했다. 사회 비판을 이끌어야 할 시사 다큐의 피디를 불러다 놓고 정부에 협조하고 조직에 순응하라는 교육을 진행한다며 푸념했다.

그는 자신을 정릉천 쪽방에 홀로 유배시켰다. 어둡고 쓸쓸한 나날들이 이어졌다. 피로 눈물로 쌓아올린 한국현대사의 민주주의가 순식간에 궤도를 수정해 역주행하기 시작하던 날들이었다. 그는 혼자 길을 걷다가 우연히 거대한 포크레인과 마주친다. 그는 '그 포크레인과 싸웠다'는 이야기를 무겁고 울적하게 내뱉었다. 뻔히 알면서도 나는 '왜 그랬느냐'고 물었다. '포크레인'으로 대변되는 우리 토목 경제와 건설업에 대한 분노, 그리고 그 왜곡된 경제 환상으로 다시 보수정권에 기회를 준 사람들에게 화가 났다고 했다. 그때는 포크레인으로 대변되는 건설 분야의 우두머리가 대통령을 하던 시절이었다.

이채훈은 낭만주의자다. 평상시 그를 보면 누군가와 말싸움 한 마디 못할 것처럼 순한 인상이다. 때론 너무 수줍어 어색한 웃음을 웃지만 음악을 얘기할 때는 어눌한 말투가 제법 빨라진다. 특히 모차르트를 말할 때는 개구쟁이 같다. 그러다 사회 부조리 앞에 서면 이글거리는 결기를 내보인다. 그런 그가 애꿎은 담배연기 속에 파묻혀 있으면 마음이 아리다. 자본이 지휘하는 세상은 그와 같은 낭만주의자를 허락하지 않는다. 결국 그는 해고되고 만다. 하지만 그는 그런 상황에서 더 열심히 책을 읽고 글을 쓰고 자기의 역할을 다했다.

2014년 당시 유행하던 팟캐스트에서 이채훈의 킬링 클래식을 방송한다는 소식이 들렸다. 매우 궁금했다. 아니 상상이 잘 가지 않았다. 그 수줍은 사람이 직접 방송을? 4월 3일 그가 늘 잊지 않는 제주 4·3항쟁의 날, 그는 사람들에게 아름답고 따뜻한 음악으로 피로를 좀 풀라고 말하면서 TS엘리엇의 <황무지>라는 시의 첫 구절을 읊어주었다. 2017년 12월 8일 마지막 방송에서는 어찌나 매끈한 목소리가 나오는지, '내가 아는 그 이채훈일까?' 의심스러울 정도였다. 몇 년 사이 그는 또 한층 성장한 듯했다. 그의 밝은 목소리와 함께 호두까기 인형의 <눈꽃송이>를 듣다 보니 마음이 술렁거렸다. 모든 삶은 죽음으로 귀결되지만 그럼에도 불구하고 살아내야만 하는 것이구나, 살아내다 보면 또 고개 너머 무지개가 뜨는구나, 그가 견뎌온 시간들도 헛되지는 않았구나 싶어 마음이 따사로워졌다.

아무리 힘이 들어도 그는 언제나 사랑의 힘을 믿었다. 천재를 만드는 것은 위대한 지성이나 탁월한 상상력만이 아니다. 사랑에 뿌리를 두어야 한다는 모차르트의 친구 야크빈의 말처럼 그는 사랑의 위대함에 대하여 역설하고 또 역설한다.

가족의 죽음과 동시대 젊은이들의 숱한 죽음을 통해 그는 이제 현재의 소중함을 누구보다도 잘 아는 나이가 되었다. 아침이면 눈을 뜨고 바라보는 모든 생명들이 다 경이로워서 발을 뗄 때마다 탄성이 나오기도 하는 나이가 된 것이다. 이제는 때때로 자기 자신도 새롭게 보인다는 그는 비록 자신이 이 넓은 우주에서 하찮은 존재지만, 이 세상에 작은 힘이라도 보태며 살아가고 싶다는 의지를 북돋운다. 겸손과 사랑이 가득한 마음결이 참 곱다.

그와 세상과 모차르트로 대변되는 음악은 불가분의 관계다. 모성과 여성성의 결핍이 왔을 때 모차르트는 그를 채워줬고, 사회의식을 지니고 한 개인의 미력한 힘이라도 보태서 세상을 변혁하자 했을 때 모차르트는 사회 혁명가로 그와 함께 해주었다. 또 자유가 절실히 필요했을 때 그는 속박을 단호히 물리치는 법도 모차르트를 통해 배웠다.

현재 그는 한국PD연합회 정책위원이면서 클래식 칼럼니스트이기도 하다. 비록 이제는 현역 PD로 방송 프로그램을 직접 만들지는 않지만 여전히 그는 쉬지 않고 일한다. 피디 본능은 어쩔 수 없는지 어디서든 여전히 다큐멘터리 만드는 꿈을 꾼다. 죄 없는 사람들을 부랑자로 몬 '부산 형제복지원' 관련 프로그램도 만들고 싶어 한다. 부산 형제복지원 사건은 개인의 사

리사욕을 채우기 위해 타인의 삶을 망가지게 한 무서운 정부와 무서운 인간의 합작품이다. 그는 이 사건의 피해자인 한종선(당시 9세) 군과 최승우(당시 14세) 군의 이야기를 들려주면서 이런 제목은 어떠냐고 묻는다.

"그해 겨울은 따뜻했네 – 국회 앞의 두 아이들?"

나는 엄지를 추켜세웠다. 그가 하는 일이라면 무조건 박수치고 응원하고 싶다. 다시는 암울했던 시대로 역사의 바퀴가 역주행하지 않도록 하기 위해, 인생은 끝날 때까지 다 끝난 게 아니라는 것을 온몸으로 말해주기 위해, 그는 오늘도 사랑의 힘을 믿으며 젊은 후배들과 술잔을 기울인다.

나이는 이제 그만 잊어요 ;

©임서진

재즈피아니스트 **신관웅**

연주를 해야만
사는 영혼

점점 깊어져 가는 밤, 까만 칠흑의 공간에 달빛이 차오르면 목마른 사람들이 하나둘 작은 테이블에 둘러앉는다. 그들이 숨을 죽이고 있는 사이, 나이든 연주자들이 한 사람씩 무대에 오른다. 무대 위에서는 엄숙함마저 흐른다. 콘트라베이스, 드럼, 트럼본, 트럼펫, 색소폰, 퍼커션[1], 차례차례 자리를 잡은 뒤 마지막으로 건반에 앉은 한 사내가 '문 글로우Moon Glow'를 찾아주어서 고맙다는 인사를 한다. 그가 바로 재즈피아니스트 신관웅이다. 예순일곱의 나이에도 형형한 눈빛과 열정에 여유까지 묻어나온다.

드디어 울리는 피아노 선율. 흩어져 있던 사람들의 눈과 마음을 한 곳으로 모으는 소리였다. 딱딱하게 굳은 피곤과 이유를 알 수 없는 짜증까지도 순식간에 스르르 녹아내렸다. 옛날 아프리카 흑인 노예들이 캄캄한 밤

---

[1] 타악기. 연주자의 팔과 다리, 북채 등으로 두드리고 때리거나, 혹은 흔드는 행위로 음을 내는 악기를 모두 가리킨다.

달빛에 의지해 마음속 깊은 곳의 사랑과 한을 풀었던 것처럼, 사람들은 부드러운 피아노 음률에 몸과 마음을 맡기고 현실의 괴로움을 풀어냈다. 때로는 가볍고 때로는 격하게, 피아니스트의 손가락이 건반을 오가면 사람들의 어깨도 그에 맞춰 함께 들썩거렸다. 그가 연주하는 재즈에는 한 방울의 슬픔까지도 모으고 풀어내는 힘이 있다.

1950년대 시골의 작은 초등학교. 한 소년이 살금살금 풍금 앞으로 다가갔다. 음악 시간에 선생님이 화음을 넣어 반주해주던 악기가 궁금했기 때문이다. 하얀 건반, 까만 건반 차례로 눌러보던 소년은 온몸에 전율이 일었다. TV도 라디오도 없었던 시절에 난생 처음 만나게 된 낯선 악기. 각기 다른 음을 내는 그 건반에 소년은 깜짝 놀랐고, 첫눈에 반해버렸다.

틈만 나면 소년은 풍금 앞으로 갔다. 다행히 아버지가 교장선생이었던 탓인지, 선생님들의 꾸중은 피할 수 있었다. 소년이 풍금에 매료되어 있던 어떤 평범한 날, 불행히도 어머니가 암으로 세상을 떠났다. 소년은 더욱 풍금에 매달렸다. 어린 소년이 슬픔을 견딜 수 있는 방법은 그것뿐이었다.

전기도 촛불도 변변치 않던 때, 소년은 달빛에 의지해 풍금을 치기도 했다. 처음엔 그저 띵,똥 소리를 내는 것에 그쳤지만, 나중에는 혼자 바이엘과 체르니까지 공부했다. 선생님도, 책도 흔치 않던 시골에서 어떻게 소리를 내야 하는지도 모른 채 꾸준히 피아노를 친 것이다.

"처음에는 피아노 교본이 있다는 것도 모를 정도로 문외한이었어요. 초등학교 3학년 때 선생님에게서 바이엘 피아노 교본을 선물 받고 악보 보는 법만 대충 배웠지. 선생님인들 뭐 제대로 아나, 그냥 애들 노래책 반주나

해주는 정도지."

　　소년은 중학교에 가서야 풍금이 아닌 피아노를 처음 보게 된다. 그것도 88건반이 아닌 유아용 피아노였다. 하지만 초등학교 때와 달리 중학교에 가서는 아무 때나 학교 피아노를 쉽게 만질 수 없었다. 선생님이 음악실 문을 늘 잠그고 다니셨기 때문이다. 소년은 조마조마 마음을 졸이며 도둑 피아노를 쳤다. 건반 소리와 발자국 소리에 함께 귀 기울여야 하는 상황이었지만, 그래도 신관웅은 행복했다. 눈앞에 피아노가 있었고, 피아노를 칠 수 있었기 때문이었다.

　　뭐든 참 귀하던 시절. 요즘이야 재즈 배우러 유학도 가는 시대지만, 그때는 음반 하나, 악보 하나 구하기도 쉽지 않았다. 어쩌다 악보를 가지고 있는 사람을 만나면 그는 무작정 찾아가 술도 사주고 애인도 소개시켜주면서 열심히 베껴 왔다고 한다.

　　피아노에 대한 채워지지 않는 갈증과 허기가 오히려 열정에 불을 지폈는지도 모른다. 그는 피아노 곁을 떠나지 못하고 오로지 피아노 하나에 매달렸다. 그에게 결핍은 곧 갈망이었고 갈구였다. 만약 집이 부자여서, 언제 어느 때든 칠 수 있는 나만의 피아노가 있었다면 이렇게 절실하게 피아노에 매달렸을까? 어쩌면 금방 싫증이 나서 쉽게 등을 돌리지 않았을까? 너무 어렵게 피아노를 치고 음악을 배운 바람에 그는 나이가 들어도 피아노만 떠올리면 애절하고 뜨거운 마음이 식지 않는다.

　　그는 지금도 피아노 앞에 앉으면 서너 시간은 거뜬하게 연습을 한다. 어려서부터 피아노 앞에 한 번 앉으면 일어날 줄 모르고 연습하던 습관 때문이다. 언제 피아노 앞에 다시 앉을 수 있을지 모른다는 허기가 어려서부터 늘 있었다. 여름에는 엉덩이에 땀띠가 나는 줄도 모르고 피아노를 친 적도 많았다. 직접 소리를 만들어낸다는 것, 자신의 기분을 음악으로 표현한다는 것. 내성적인 소년에게 피아노 선율은 세상 밖으로 자신을 내보이는 유일한 통로였다.

그렇게도 피아노를 사랑했던 소년이었지만, 그는 결국 예고 진학을 포기한다. 집안 형편 때문이었다. 아버지가 편찮으신 바람에 그는 장학금을 주는 학교가 아니면 입학할 수 없었다. 예고 피아노과에 특채 입학하면서 장학금을 받는 것은 장벽이 높았다. 제대로 된 레슨도 한번 받은 적 없고, 교재도, 피아노도 없이 혼자 띄엄띄엄 공부한 그가 감히 엄두를 낼 수 있는 게 아니었다. 꿈이라고는 오직 '훌륭한 피아니스트'가 되는 것뿐이었던 소년에게 예고도, 음대도 진학할 수 없다는 현실은 얼마나 절망스러웠을까?

그래도 신관웅은 피아노를 손에서 놓지 않았다. 그러다 우연히 서울에서 피아노를 치는 아르바이트를 할 수 있다는 이야기를 듣게 된다. 그는 무작정 서울로 올라갔다.

그는 그날을 잊을 수가 없다. 삼엄한 경비를 뚫고 들어간 미8군의 클럽, '김치카바나'는 미군들로 북적였다. 짙은 담배 연기로 꽉 차 있는 홀. 늘씬하고 예쁜 여성들의 모습과 넘쳐나는 술잔. 그 한구석에서 홀로 피아노를 치던 사내가 있었고, 신관웅은 그 피아노 연주자의 음악에 사로잡혔다. 무슨 곡인지, 그가 누군지 알 수 없었으나 세상에 태어나서 처음 듣는 음악이었다. 부모 말씀 잘 듣고 얌전하게 살던 청년의 영혼이 단박에 뒤흔들렸다.

'그래, 나는 이제부터 저 음악을 할 거야.'

사람들은 그 음악이 재즈Jazz라고 했다. 지금 생각하면 자신이 클래식을 하지 않은 건 참 잘한 일이라고 한다. 클래식은 연주자의 음악이 아니고 작곡자의 음악이기에 작곡자의 의도대로 치는 것이 어쩌면 가장 잘 친 음악일 수 있다. 하지만 재즈는 연주자의 음악이다. 연주자 마음대로 애드리브를 넣어서 연주할 수 있고 자기식대로 얼마든지 즉흥적인 연주가 가능하다. 그에게는 재즈 피아노가 엄청난 매력으로 다가왔다.

재즈 음악은 그에게 영혼의 자유를 알려주었다. 무대에 올라가서 연주를 할 때마다 느낌이 달라지는 재즈의 매력에 그는 흠뻑 빠져들었다. 같은 곡이어도 연주자의 감정 상태에 따라 슬프면 슬픈 음악이, 즐거우면 즐거운 음악이 되어 나오는 게 재즈다. 재즈는 철학을 담는 음악이라는 것을, 즉흥 연주를 하려면 자신 안에 질료들이 충분히 축적되어 있어야 한다는 것을 그는 조금씩 배워갔다. 그냥 단순하게 음계를 치는 기교가 중요한 게 아니라는 걸, 학력이나 스펙이 중요한 건 아니라는 걸 알게 되었다. 자신이 어떤 감성을 가지고 어떤 마음으로 음악을 대하는가가 고스란히 드러나는 장르, 그 감성이 청중들에게 고스란히 전달되는 장르, 그게 바로 재즈 피아노였다.

음악을 하려면 자신만의 생각이 있어야 한다. 음악에 연주자 자신이 있지 않으면 그는 그냥 반주자일 뿐이다. 재즈의 난해함은 어쩌면 인간사의 난해함일지도 모른다. 재즈는 매 순간 창작을 요구한다. 무언가 다른 상상력과 마음이 없으면 밋밋한 음악이 되고 만다. 그는 아방가르드적인 프리

©임서진

재즈[2]도 즐겼지만 대부분은 테마가 있는 음악을 해왔다. 그 안에서도 얼마든지 자유로운 음악을 할 수 있었다.

선한 성정을 타고 난 탓에 그는 좋은 스승들도 만날 수 있었다. 우리나라 대중음악계의 거장인 이봉조, 길옥윤, 김강섭 이 세 분을 모두 스승으로 모시는 유일무이한 제자가 되었다. 그가 맨 처음 만난 사람은 이봉조 선생이었다. 가수 정훈희와 현미 등을 키운 이봉조 선생은 그에게 한없이 높은 존재였다. TBC TV 악단장이기도 했던 선생의 봉조클럽에서 피아니스트를 구한다는 말을 듣고 신관웅은 그를 무작정 찾아갔다. 그리고 행운처럼 그 클럽에서 피아노를 칠 수 있게 되었다. 그것만으로도 말할 수 없이 기쁜데, 또 다른 행운이 이어졌다. 당시 미8군에서 색소폰을 연주했던 이봉조 선생은 한국의 대중음악계를 거머쥐고 있었던 사람. 신관웅을 눈여겨본 선생이 스물넷 어린 나이의 신관웅을 방송국 악단원으로 성장할 수 있게 도와주었다. 이봉조 선생은 신관웅의 열정과 실력을 눈여겨보고 늘 칭찬하며 아꼈다고 한다. 물론 신관웅은 정통 재즈 피아노를 그만두고 대중음악을 연주한다는 것을 쉽게 받아들이기 어려웠을지도 모른다. 그러나 그가 대중음악계에 발을 들여놓은 것은 어쩔 수 없는 선택이었다. 당시 그는 결혼을 한 몸이어서 먹고 사는 일에 대한 책임감이 컸기 때문이다. 그러나 열정이 식지 않는 한 길은 열리기 마련.

그에게 재즈의 허기를 채워준 것은 박성연 씨가 운영한 클럽 '야누스'

---

2) 1960년대와 1970년대에 와서 독창적인 작곡과 창조적인 즉흥연주라는 두 요소를 기반으로 한 프리 재즈가 나타났다.

였다. 야누스는 그에게 잊지 못할 곳이다. 재즈음악을 하는 길옥윤 선생이 야누스를 찾았는데 마침 신관웅과 마주친 것이다. 길옥윤 선생과 신관웅은 선생의 부인을 빼고는 가장 오랜 시간을 함께 한 사이라고 한다. 이후 길 선생의 재즈바 '웨어하우스'에서 신관웅이 피아노 연주를 한다. 낮에는 이봉조 악단장을 모시고 대중음악을 하고, 밤에는 길옥윤 선생과 함께 재즈 일을 했다.

그러다가 TBC가 KBS와 통폐합하면서 김강섭 악단장도 만나게 된다. 신관웅은 가요계 계보상 이봉조 악단파로 분류되곤 했지만 김강섭 악단장에게도 많은 사랑을 받았다. 보통이라면 시기심이나 질투도 있을 법한데 모나지 않은 그의 성격 탓인지, 악단장들은 모두 그를 자신의 악단원으로 받아들여주며 챙겼다. 아무리 뛰어난 천재라도 좋은 스승을 만나야 세상에서 빛을 발할 수 있고, 꽃을 피울 수 있는 법. 자신의 피아노 한번 가져보지 못했던 신관웅에게 세 분의 스승을 만난 건 인생에서 가장 큰 행운이었음에 틀림없다.

이제 이봉조 선생, 길옥윤 선생은 돌아가셨다. 다행히 김강섭 악단장은 아직 정정하다. KBS악단 모임을 한 달에 한 번 하는데, 지금도 김강섭 악단장은 그를 만나면 나이 일흔이 넘어가는 그를 옆에 앉으라고 하면서 아끼고 격려해준다. 마치 구순의 노모가 일흔 살 아들을 걱정하듯이.

여전히 에너지가 넘치는 그는 노장의 뮤지션들을 불러 모아 2010년부터 '문 글로우Moon Glow'를 열었다. 사람들은 문 글로우를 쿠바의 '부에나

비스타 쇼셜 클럽[3]"에 비유했다. 흩어져 사는 음악인들을 불러모아 다시 열정적으로 연주를 하는 노장들의 음악 그룹. 음악을 통해 삶의 가치를 다시 되새기는 영화 같은 이야기가 실제 우리나라에도 있었다.

문 글로우의 이야기를 다룬 다큐 <브라보 재즈 라이프>를 촬영, 제작하려고 준비했었다. 그러나 결국 영화 제작은 무산되고 말았다. 그러나 문 글로우를 촬영했던 영상 기록만으로도 충분히 소중한 자료가 될 것이다.

불모지나 다름없었던 한국의 재즈 판에서 큰 디딤돌 역할을 했던 1세대 뮤지션들이 이제 한 분 두 분 세상을 떠나고 있다.

"재즈 1세대는 문 글로우 재즈클럽에서 활동했던 음악 원로분들입니다. 홍덕표, 최세진, 조상국, 정성조, 강대관, 이동기. 여섯 분들은 이미 고인이 되셨어요. 김준, 김수열, 최선배, 임헌수, 신관웅, 이제 남은 다섯 사람들이 문 글로우 재즈클럽을 지키고 있습니다. 이번에 강남 푸 카페에서 하는 1세대 공연은 그 의미가 아주 큽니다. 우리에게는 시간이 많지 않아요. 내일 어떻게 될지 모르니까요. 우리가 살아 있을 때, 살아서 연주하는 모습을 부지런히 보세요."

2010년 다큐 <브라보 재즈 라이프> 상영을 마친 후, 10년간 운영한 문 글로우의 문을 닫았다. 그러자 재즈를 사랑하고 문 글로우를 사랑하는 사람들이 모임까지 만들어 카페의 폐업을 막겠다고 나섰다. 하지만 역부족. 계속 오르는 임대료를 감당하기가 벅찼다. 공연이 없는 날은 거의 한산한

---

3) 쿠바 아바나의 음악 그룹. 이들의 이야기가 1997년 다큐멘터리 영화로도 제작되었다.

공간인데, 많은 시간과 비용을 투자해서 유지하는 게 쉽지 않았다.

　내가 문 글로우에 갔던 날이 생각난다. 그의 아내 전계숙 씨가 주방과 카운터를 지키고 있었다. 그의 아내는 한때 실업 농구팀에서 이름을 날리던 선수였다. 하지만 재즈피아니스트를 만나 운동을 접고 그의 뒷바라지에 전념해 왔다. 신관웅이 재즈 피아노에 대한 열정을 꽃 피울 수 있게 도와준 마지막 스승은 바로 그의 아내였다.

ⓒ임서진

문 글로우가 사라졌다고 재즈가 멈춘 것은 아니기에 여전히 그는 공연을 한다. 그의 공연 소식을 들으면 행복하고 설렌다. 문 글로우 재즈클럽의 멤버들이 살아서 연주하는 모습은 이제 전설이다. 이미 전설이 된 사람들이 아직도 멈추지 않고 오늘도 연주를 계속한다. 앞으로 몇 해나 더 살아 있는 그들의 공연을 볼 수 있을까? 그래서일까? 그들의 공연은 늘 마지막인 것처럼 열정이 충만하다.

"내가 만약 국악을 했다면 어땠을까? 아마 지금쯤 무형문화재가 됐을지 몰라요. 이만큼 헌신하고 매달렸으면 아마 됐을 것 같아요. 인간문화재. 그런데 아쉽게도 재즈는 미국 음악이래요. 그래서 아무런 지원도 받지 못해요. 그런데 재즈는 미국 음악이 아니에요. 재즈는 우리와 같은 한恨을 지닌 흑인 음악이고 우리나라에서 우리가 연주하면 우리 음악이 되는 거예요. 클래식도 그렇게 따지면 남의 나라 음악이잖아요."

그는 여전히 재즈라는 장르에 대한 이해가 부족한 현실에 갑갑함을 느끼는 듯했다. 그가 처음 낸 음반 제목은 '아리랑 블루스'다. 물론 가요를 어설프게 연주했다는 자책도 있지만 그에게 재즈는 단순한 외국 음악이 아닌 것이다. 그는 그래서 케이재즈K-Jazz라는 장르를 만들어 사람들과 연주하고 대화한다. 국악과 협연하고 클래식과도 컬래버레이션 하면서 재즈의 음역을 넓히고 있다.

그의 주위에는 여전히 음악을 하는 쟁쟁한 후배들이 많다. 웅산이나 말로 같은 보컬들도 자리를 잡고 있는 게 그는 고맙다. 대중적이지 않아서 큰 인기를 얻는 것도 아니고 돈도 안 되고, 무대도 많이 없는 재즈. 그래도 음악을 하겠다는 후배들과 재즈의 문을 연 1세대들이 함께 사단법인 '재즈협회'도 만들었다. 케이재즈K-Jazz를 세상에 더 많이 알리느라 그는 자신의 에너지를 멈출 틈이 없다.

"하루라도 연주를 하지 않으면 몸의 일부가 정지되는 것 같아요. 재즈는 내 삶 그 자체지요."

다른 예술가들도 비슷하겠지만, 특히 연주가들은 이런 말을 종종 한다. 하루도 연습을 쉬지 않는다는 말. 하루라도 연주하지 않으면 몸이 이상하다는 말. 그 말에 대한 느낌을 잘 이해하지 못하다가도 연주를 들으면 곧 알게 된다.

'아, 저런 소리를 저렇게 내려면 하루도 쉴 수 없겠구나. 저 소리가 그냥 나오는 소리가 아니구나!'

숨이 막힐 듯 절제되었다가 어느 순간 폭발하듯 클라이맥스로 이끌었다가 다시 소용돌이 안으로 부드럽게 청객들을 이끌고 데려가기도 하는 재즈 음악. 그는 재즈를 마약이라고 한다. 재즈 음악이라는 마약에 중독되면 아마도 그처럼 평생 동안 헤어나기 어려울 것이다.

그는 요즘 가톨릭 성가에도 관심이 많다. 음악으로 신을 숭배하려는 인간의 마음에 매번 연주 때마다 경외감이 든다고 한다. 그동안 느껴보지 못한 음악 자체에 대한 외경심도 들어 성가 작업에 더 애착이 간다고 한다. 그는 또 빅 밴드 18명이 참여하는 재즈의 기념비적인 음반을 만들고 싶다고. 그의 에너지 시계는 아무래도 나이와 반비례로 흐르는 것 같다.

신관웅의 재즈밴드에는 쟁쟁한 연주자들이 가득하다. 그들이 자신의

이름을 내세우기보다 신관웅이라는 사람의 이름 아래 있다는 것은 그가 가진 아우라가 얼마나 큰지를 보여준다. 선생님들에게 사랑받는 건 그렇다 해도 후배들에게까지 존경받기란 쉽지 않은데, 아무래도 그에게 사람을 끄는 무슨 마력이라도 있나 보다. 재즈에 대한 열정과 후배들에 대한 애정만으로 짐작하기에는 그 힘이 참 세다.

신관웅은 그 이름 자체로 살아있는 한국의 재즈다. 위로가 필요한 사람들에게 그의 건반은 언제나 열려 있다.

"재즈는 악보를 보고 연주하는 음악이 아니거든. 그건 마음을 보고 연주하는 거예요. 재즈가 영원히 사람들을 위로하고 자유로운 음악의 장을 맨 앞에서 열어갔으면 좋겠어요."

그의 바람처럼, 가장 낮은 곳에서 가장 자유롭게 가장 따뜻한 위로의 음악으로서 재즈가 존재하기를. 재즈는 음반으로 듣는 것에 한계가 있다. 무대에서 즉흥적으로 변화하는 음악이기 때문이다. 그래서인지 '우리가 살아 연주하는 모습을 부지런히 보시라'는 그의 말이 묵직하게 다가온다. 그가 연주하는 맑고 부드럽고 자유로운 그 선율을 듣지 못하게 될까 봐 두렵기까지 하다. 그의 공연이 있다는 소식이 들리면 얼른 서둘러 그의 공연장을 찾아가야겠다.

'왜 안 돼?'라고 묻기 ;

_사진 자료 제공 전유성

문화발명가 **전유성**

'꿀쏘맥' 낮술로
하루를 두 번 사는 남자

그에게 인생은 한 편의 코미디다. 코미디에는 웃음만 있지 않다. 겉으로는 웃어도 그 웃음 속에는 슬픔과 아픔이 묻어 있다. 아니, 그는 겉으로도 웃지 않고 매우 진지한데 사람들만 웃는다. 그래서 진짜 코미디다. 징징거린다고 인생이 호락호락 봐주지 않는다는 걸 알기 때문에 그는 매사 진지하다. 진지한 개그맨 전유성, 정작 자신은 잘 웃지 않는 전유성, 그러면서도 다른 사람들을 웃게 만드는 천상 개그맨 전유성. 그를 만나러 어느 늦가을 청도에 갔었다.

쓸쓸함이 가득한 늦가을에 개그맨을 만나러 가는 것은 행운이 깃든 일이었다. 전유성을 만나러 가는 내내 나는 실실 웃음이 나왔다. 바로 며칠 전에는 젊은 후배의 부고를 듣고 밤새 눈이 퉁퉁 붓도록 울었으면서도 단 하루 만에 언제 그랬냐 싶게 히죽히죽 웃고 있는 내 자신을 생각하니, 참 아이러니했다. 웃음과 울음을 동시에 발산하는 희귀한 종족 인간. 인간의 삶은 참 코미디 같구나 싶었다.

그를 만나기 전, 청도의 '철가방 코미디 극장'에서 공연부터 보았다. 평일 낮 두 시였는데도 40석이 모두 매진이었고, 보조의자까지 20개가 더 깔렸다. 웃음을 투여 받고 싶어서 온 사람들. 그들은 철가방 모형을 한 극장에 오밀조밀 모여앉아 단막단막 끝나는 생생한 개그를 날름날름 받아먹으며 행복해한다. 공연을 끝내고 나온 그가 재미있었느냐고 내게 물었다. 덤덤하게 아직 덜 익어서 재미가 없었을 거라고 그는 겸손하게 말했지만, 관객들이 얼마나 큰 웃음을 즐겼는지는 그들의 표정에서 이미 다 알 수 있었다.

그날, 그는 쿠키 만드는 일에 빠졌다고 말했다. 본인은 커피를 잘 마시지 않지만 커피 볶는 걸 배워서 좋아하는 친구들에게 줄까도 생각 중이란다. 심심할 일이 없겠다. 식스팩 복근 모양의 우리밀 식빵을 파는 빵집을 청도에 열기도 했다. 코미디를 배우러 청도에 내려온 제자들을 위해 자구책으로 만든 빵집이다. 빵 봉지에는 '건강 빵 많이 팔아 대출금 빨리 갚자', '충동구매 실천하여 후회하며 살아보세' 라고 쓰여 있다. 읽기만 해도 웃음이 팡 터지는 문구들이다.

그가 코미디 극장을 짓고 싶었던 건 코미디언으로 살아가면서 후배들을 위한 사명감 같은 게 작용했다. 척박한 세상살이에 웃음을 주는 게 꿈인 사람들. 젊은 코미디언들의 노고를 누구보다 잘 알기에 그들이 나아갈 길을 열어주고 싶었다. 거기에 시골에서 문화소외자로 살아가는 농부들에 대한 안타까움이 절묘하게 합쳐져서 만든 게 바로 청도의 철가방 극장이었다. 그는 벤츠 타는 농부가 되자고 금 트랙터를 모는 조형물을 식스팩 빵집

앞에 놓기도 했다. 엉뚱한 상상이지만, 보는 것만으로도 묘하게 기분 좋은 미소를 짓게 하는 조형물이었다.

단 40석의 좌석, 극장의 무대 뒤를 열어젖히는 패기, 활짝 연 무대 뒤로 펼쳐진 저수지 물빛이 배경이 되는 무대. 자연을 끌어다 배경으로 삼는 이런 기똥찬 아이디어가 상상이 아닌 실제에서 이루어지도록 만든 힘. 그것은 전유성의 고집과 확신이 아니면 불가능한 일이었다.

경북 청도는 소싸움으로 유명한 작은 시골 마을이었다. 이곳에 코미디 전용극장을 짓겠다니 다들 콧방귀를 뀌었다. 누가 여기까지 코미디 공연을 보러 오겠냐고, 말도 안 되는 일이라고 고개를 내저었다. 아니, 코미디 전용극장이라는 말 자체가 매우 생소하고 획기적인 일이었다. 하지만 해가 거듭될수록 청도는 달라졌다. 마을 전체가 문화공간으로 바뀌어 갔다. 함께 농사도 짓고 식당도 하며 마을조합을 만들어 운영했다.

누가 오겠냐 했던 걱정은 기우가 되었다. 평일에도 코미디를 보겠다고 전국에서 사람들이 청도를 찾아왔다. 2011년 5월부터 4천 400회 공연을 했다. 공연 예매율이 4~5년간 1위였다. 그 작은 시골에 관람객이 17만 명이나 다녀갔다고 하니 참 놀랍다. 하지만 아쉽게도 2018년 4월 29일 공연을 끝으로 코미디 전용극장은 문을 닫았다. 7년간 이어온 생소하고 생기 있던 코미디 철가방 극장이 막을 내린 것이다. 정통 코미디 프로그램이 방송 편성에서 없어지고 코미디언 공채마저 사라진 현실에서 코미디언을 꿈꾸는 청년들을 모으는 것도 힘들었다. 그는 청도에서 청도군민이 출연하는 공연도 해보고 싶었다. 다른 곳에선 볼 수 없는 공연, 유일한 공연이라면 곧 세계적인 공연이 될 것이라 그는 믿었고, 열심히 달렸다.

그러나 이제 그는 청도를 떠났다. 긴 시간 동안 시도해온 청도에서의 실험은 끝이 났다. 그리고 절반의 성공과 절반의 눈물과 절반의 추억이 남았다. 여러 가지 희비가 교차된 시간. 아쉬움이 많지만, 그러나 끝났다고 끝난 게 아니다. 청도에서의 즐거운 실험은 멈추었지만, 그것은 단지 '철가방 극장 시즌1'이 종료됐을 뿐이다. 그렇다면 시즌2는 어디에서 시작될까?

전유성은 예전에 코미디 극장을 울릉도에 짓고 싶어 했다. 울릉도나 마라도, 백령도 이렇게 우리나라의 맨 가장자리에 극장을 지으면 재밌을 거라는 상상을 했다.

"우리는 섬을 동경하지만 제주도를 제외하고 실제 섬에 놀러 가면 뭐할 게 없어요. 그때 코미디를 보면 어떨까? 혼자 즐거운 상상을 해봤어요."

청도를 떠나온 그에게 여전히 섬으로 가고 싶으냐고 물었다. 그는 고개를 젓는다. 이제 그는 섬으로는 가지 않을 것 같다.

그렇다면 어디? 전유성이 청도를 떠나 거처를 옮긴 곳은 지리산 자락이다. 지리산에는 그의 딸 제비가 산다. 남원 지리산 둘레길 3코스 안내소 앞에서 <안내소 앞 카페 제비>를 운영하고 있다. 복잡한 도시에서 머리 아프게 살지 말라는 아버지 전유성의 꼬드김에 넘어간 탓이다. 딸은 서른 갓 넘은 나이에 신랑과 함께 보따리를 싸서 일찌감치 지리산 시골로 내려왔다. 딸을 걱정하는 그의 모습은 영락없이 평범한 아버지의 모습이다.

"걔도 날 닮았나 봐. 장사가 죽어라 안 되는 모양인데도 이러는 거야. 아빠 한 5년 견디면 되지 않겠어요?"

ⓒ박재원

시골로 내려온 그의 딸은 벌써 5년을 거뜬히 견디고 그곳에서 자리를 잡고 산다. 그는 젊은이들에게 성공 창업 노하우를 말하는 강연을 하러 갈 때면 종종 말한다. 발상을 달리하고 자신만의 룰을 만들라고. 그 룰을 적용하기에는 아무래도 도시보다는 시골이 더 낫다고 생각하기 때문에 딸에게도 시골을 권했다.

　　세상은 너무 다양하다. 다양한 사람들이 사는 곳이니 당연히 직업도 천차만별이고, 생각도 천차만별이어야 하지 않겠나? 그런데 도시는 사람을 획일화시킨다. 도시에서는 그냥 남들 사는 대로 살 수밖에 없다. 남들처럼 사는 게 가장 잘 사는 거라고 믿게 만드는 구조다. 그는 삶에 불만을 가지라고 한다. 현실에 불만을 가지고 본인이 고칠 생각을 하라고. 자기 삶에 주체적으로 행동하라는 소리다. 현실에 만족하고 감사하며 살아가라는 말만 듣고 살던 사람들은 당황스러울 수밖에 없다. 그러나 불만을 갖는 게 다 나쁜 건 아니다. 불만만 말하면 투정부리는 아마추어다. 하지만 불만을 말하면서 상황을 고쳐나가는 사람은 프로다. 전유성은 뻔하고 식상한 걸 싫어한다. 뻔한 삶에 젖어 있으면 지루해서 못 견딘다. 매번 무언가를 다르게 바꾸고 개선하려고 하는 의지가 삶을 심심하지 않게 한다고 그는 말한다. 그게 인생을 즐겁게 살 수 있는 방법이라 믿는다. 스스로 삶을 개척하려는 젊은 친구들의 역동적인 모습도 보고 싶어 한다.

　　혹자는 그를 기인이라고도 하고 괴짜라고도 부른다. 한 마을의 생태와 문화까지도 단박에 바꾸는 힘을 보면서 나는 그 말을 실감했다. 그는 단순히 한 개그맨이기 이전에 문화기획자이자 문화발명가라 불리는 게 타당해 보였다. 그는 자신을 개그맨이라고 소개하기도 하고, 공연기획자라고도 했다가, 또 어느 땐 아무거나 무엇이나 다하는 잡것이라고도 부르란다. 잡 Job(일)을 만들어내기도 하고 말 그대로 온갖 잡다한 일을 다 한다는 뜻이기도 하다. 그런 그를 제자들은 코미디 시장(마켓)의 '시장님' 혹은 철가방 극장의 '공장장님'이라고 부른다.

1970년대는 밤 12시면 돌아다니지 못하게 하는 통행금지가 있었다. 전두환 정권이 들어서고 그 통행금지가 풀렸다. 밤이 되면 사람들은 술집으로 거리로 편하게 돌아다녔다. 그는 그때 심야극장을 해야겠다고 생각했단다. '왜 영화를 낮에만 봐야 하지? 공포영화 같은 걸 밤에 보면 더 무섭잖아?' 그는 심야극장에 이어 심야볼링장도 제안한다. 당시로서는 파격적이고 충격적인 생각이었다.

그의 머릿속에는 수많은 상상이 떠다닌다. 왜 안 돼? 왜 없어? 간단한 의문 하나에서 시작한 일이라도 그가 툭 던지면 그게 곧 새로운 문화가 된다. 반려견 인구가 급속도로 늘어나는 요즘, 왜 개와 함께 보는 콘서트는 없을까? 그의 질문 하나에서 출발한 게 바로 <개나소나 콘서트>다. 2009년부터 매년 복날(현재는 8월 첫째 주 토요일로 자리를 잡았다)에 열린 <개나소나 콘서트>는 정말 개나 소나 다 볼 수 있는 반려동물 동반 가능 콘서트다. 매년 정해진 날에 청도를 가면 '개나 소나' 그를 만날 수 있었지만 이제 그를 만나려면 청도가 아닌 지리산으로 와야 한다.

아이들을 위한 태교 음악으로 클래식을 들으면서도 정작 클래식 음악회에는 7세 미만 아이들의 출입을 제한한다는 게 그는 또 이상했다. 그래

나답게
산다

서 '아이들이 떠들어도 화내지 않는 음악회'를 기획했다. 그런데 이 음악회에서 보니까 아이들은 열심히 박수치고 듣는데 정작 어른들이 더 떠들더라나?! 역시 '웃기는' 세상이다.

작곡가들이 만든 자장가를 들으면 아이들이 정말 잘까? 그게 궁금해서 아이에게 자장가를 들려주고 아이의 얼굴을 클로즈업해 화면으로 보여주는 이색 콘서트도 열었다. 바로 할아버지, 할머니까지 온 가족이 함께 즐길 수 있는 '얌모얌모 폭소 클래식'이다. 자장가를 들은 아이는 울고 관객은 웃음보 터지는 '웃기는' 상황이 벌어지기도 하는 폭소 콘서트다. 세상을 멋지게 한 바퀴 비틀어보는 그의 시각이 놀랍고 신기하다. 비결을 묻자, 그는 오히려 웃음기를 지우고 진지하게 말한다.

"나는 원칙주의자예요. 나는 우측 통행이라고 씌어 있으면 진짜 우측으로만 걸어요."

그는 자신의 사고는 오히려 '곧이곧대로'라고 한다. 한번은 길을 걷다가 '하늘이 열리는 모텔'이라는 간판을 내건 곳을 보았다. 그래서 글자 그대로 "그럼, 개천절 모텔이네" 했더니 사람들이 웃더란다. 숨은 뜻을 모르는 척 외면하면서 때로는 곧이곧대로 생각해보는 것도 사고의 전환을 이끄는 그만의 방식이다.

그의 말대로 그는 원칙주의자인지도 모른다. 왜 태교는 클래식으로 해놓고 정작 클래식 음악회에는 아이들을 오지 못하게 하는가? 공포영화는 밤에 봐야 더 무서운데 왜 꼭 낮에만 상영하나? '아이들이 떠들어도 화내지 않는 음악회'나 '공포영화 심야 상영' 등은 이런 원칙적인 질문을 통해 생겨났다. 사람들이 모두 당연하다고 생각하고 질문하지 않는 것에도 그는 과감하게 물음표를 던진다. 아니, 물음표를 던지는 데서 끝나는 게 아니라 직접 의문을 풀어나간다. 생각을 바꾸어 실행에 옮긴다. 실행력에는 굉장한 에너지가 필요하다. 지칠 줄 모르는 그의 왕성한 힘은 어디서 나오는 걸까?

그는 책을 많이 읽고 많이 썼다. 예전에 보던 만화 이야기부터 소설까지 그가 읽어온 수많은 책들에 대한 이야기를 듣다가 깨달았다. 그의 힘은 그가 읽고 쓴 책을 통해 만들어지고 다져지고 재생산된다는 걸.

《컴퓨터 일주일만 하면 전유성만큼 한다》시리즈와 미술평론가 유홍준의 《나의 문화유산 답사기》의 제목을 패러디한 《남의 문화유산 답사기》《조금만 비겁하면 인생이 즐겁다》《하지 말라는 것은 다 재미있다》《구라 삼국지》까지 그가 지은 책의 제목들은 지금 봐도 전혀 식상하지 않다. 가볍게 편견을 뛰어넘고, 사고를 전복시키고, 따분한 일상을 통쾌한 웃음으로 전환시킨다. 전혀 새롭지 않은 것도 전혀 새롭게 만들어 보여준다. 그 모든 창의성의 원천은 책으로부터 와서 다시 책으로 결실을 맺는다.

"나도 옛날엔 가수 윤형주 가방 모찌였어요. 거 있잖아, 가방 들고 졸졸 따라다니는 로드매니저. 일명 노예(웃음). 말은 그래도 공식 직함은 스크립터였지."

서라벌예술대학교 연출학과를 나와서 방송 쪽에 있으면서 구성작가도 하고 그러다 개그맨이 됐다. 아마 지금처럼 개그맨이 다방면에 끼와 재능을 필요로 한다면 자신은 개그맨이 되지 못했을 거라고 말한다. 개그맨에는 여러 부류가 있는데, 연기도 잘하고 아이디어도 좋은 최양락 씨 같은 이

나답게
산다

도 있고, 아이디어보다는 연기를 훨씬 잘하는 임하룡 씨 같은 사람도 있다. 또 아이디어도 없고 연기도 못하지만 다른 사람을 받쳐주는 역할에 뛰어난 조연도 필요하다. 극이라는 건 심형래 혼자만 나온다고 다 웃기고 다 잘 되는 게 아니니까. 유상무가 받쳐주니까 유세윤이나 장동민이 사는 거라는 그의 말은 맞는 말이다. 그렇게 볼 때 그는 아이디어를 내는 개그맨이다. 본인은 연기를 못해도 연기의 기본을 가르쳐주고 개그를 짜도록 아이디어를 발전시켜준다. 그래서 그는 개그 선생이다.

코미디도 시장 좌판에 내놓은 물건들처럼 그렇게 팔자는 개념으로 그는 코미디 시장을 만들었다. 그 코미디 시장의 1기 출신은 신봉선, 박휘순, 안상태, 황현희, 김대범 등 이름만 대면 알 만한 개그맨들이다. 10년 만에 뽑은 코미디 시장 2기, 3기, 그리고 철가방 극장의 개그맨들까지. 그의 손을 거쳐 간 후배 개그맨들만도 수없이 많다. 물론 수업료는 전액 무료. 오히려 그 많은 개그 연습생들을 그는 자기 돈을 들여 먹이고 재웠다. 누군가는 그럴 거면 차라리 매니지먼트 회사를 차리라고 했다. 하지만 자신이 가르치고 키웠다고 해서 벌어들인 수입을 나눠 먹는 일은 그가 죽어도 못하는 일이다.

다만 농어촌공사의 지원으로 겨우 극장을 짓고 그 안의 내용물은 주변 지인들의 도움을 받아 채우기도 했다. 의자에는 후원을 해준 후배 개그맨들의 이름이 한 명 한 명 쓰여 있다. 김미화, 박미선, 이성미, 박휘순, 소담출판사 등등 고마운 마음을 표현하는 방식도 전유성답게 독특하다. 그중에서 주병진 씨는 다른 개그맨에 비해 더 큰 돈을 냈단다. 어쩐지 이름이 유독 빛나는 것 같았다(웃음). 그 이름을 보는 순간 후배 개그맨들의 마음이 관객들에게도 전해진다. 무엇에도 연연하지 않는 그가 코미디 철가방 극장만큼은 아쉬워한다. 극장이 다시 개관해서 웃음이 일상이 되는 그날을 꿈꿔본다. 그것은 한 지자체의 소유가 아닌 우리 모두의 소유이기 때문이다.

식상한 표현이지만 그래서 그를 코미디계의 큰형 혹은 코미디계의 대부로 부르는 듯하다. 인덕이라는 것은 거저 생기지 않는다. 짐작건대 마당발이라고 불리는 사람은 관계 맺은 수만큼 사람들에게 진심으로 다가가고 상대의 진심도 얻어낸 사람이라는 뜻이다. 일방적으로 만들어지는 관계는 없고, 나 혼자 잘났다고 마당발이 될 수 있는 건 아닌 것이다.

그는 예전에 홀연히 지리산으로 들어가 몇 달을 지내다 문득 산을 내려와 11박 12일 걸어서 서울까지 간 적이 있다고 한다. 걸어서 서울에 있는 친구를 만나러 간 것. 비행기 타고 자동차 타고 간 것보다 더 감동적이지 않았겠냐고 엉뚱한 질문을 한다. 네가 보고 싶어 11박 12일을 걸어서 왔다고 말하는 친구. 한 걸음 한 걸음 내디딜 때마다 너를 생각했다는 그 마음. 어찌 감동스럽지 않겠는가. 그는 그런 진심을 전달하고 싶었을 것이다. 진심을 전달할 때도 이렇게 원칙적이다. 말 그대로, 곧이곧대로 우직하게 해나가는 사람. 그게 바로 진짜다. 진짜 전유성이다.

그를 인터뷰 하러 갔던 날. 그는 재미없는 인터뷰 말고 술이나 한잔 하자며 청도 재래시장의 허름한 국밥집으로 나를 데리고 갔다. 그는 그곳에서 하루를 두 번 사는 법과 꿀소맥을 알려주겠다고 했다. 하루를 어떻게 하면 두 번 사나? 근사한 철학적 대답이 나올 줄 알고 나는 기대하며 한껏 그를 쳐다보았다.

"하루를 두 번 살려면 낮술을 마시면 된다."

그의 답에 피식, 웃음이 터졌다. 그답다는 생각이 들었다. 낮술 한잔 한 뒤 자고 일어나면 다시 아침이 온다는 것이다. 눈 뜨면 새 기분으로 다시 하루를 시작하게 되니 어찌 하루를 두 번 사는 게 아니겠냐고 한다. 기가 막히긴 했지만 틀린 말도 아니었다. 꿀소맥은 꿀과 소주와 맥주를 섞는 거냐고 물었더니 기다려 보란다. 국밥집 아주머니에게 맥주잔을 달라고 하더니 한 잔에는 맥주를 7부쯤 따르고 한 잔에는 소주를 가득 따른다. '아뿔싸! 저 소주를 다 주시려나?' 긴장이 되는데 딱 한 숟가락씩 소주를 떠서 맥주잔에 넣는다.

"내가 개발한 거야. 소주를 꿀 뜨듯이 떠서 한 숟가락씩 맥주에 담는 거지. 일명 꿀쏘맥!"

꿀처럼 아껴가며 한 숟가락씩 소주를 넣으면, 그야말로 꿀맛이 된다. 그래서 이름도 꿀쏘맥. 그의 기발함에 자꾸만 웃음이 나왔다. '그만 넣고 싶으면 스톱해요' 그가 한마디 했다. 이미 맥주에는 꿀이 그득하다.

철학이 없는 인간은 봐줘도 유머가 없는 인간은 봐주기 어렵다는 누군가의 말이 떠올랐다. 지금 우리에게 절실히 필요한 건 웃을 수 있는 여유. 한번쯤 탁 놓고 웃어새낄 수 있는 가벼움이다. 그러니 남다른 아이디어 뱅크인 그에게 우리는 아직 더 기대고 싶어진다. 그날 나는 그에게 듣고 싶은 이야기가 더 많았다. 그런데 그만 꿀쏘맥에 취해 어영부영하는 사이 그 자리가 끝나고 말았다. 그러나 그날 이후 그와의 인연은 아직도 내내 이어지고 있다.

남을 웃겨야 하는 개그맨들은 비극적인 감성이 자신의 밑바탕에 있다 해도 개그를 통해 낙천적인 기운을 끌어올린다. 그 역시도 원칙적이고 진지하고 단단한 밑바탕 위에 낙천성을 잘 배합하고 있다. 짜장면을 배달하듯이 개그도 배달한다는 생각으로 시골에 내려와 개그 배달부로 산 전유성. 그의 자유로운 발상처럼 개그도 뷔페처럼 여기저기 드나들면서 웃음을 골라 먹을 수 있다면 또 어떨까?

전유성은 자유로운 영혼답게 여행광이기도 하다. 어느 날은 인도에, 어느 날은 러시아에, 어느 날은 유럽에 있다. 전유성이라면 어느 날 문득 달나라에 놀러 왔다고 전화를 걸어올 수도 있을 것만 같다. 그럴 수 있을 만큼 특별한 상상과 기발한 아이디어로 불가능을 가능으로 치환시키는 마술을 부린다. 요즘 그는 지리산 자락을 어슬렁거리며 다니고 있다. 지리산에서 그는 또 어떤 마술을 부릴까? 유성처럼 지구에 획을 그어주는 사람 전유성, 그 특별한 빛을 놓치지 않고 꼭 붙잡고 싶다.

자기 자신에게 십일조하며 스스로 위로할 것 ;

©박태진

민속학자 **조용헌**

사주명리학을
탐구하다

　운명을 믿는 부류는 주로 아주 많이 배웠거나 아주 못 배웠거나, 혹은 아주 잘 살거나 아주 못 살거나 둘 중 하나다. 중간층은 사주팔자를 믿는 비율이 앞의 두 부류에 비해 낮다고 한다. 하지만 살수록 알 수 없는 인생, 누구나 자신의 사주팔자가 있다면 알고 싶고, 믿고 싶을 때가 가끔은 있다.

　신문에 '조용헌 살롱'이라는 칼럼을 15년 넘게 쓰고 있는 민속학자 조용헌. 그는 민족의 종교와 신앙을 연구하는 학자다. 그런 그가 '사주팔자를 고치기는 죽는 것보다 힘들다'고 말한다. 도대체 사주팔자란 무엇인가?

　《조용헌의 사주명리학 이야기》와 《명문가 이야기》로 잘 알려진 조용헌은 본래 불교 능엄경을 해석하여 박사학위를 받은 불교학자다. 낭인의 삶이 좋아 세상을 떠돌다 보니 입가심으로 하게 되었다는 사주명리학이 어쩌다 그의 본업처럼 되어 사주팔자 전문가로 세상에 알려졌다. 요즘같이 안팎으로 어수선한 시대에 우리나라 정·재계 1%가 가장 만나고 싶어 하는 사람이기도 하다.

한동안 그의 집필실은 전남 장성이었다. 축령산 자락, 한적한 마을 골골에는 별장 같은 집들이 들어서 있었다. 그 가운데에 흙과 돌로 만든 집이 있었다. 당호는 휴휴산방休休山房.

탱화를 그리는 일지스님이 5년 동안 공들여 지었다가 두말없이 조용헌에게 물려주고 갔다고 한다. 휴휴산방은 화려하기보다는 아담하고 소박했다. 사립문을 열고 들어서면 선생의 '사우四友(네 가지 벗)'가 있다. 100년 된 매화나무와 저 홀로 성성한 소나무, 흙탕물에도 더렵혀지지 않는다는 연꽃, 그리고 아무렇지도 않게 가지를 훌훌 뻗고 있는 차나무다.

사람이 들어오는 기척을 듣고 나온 조용헌이 사립문 안쪽 돌계단에 서서 우리를 반겨준다. 그의 모습은 그가 쓴 책 제목처럼 과연 '방외지사方外之士[1]' 같다. 시대에 편승하지 않고 자신의 뜻대로 삶을 살아가는 이가 방외지사라면 사실 그가 곧 방외지사 아닐까.

이틀에 한 번 신문에 칼럼을 쓰는 일은 부담스러웠다. 앞서 25년 동안 칼럼을 쓴 이규태 선생의 뒤를 잇는 일이니 쉽지는 않았을 것이다. 게다가 일간지는 독자의 반응이 빠르고 강하다. 조선, 중앙, 동아 세 신문의 기사는 기사 자체가 기삿거리여서, 글자 하나 토씨 하나 가지고도 왈가왈부할 만큼 관심의 중심이다. 그는 글 쓰는 일에 매달리고 싶다며 가급적 사람들 만나는 약속도 마다한다.

---

[1] 어떤 조직에도 얽매이지 않고 산속에서 은둔하며 살아가는 도인

나답게
산다

월간지이기는 하지만 《백가百家 이야기》를 쓰느라 여기저기 돌아다니며 자료를 수집하는 일도 시간을 많이 요하는 일이다. 또 그것을 자기의 것으로 소화해서 사람들에게 전하려면 시간도 많이 들여야 한다. 그런 일이 쉬울 리야 있겠는가! 조용한 곳에 머물며 정말 방외지사처럼 사는 게 답답하기도 할 것 같았다. 그러나 오히려 그는 당연한 것 아니냐며 의아한 표정이다.

"마음이 한가로워야 글을 쓰지."

그는 태연히 말했다. 역설적일 수 있지만 글을 쓰려면 마음은 한가롭고 몸은 바빠야 한다. 밖으로야 자료조사 하랴 인터뷰 하랴 바빠도, 이것을 글로 쓰려면 여유 있고 호젓한 마음으로 사색하고 통찰해야 한다. 마치 태풍의 핵 안에 누운 듯이. 아무리 세상 밖에서 사나운 비바람이 불어도 글을 쓸 때만큼은 고요 속에서 몰입해야 한다. 자기 것으로 소화하지 않은 채, 거칠고 서툰 상태로 내놓으면 독자가 다 알아본다.

"자료를 날것 그대로 내놔 봐, 다 알지. 이를테면 우족탕처럼 팍 고와야 하는 거야. 글이라는 건. 그러려면 화력이 뒷받침되어야 하는데 그 화력이 곧 사색과 통찰이야. 느긋하게 생각하면서 푹 익혀 내 것으로 만들려면 한가한 마음을 가져야 해요."

요즘은 글도 홍수 시대다. 매일매일 수백 수천 권의 책이 쏟아져 나오고, 1인 매체를 통해 누구나 작가가 될 수 있는 시대이기도 하다. 그러나 용사혼잡龍蛇混雜. 용은 드물고 뱀은 많다. 용이 되려면 남과 다른 시각에서 사물을 바라보고 독특한 아이디어를 가지고 있어야 한다. 별 다를 게 없는 생각으로는 아무리 글을 잘 써도 뱀일 수밖에 없다. 그래서 내가 한 수 배우려고 우문을 던졌다.

"용이 되는 법은 없나요?"

"많이 돌아다녀야 해요. 여행을 가고 답사를 가고 전문가를 만나서 이야기도 듣고 서적이나 자료를 보면서 발품, 손품을 팔아야 해요. 이건 왜 이런가? 스스로 끊임없이 문제의식을 가져야지. 그러다 보면 이것저것이 섞여, 7부 능선쯤에 올라가면 임계점이 돼서 물이 부글부글 끓어올라. 그때부터 온 힘을 다하는 거야. 최소한 이런 과정을 10년은 겪어야 해. 이때 현실적인 걱정에 발목이 잡히면 안 돼. 걱정이 없으려면? 포기해야지. 포기하고 내려놓아야 걱정이 없어져요."

지난 10년 동안 그는 별다른 목적 없이 세상을 돌아다녔다. 산으로 들로 돌아다니며 낭인들을 만나 같이 밥 먹고, 같이 놀고, 같이 이야기하며 자신도 낭인으로 살았다.

하지만 뭐가 될 거라는 생각은 없었다. 그저 낭인이 좋아서 그들을 만나러 다니다 보니 풍수, 사주, 도교, 불교, 한문 등 여러 선생을 만나게 되었다. 그들의 얘기를 열심히 듣고 머릿속에 저장했다고 한다. 조용헌은 이때부터 불교뿐만이 아니라 도교에도 큰 관심을 갖는다.

"이렇게 10년 돌아다니다가 또 10년을 보태서 20년이 되면 틀이 생겨. 그동안 배워온 걸 녹여서 자기가 원하는 걸 딱딱 만들어낼 수 있게 되는 거야. 붕어빵처럼. 또 10년을 보태서 30년쯤 가면 대가 소리도 듣는 거지. 누워서 던져도 다 스트라이크야. 제구력 폼이 필요 없어. 아무렇게 던져도 딱딱 맞아. 취권 있잖우? 취권, 그게 우리의 모델이지. 성룡은 좀 어설프고 술 취한 것 같이 알딸딸해 보이고 눈곱도 끼고 그렇지만 상대의 들어오는 공격을 다 막잖아. 이게 대가의 경지야. 나는 20년을 통과했을 때부터 겨우 어디 가서 맞고 다니지 않을 만큼 됐어. 10년 될 때까지는 허벌나게 맞았어. 잘난 척 하다가 두들겨 맞고, 한두 번이 아니지. 발로 차면 저기 밑바닥까지 굴러가. 그럼 그 자리에서부터 다시 걸어서 올라가. 그렇게 구르고 다시 오르면서 깡이 생기는 거야. 투지가. 나, 온몸에 칼자국이야(웃음)."

양팔을 휘저으며 취권 흉내를 내다가 강호의 수를 겨루다 칼 맞은 폼을 하는 선생의 입담을 듣고 있자니 웃음이 빵 터진다. 그는 해가 거듭될수록 한 걸음씩 더 고수의 길에 다가가 있다. 이 축령산 자락까지 찾아온 것도 다름 아니라 고수에게 앞날에 대해 한 수 얻어 듣고 싶어서다. 사주팔자 한 수를 엿듣지 못하고 일어나게 될까 봐, 나는 서둘러 불쑥 물었다.

"세상 팔자 좀 알려주세요. 나라 팔자도 있나요?"

있단다. 국운이라고. 근데 자신은 모른다며 팔을 흔든다. 하기사! 괜히 논란거리로 맞추나 못 맞추나 호사가들 입방아에 오를 테니. 말해야 본전도 못 찾을 이야기를 하는 고수는 없겠다. 대신에 우울증이나 홧병 같은 질병의 치료법을 말해주겠다고 한다.

요즘 사람들은 저마다 화가 승해서 심장에 무리를 준단다. 그 치료법으로 차 마시기를 권하더니 나에게 진짜 차 한 잔을 내준다. 차는 안眼, 이耳, 비鼻, 설舌, 신身, 의義 육근을 다 즐겁게 해주는 것이라면서.

"첫째 안은 눈, 눈은 색깔을 봐. 찻물에 색깔, 찻잔의 색깔. 찻물이 우러나는 그 백자에 담기는 색을 볼 거 아녀? 그러니 눈이 즐겁지. 둘째는 이.

©박태진

바로 귀인데 차를 마실 때의 소리지. 차 따르는 소리. 특히 고요한 새벽에 찻물 따르는 소리는 심산유곡의 폭포 소리 같아. 비는 코 아뇨? 비는 냄새를 맡지. 한잔 따르고 찻주전자에서 풍겨 나오는 향기. 그 즐거움이 또한 매우 크죠. 설은 혓바닥. 혓바닥은 맛을 보지. 신이라는 것은 몸인데 촉감, 스킨십. 찻잔이라든가 차 주전자를 만질 때의 느낌, 그러니까 마음이 화락해지는 거요. 의는 마음인데 '뜻 의意'라는 한자를 써. 마음의 릴렉스를 의미해. 이완이 가장 중요한 거요. 현대인들은 너무 바빠. 차 마시는 시간을 내서 마음을 이완시키지 않으면 화가 쌓여. 차가 이렇게 육근을 즐겁게 해줘요. 슬로우 푸드라, 천천히 음미하면서 마시다 보면 마음이 한가해져. 한가해져야 자기 내면을 들여다볼 수 있어. 그래야 여유가 생기고."

조용헌은 자기가 자기를 위로하고 자기에게 십일조를 내야 한다고 한다. 매달 한 번씩 자기 자신에게 십일조를 바친다면 참 기쁘겠다 싶어 빙그레 웃음이 났다. 스스로를 행복하게 돌보고 아끼고 사랑해야만 남도, 세상도 아낄 수 있을 것이다.

특히 달고 자극적인 음식에만 길들여지다 보면, 생각도 깊이를 잃게 된다고 걱정했다. 아무 맛도 없는 무심한 맛, 쓴맛, 떫은맛까지 다 음미할 수 있어야 삶에 대한 깊이도 생기는 법이라고. 밤낮이 교차할 때 문득 특별한 영감이 떠오르듯이 단맛과 쓴맛이 교차할 때도 생각의 깊이가 달라진다고.

그것은 마치 인생살이의 굴곡과 같아서 여러 다양한 오르막과 내리막을 경험해야 사람에 대한 이해의 폭이 넓어지는 것과 같다. 밀리지 않기 위해 너무 오르막만 오르거나 평탄한 길에서 벗어나지 않으려고 몸부림치

느라 마음이 다치는 줄도 모르고 사는 것은 아닌지 돌아보게 된다.

우리는 흔히 '노력하면 성공할 수 있다'거나, '노력하면 기대한 바를 이룰 수 있을 거'라고 말한다. 그러나 조용헌은 잘라 말한다. 노력이라는 말처럼 허울 좋은 거짓말은 없다고. 아마도 이 말은 운명보다 스스로의 노력을 믿는 사람들에게 큰 실망을 안길지도 모른다. 그러나 사주팔자는 부모가 합궁을 하는 날부터 90% 결정지어진다고 조용헌은 말한다. 그러니까 운명이란 이때 이미 예정되는 것이다. 운명을 믿지 않겠다, 스스로의 노력으로 현실을 극복하겠다, 하는 의지를 갖게 되는 것도 이미 결국은 그의 운명이라고. 다만, 이 말을 자칫 노력하든 안 하든 달라지는 것은 없으니, 아무렇게나 살아도 된다는 뜻으로 오해하지는 말았으면 좋겠다고.

어디서든 노력을 강요받았으나, 결국 노력으로 얻을 수 있는 게 없음을 알게 된 요즘 세대들은 노력을 '노오력'이라는 말로 조롱한다. 노력의 부질없음을 강조하는 말이다. 노력은 우리를 몰아치는 말이다. 다그치고 윽박지르며 더 빨리, 더 열심히 달리라고 몰아붙이는 세상. 그러나 노력해도 안 되는 게 분명히 있다. 운명적으로 안 되는 것도 있고, 사회가 공정하지 않아서 안 될 수도 있겠다. 어쨌든 노력이 배신당했을 때 사람들은 마음을 다친다. 그러나 노력은 실은 욕심의 또 다른 말이다. 노력한다고 더 욕심대로 채워지지는 않는다는 것을 인정해야 한다. 그렇지 않으면 삶이 매일 100m 달리기다.

"내가 황영조처럼 달리기를 잘하고 싶다고 맨날 뛰어봐, 그런다고 다 황영조가 되겠수?"

조용헌은 지분知分, 지지知止, 지족知足이라는 말로 대답을 대신한다. 자기 분수를 알고, 멈출 줄 알고, 족함을 아는 것. 사주명리학에서는 자기 자신의 문제를 푸는 해법으로 이 세 가지를 말한다.

태어난 해와 달과 날과 시를 바꿀 수는 없다. 또한 자신의 욕망을 위하여 무한정 노력할 수도 없다. 노력하면 된다고 믿는 사람은 적극적인 인간형이다. 자살은 이런 적극적인 사람들이 한다. 해도 안 된다고 생각하면 그 순간 포기하는 것이다. 삶을 포기하는 것이 아니라 욕망을 포기해야 하는데 그 구분조차 혼란스러울 때가 생겨버리는 것이다.

요즘은 전 국민이 투기꾼, 도박꾼이 된 듯하다. 모두가 대박을 노린다. 부자는 하늘이 내린다는 말이 있다. 사주팔자에 이미 나와 있다는 뜻이다. 하늘이 내린 큰 부자는 돈의 흐름을 훤히 꿰뚫는다. 작은 부자는 절약이나 근면으로 얻는다. 사주에 재물이 없다고 나와 있는데 돈을 벌었다면, 그 사람은 평생 아끼느라 돈을 쓰지 못하는 부자다. 구두쇠일 가능성이 있다.

조용헌은 개인의 운명을 넘어 집안의 운명에 대한 이야기에 관심이 많다. 그래서 오래전부터 명문가들을 돌아다니며 그들이 어떻게 명문가를 이루고 살아가는지를 알아보았다. 명문가는 돈만 있다고 되는 것이 아니라 덕을 많이 쌓은 집안이다. 덕이라는 것은 편리를 제공하는 것이니 그것은 돈으로만 되는 것이 아니다. 고택을 지니고 있어야 한다. 물론 고택을 지니고 있다는 것은 기본 재력이 있었다는 것이고 그만한 위상이 있었다는 것이다. 그리고 그런 집을 아직까지 지닌다는 것은 그만한 자존심이 있다는 의미기도 하다.

ⓒ 김동식

요즘의 명문가는 어느 집안이냐고 물으니 현재는 아직 검증이 되지 않아서 신흥 명문가는 없다고 한다. 우리가 흔히 아는 재벌들 중에 아직 100년이 넘도록 부를 유지해 오다가 지금까지도 잘 사는 집안은 없으니 앞으로 두고 볼 일이라고 한다. 제대로 베풀지 않으면 이 위상과 부가 100년 안에 사라질 수도 있다는 말이다. 단순한 이야기지만 그는 재차 강조한다. 덕을 베풀어야 한다고.

조용헌은 우리에게 상류층이 되는 길을 알려줄 수는 없지만 '행복 상류층'이 될 수 있는 길은 알려줄 수 있단다. 돈을 과시하는 것이 아니라 행복을 과시하는 행복 상류층이 되는 법. 그것은 기꺼이 자발적으로 가난해지는 것이다. 노력을 내려놓고 기꺼이 포기하고 마음을 비우면 행복이 다가온다.

그는 행복상류층, 해피 노블리스를 꿈꾼다. 다른 말로 하면 신도가新道家다. 그가 전하는 해피 노블리스가 되는 여섯 가지 방법은 뭘까?

첫째, 자연과 교감을 이룰 수 있어야 한다. 선텐(빛,해) 하듯 문텐(달,어둠)을 해야 우울증도 극복할 수 있다. 꽃, 나무의 이름을 100가지 이상 알고 있으면 꽃과 나무와 교감을 할 수 있다. 사람한테 받은 상처는 자연으로 치유할 수 있다.

둘째, 2인 가족이 100만 원으로 생활할 수 있어야 한다. 도시에서 살기 어렵다면 시골로 가는 게 좋다. 시골에서도 100만 원 이상을 벌려고 하면 여유를 가질 수 없다. 생존에 필요한 최소 비용으로 살아보는 것이다. 사회적 지위와 체면을 유지하기 위한 비용을 없애고 자발적 가난을 선택하면 여유를 되찾을 수 있다. 생존에 필요한 기본 생활비는 생각보다 그렇게 크지 않다.

셋째, 교육에 대한 비용이 과한 것을 경계해야 한다. 학벌은 돈으로 살 수 있어도 교육은 돈으로 되는 것이 아니다. 자기 정체성이나 세계관이 정립되지 않았을 때 혼자 유학을 가는 것에 회의적이다.

넷째, 최소한의 먹거리는 자급자족한다. 텃밭을 일구어 부식은 스스로 마련한다. 차茶, 된장, 염색 등의 일을 배워두는 것도 좋다. 하루에 한 시간 이상은 걷거나 육체노동이 필요하므로 적절한 일거리를 찾는다.

다섯째, 비슷한 생각을 가진 사람들끼리의 네트워크를 갖는다. 각자의 사생활을 침해하지 않으면서 서로 정보를 나누고 격려하며 사는 이웃. 행복하게 살기 위한 필수요소다. 현재 그는 자신이 머무는 장성의 휴휴산방을 기점으로 세심원, 애일당, 무등산의 소요당, 나주의 죽설헌 등에 사는 사람들과 함께 삶의 정다움을 나누며 기대어 산다.

여섯째는 신풍류 개발이다. 악양 동천의 동네밴드처럼 놀이문화가 중요하다. 건강하고 즐겁게 시간을 보낼 수 있는 놀이가 있으면 가난해도 행복하다. 경쟁하지 않고 인생을 즐기는 여섯 가지 방법이다.

이런 신도가에 대한 생각을 더욱 굳히게 된 한 축으로 슬로우 라이프 운동을 하는 쯔다 신이치 선생을 언급한다. 그의 이야기에 조용헌은 큰 공감을 얻었다. 신도가는 삶의 양식을 바꾸기 위하여 경제 활동을 접고 농사를 하려고 들어오는 귀농자와 적당한 부를 축적하고 별장을 지니듯 교외에 쉴 곳을 두는 '살롱자'와의 중간급으로 생각하면 된다. 이념은 없지만 자본주의에 휘둘리지 않고 살아가는 삶의 한 방편으로 고민을 하고 있다. 아직은 머릿속에서 구상만 한 단계라 계속 거듭되는 조정이 필요하다고 한다.

"우리가 뭔 이념부터 헐 게 아니고, 우리가 산방부터 만들어서 왔다 갔다 놀기부터 하자니께, 너무 자기주장을 펴놓으믄 반박만 많고 말만 하다 끝나. 그에 대응하려면 피곤하자나. 우리 피곤한 거 질색이거든. 생각 있는 사람들이 일단 도시를 벗어나야 해. 풍류를 즐기기 위해 악기를 하나 다루믄 좋은데 기타가 적당하지. 음식을 먹으면서 정이 드니 소박한 음식 한 가지도 만들 줄 알아야 하고."

그의 말에 수긍이 간다. 상류층이 된다는 건 쉬운 일은 아니다. 하지만 행복 상류층이 된다는 건 그리 어려운 일이 아니다. 부자가 되는 건 마음 먹는다고 이루어지지 않지만 행복 상류층이 되는 건 의외로 간단하다. 지옥과 천당은 자기 마음속에 있다고 하지 않던가.

그에게 돈 있는 사람과 돈 없는 사람에게 어떤 차이가 있냐고 물었다. 그는 단호하게 '없다'고 잘라 말한다. 있는 사람이건 없는 사람이건, 사는 건 별반 다를 게 없단다. 돈이 없는 사람들은 돈만 있으면 크게 행복할 것이라고 생각하지만 사실은 그렇지 않다. 돈이 많은 사람은 돈이 없는 사람들이 다 불행하다고 여길지 몰라도 이 또한 맞는 말은 아니다. 문제는 마음. 마음이 지옥이면 돈이 있든 없든 그 사람은 지옥에 사는 것이다.

어떻게 살든 중요한 건, 몸과 마음이 건강한 것이다. 가장 평범한 것이 진리라는 말이 있다. 살다 보니 정말 밥 잘 먹고 잠 잘 자면 도인이다. 소인삼락이라고 했다. 경치 좋은 곳에서 맛있는 음식 먹으며 좋은 친구들과 벗하고 사는 삶. 그게 전부이고 최고의 삶이다. 사주팔자가 어떻든 그 이치를 깨달으면 90%의 운명 안에 갇혀서도 10%에 깃들어 있는 행복을 발견할 수 있고, 행복할 수 있다.

팔자는 성격이라고 한다. 성격 고치기가 죽기보다 어렵다는 말이 그
래서 나온다. 자신의 팔자를 바꾸라는 말과 같으니 얼마나 어려운 일이겠나.
팔자나 운명을 바꾸려면 세 가지 액체를 흘려야 한다. 피, 땀, 눈물이다. 이 세
가지를 한 바가지씩 뚝뚝 흘리다 보면 깨우치는 게 생긴다. 결과와 상관없이
얻게 되는 체념, 바로 그것이다. 피, 땀, 눈물을 통해 본인이 원하는 것을 얻었
든 못 얻었든 상관없이 어느 단계에서는 체념의 이치를 알게 된다.

체념은 도에서 왔다. 괜한 욕망으로 스스로를 담금질하기보다 지분知
分, 지기知止, 지족知足할 수 있는 마음. 스스로의 예지를 얻으면 누구나 행복
상류층이 될 수 있으리라. 결국 인생은 다 자기 몫. 사주팔자가 궁금했으나,
사주팔자가 좋든 나쁘든 무슨 상관이랴 싶다. 팔자도 내려놓으면 저대로 그
저 흘러갈 것이기에.

'우리 것'을 알아야 남의 것도 알지 ;

배우 **김명곤**

우리 시대의
큰 광대廣大

　어렸을 때 우리 집에서는 늘 국악 소리가 흘러나왔다. 아버지가 우리 가락을 좋아하셨던 탓에 조상현, 박초월, 안비취의 심청가나 흥부가 혹은 민요를 늘 들으셨다. 가요를 듣고 싶었던 나는 국악이 영 달갑지 않아 내심 빨리 끝나기만을 기다리던 기억이 있다. 그런데 이상하게도 나이가 들어갈수록 내 몸이 기억하는 우리 가락이 점점 좋아진다. 비단 나뿐일까?

　건강한 '우리 정서'가 밑바탕에 중심을 잘 잡고 있어야 다변화된 세상에서 흔들림 없이 자신의 정체성을 지키며 살아갈 수 있다고 강변하는 사람이 있다. 스스로를 광대라 부르는 김명곤. 그가 우리의 전통문화를 어릴 때부터 가까이 접해야 한다고 강조하는 이유다.

　배우 김명곤은 영화 《서편제》의 유봉으로 대중들에게 각인되어 있다. 《서편제》는 그가 임권택 감독의 요청으로 시나리오 작업에 참여하고, 주인공까지 맡아 판소리를 열창한 영화다. 한국 기네스북에 최다 관객동원

영화로 기록되어 있는 영화이기도 하다.《서편제》에서 김명곤은 오정해와 함께 우리 소리와 우리 정서를 누구보다 깊이 있게 표현해냈다. 우리 민족 정서에는 알게 모르게 한이 흐른다. 한이라는 정서는 단순한 울분의 감정이 아니다. 한은 정한情恨이라는 의미로 읽힌다. 정 때문에 커지는 슬픔이기도 하다. 체념과 그리움, 그것을 뚫고 나오는 여유와 풍자, 해학이 어우러진 신명, 이것이 우리의 전통적인 정서이자 멋이다.

김명곤은 노무현 정부 때 문화관광부 장관을 지냈다. 그는 김대중 정부 때 국립극장장을 맡아 이미 우리 문화를 더 적극적으로 알리도록 큰 틀의 방향을 잡기도 했다. 배우가 하루아침에 장관이 된 것은 아닌 거다. 문화관광부 장관이 되어 그가 가장 역점에 두었던 사업은 역시 전통문화를 살리는 일이었다.

대학 때 그는 고등학교 동기였던 괴짜 친구를 따라 우연히 김제국악원을 찾아간 적이 있었다. 그곳에서 하얀 모시한복을 입은 여자 선생님 밑에서 댕기머리를 땋은 소녀들이 창을 따라 부르는 모습을 처음 보았다. 그는 그 모습에 홀딱 반해버리고 만다. 소리도, 분위기도 매우 놀랍고 신기했다. 우리 전통문화에 대한 관심과 애정은 그 무렵부터 시작되었다.

친구는 하얀 모시한복의 국악 선생에 대한 이야기를 들려주었다. 왕년에는 창극단에서 주연도 맡았다는데 연애를 하고 아편을 해서 극단에서 나왔다고. 그래도 실력이 좋아 밥벌이로 아이들을 가르친다는 말을 전해주었다. 아름다우면서도 그늘이 깊어 보이는 선생님의 이야기는 그에게 너무나 흥미로웠고 신비로웠다.

_사진 자료 제공 김명곤

무엇보다 판소리에 한문이 들어간 대사가 많아서 평소 한문학을 좋아했던 그의 적성에 잘 맞았다. 그 후에도 혼자 몇 번이나 국악원을 다시 찾아갈 정도로 그는 판소리에 빠져들었다.

김명곤은 원래 서울대 사범대학교의 독어교육학과 출신이다. 그런데 2학년 때 친구 따라 우연히 들른 연극반에서 운명적으로 연극의 세계를 만난다. 그 후 그의 인생은 180도 달라졌다. 연극판에서 생활하면서 고생도 많이 했다. 오랜 세월 동안 폐병을 앓기도 했다. 하지만 아무리 가난하고 아파도 그는 연극 영화판을 떠나지 않았다. 국악에 대한 애정도 변하지 않았다. 김명곤의 인생에서 우리 전통소리는 빼놓을 수 없는 부분이다.

"전통은 우리가 우리 스스로를 아는 거예요. 요즘 세대 간의 단절이 큰 문제잖아요. 젊은 사람들은 민요나 판소리가 지루하다고 하고, 나이든 사람들은 힙합이나 랩을 못 알아듣겠다고 해요. 세대 간에 문화적 단절이 생긴 거죠."

그는 그 이유가 우리 문화에 대한 오랜 억압 때문이라고 말했다. 조선 시대에는 중국문화가, 일제강점기에는 일본문화가, 해방 후에는 서양문화가, 우리 전통문화를 억눌러 왔기 때문이라고. 우리가 어릴 때부터 우리의 소리를 자연스럽게 들으면서 자란다면 도중에 서양음악을 접하고 또 다른 여러 장르의 음악을 좋아하더라도 우리 음악에 대해 쉽게 거부감을 갖지는 않을 것이다. 모든 세대가 공감할 수 있는 전통음악이 있다는 것. 그것은 단순히 음악이 아니라 소통의 문제를 풀 수 있는 열쇠가 된다.

그래서 일부러라도 어린이들에게 전통소리를 들려주어야 한다고 생각한다. 문화관광부 장관 재직 시절에는 전통음악 분야에 인재를 키우려고 일찍부터 영재교육을 시작할 수 있게 했고, 대학교에는 전통예술진흥과를 만들었다. 일반 서민들도 부담 없이 즐길 수 있는 마당극이나 굿, 줄타기 같은 서커스도 예술의 한 장르로 보고 대중화시키려고 노력했다.

그가 '우리의 것'을 이렇게 사랑하게 된 것은 판소리가 그 시작이었다.

"대학 3학년 때 또 그 괴짜 친구 박영환이와 함께 단성사 앞을 지나게 됐어요. 길 가다가 우연히 박초월 국악전습소를 본 거예요. 우리는 곧장 전습소로 들어갔지요. 이 친구가 그 자리에서 다짜고짜 한 달 수강료를 대신 내주는 거예요. 그 바람에 인연이 되어 판소리를 익히게 됐습니다."

더 구체적으로 전통음악에 대한 관심을 발전시키게 된 계기는 첫 직장에서다.

"대학 때 우리나라의 설화, 민요, 민속에 빠져서 한문학, 국문학을 엄청 뒤져보고는 했지요. 그러다 폐병에 걸려 군대도 4개월 만에 제대하게 됐어요. 졸업 후에 생활고 때문에 부랴부랴 잡지사에 취직을 했지요. 그때 저는 빨리 돈 벌어서 가족들을 모두 서울로 데려오는 게 소원이었어요. 가난했던 고향 전주가 싫었죠."

대학 졸업 후 들어간 첫 직장은 잡지사 <뿌리 깊은 나무>였다. 그는 이곳에서 기자 생활을 하면서 자신의 꿈과 지향을 체계적으로 다졌다. 당시 100 대 1의 경쟁률을 뚫고 당당히 잡지사 기자가 된 김명곤.

<뿌리 깊은 나무>의 한창기 사장은 우리 문화에 대한 애착이 남달리 강했다. 잃어버린 우리 글 매무새에 대한 교육을 직원들에게 직접 가르칠

_사진 자료 제공 김명곤

나답게
 산다

정도로 열의를 보였고 내로라하는 작가들이 쓴 글이라도 우리 말씨와 맞지 않으면 여지없이 빼거나 고쳐버렸다. 아예 원고 청탁 때부터 이런 수정에 대한 사전 동의를 구하고 원고를 받는 것으로 유명했다. 그는 그 시절, 원고를 퇴고하는 일이 곤혹스러웠다고 회상했다. 그러나 그 과정을 통하여 우리 말에 대한 공부도 해나갔다.

<뿌리 깊은 나무>에서는 판소리 감상회도 있었다. 훌륭한 명창들의 판소리 완창을 70여 명이 들어가는 1층 회의실에서 열었다. 전통음악을 사랑했던 젊은이에게 그곳은 날개를 돋게 하는 황금 같은 시간이었다. 지금 생각해도 참 잊을 수 없는 공연이었다고 한다.

그때의 경험이 연극지망생에 불과하던 그를 한층 성숙하게 했다. 우리 전통문화 예술을 발전시킬 수 있는 토양을 만들고 싶다는 바람도 그즈음부터 생겼다. 그러나 안타깝게도 그가 오랜 꿈과 노력으로 대학교에 창설한 전통예술진흥과는 정권이 바뀌자 사라져버렸다. 어쩌면 그것은 단순히 학과 하나가 사라진 게 아니라 우리 정신의 근간이 밀려나고 소통이 단절된 것일지도 모른다.

그에게는 인생의 큰 스승이 몇 분 있다. 첫 번째 스승은 그의 아버지다. 부잣집 아들이었으나 두 번째 부인에게서 태어난 서자라 홀대받던 아버지는 우울한 청년기를 보냈다. 그러나 총명한 두뇌와 정신의 기백은 남달랐다고 한다. 아버지는 늘 김명곤에게 세속에 현혹되지 말라고 가르쳤다. 그 시대 아버지들이 그렇듯 다정다감하지는 않았지만 속 깊은 정으로 아들을 바라보는 분이었다.

그에게 더 깊은 사고를 하도록 가르쳐준 분은 고등학교 때 은사 박시중 선생님이다. 훌륭한 선생님은 학생들을 가르치기만 하는 것이 아니라 가슴에 불을 지른다고 했다. 한문 수업 시간에 처음 만난 선생님은 이태백이나 두보의 시를 알려주며 그의 가슴에 불씨를 심어주었다. 어려운 가정 형편으로 수업료를 제때 내기 어려웠던 그는 학교를 그만둘까 여러 번 생각했다고 한다. 그때마다 박시중 선생님과 함께 한 고전독서회 활동이 그의 마음을 다잡아주었다. 선생님은 그에게 학교를 다녀야 하는 이유였다.

교내백일장에 초나라의 노래인 <초사> 중에서 굴원의 어부사를 읽고 독후감을 써냈다. 이 일로 김명곤은 선생님과 더 깊은 인연을 맺을 수 있었다. 대학에 입학한 후에 청주 한 병을 사들고 선생님을 찾아가 밤늦도록 토론을 한 기억도 새롭다고.

마지막 한 명의 스승은 대학 때 만난 명창 박초월 선생님이다. 그는 어머니처럼 그를 돌봐주었다. 처음 괴짜 친구와 함께 전습소 4층으로 찾아갔던 날, 그날 그곳에서 김명곤은 운명처럼 조상현 선생님과 박초월 선생님을 만난다. 우연히 당대 명창들의 소리를 들으며 그는 더욱 판소리의 세계로 빠져들게 된다.

하지만 잠잘 곳도 없이 여기저기 전전하던 때라 교습비를 낼 수조차 없었다. 친구가 내준 한 달 치의 교습비가 전부였다. 더 배울 수가 없는 형편이었는데 스승들은 학원에서 머무를 수 있도록 그를 배려해주었다. 돈도 받지 않고 판소리를 가르쳐주었다. 나중에는 스승의 외아들 공부 과외도 해주면서 아예 한 집에서 살았다.

정이 많은 스승은 그를 살뜰히 챙겨주었다. 대학을 다니는 제자를 두었다고 아들 대하듯 챙겨주었지만 판소리를 배우는 동안만큼은 단호했고 엄격했다. 부족한 자신의 역량 때문에 스승은 마음고생도 많았다고 한다. 박초월 선생을 통해 그는 광대의 삶을 체험했고, 절제가 얼마나 중요한지도 알게 된다. 끝까지 기개를 잃지 않으려고 애썼던 선생의 말년을 생각하면 지금도 마음이 갈피를 잡을 수 없을 만큼 무겁고 쓸쓸하다고 한다. 누구를 만나는가에 따라 삶은 전혀 다른 각도로 흐른다. 또 새롭게 알게 된 것들을 얼마나 받아들이고 자기 것으로 만드느냐에 따라서 인생의 성취가 달라진다.

김명곤, 그는 숱한 사람들을 만나고, 그들에게 숱한 신세를 지면서 여기까지 왔다고 고백했다. 연극을 함께 했던 단원들만도 엄청난 수의 인연일 것이다. 연극으로 몸이 많이 상한 그는 잘 먹지도 잘 자지도 못했다. 그러면서도 연극 연습에 매달렸다.

폐병은 점점 더 악화되었다. 고생 고생하다가 할 수 없이 그는 고향으로 돌아갔다. 그래도 그의 어머니는 연극하는 아들을 한 번도 야단치지 않으셨다. 살면 살수록 그는 하루하루 더 어머니가 그립다고 했다.

가족들에게 너무 피해를 주는 것 같아 고향집에 더 있을 수가 없던 어느 날. 그는 아픈 몸을 끌고 지리산 상선암으로 향했다. 죽든지 살든지 한 번 그곳에서 병을 이겨보겠다는 마음이었다. 고등학교 때 고전독서회에서 여름수련회를 갔던 곳이었다. 김명곤은 내내 그때가 떠올랐다. 남학생과 여학생이 함께 처음으로 먼 길을 떠나 밤새 모닥불을 피우고 놀았던 풋풋한

나답게
산다

추억. 그 설렘과 푸름이 아픈 순간 더 간절히 그리웠으리라. 그때 그는 몸의 기력이 다해가니 좋은 추억이라도 그리며 세상을 떠나자는 비장함까지 품었다고 한다.

혼자 아픈 몸으로 지리산까지 가는 길은 멀고도 멀었다. 구례에서 내려 천은사를 거쳐 얼마나 더 올라갔을까? 나중에는 어떻게 갔는지 기억할 수도 없을 만큼 기진맥진이었다. 상선암에 도착하자마자 기절해버린 그를 그 절의 인정 많은 보살을 비롯한 여러 사람들이 보살펴주었다.

엉터리지만 소리를 한 자락 했다던 불목하니[1] 김 씨 아저씨, 로열젤리를 먹여주던 벌치기 청년, 무술연마를 위해 온 홍형. 여러 사람들이 피붙이도 아닌 그를 거두고 돌봤다. 덕분에 그곳에서 김명곤은 다정한 사람들과 함께 더덕을 캐며 좋은 공기를 마시면서 몸과 마음을 다독일 수 있었다. 그 따뜻하고 단순한 일상이 결국 그를 살려냈다.

몸을 추스른 후 그는 다시 연극판으로 내려갔다. 병이 들어 잠시 떠나 있었어도 결코 영영 떠날 수는 없던 연극판. 그는 평생 연극쟁이였다. 그 즈음 구례의 단소 명인 김무규 선생도 알게 된다. 그리고 이 모든 인연들이 이어져 영화 《서편제》가 만들어졌다.

그의 질긴 병마는 다시 연극하는 동안에도 내내 그를 괴롭혔다. 15년이라는 긴 세월 동안 그는 병마와 싸웠다. 늘 미열과 식은땀과 객혈에 시달렸다. 온갖 독한 약 때문에 얻은 위염은 특히 고질병이 되었다. 그러나 결혼

---

[1] 절에서 밥 짓고 땔나무하고 물 긷는 일을 맡아서 하는 사람

하고 2년 후 그는 그 긴 병마와의 고리를 완전히 끊는다. 정신을 살려준 많은 스승들과 더불어 자신의 삶을 지탱해준 한 사람, 바로 아내를 만난 것이다.

아내는 김명곤과 달리 성격이 매우 밝았다. 슬픈 감정이 들어도 바로 잊어버리는 초긍정의 성품을 지녔다. 처음에는 아내의 그런 성격이 놀랍고 의아하기도 했지만, 돌아보면 아마도 그 긍정의 힘이 자신을 살린 게 아닌가 싶다.

김명곤은 그동안 수많은 연극 대본과 영화 시나리오까지 직접 쓰고 연출하고, 배우로 출연까지 했다. 그 가운데서도 특히 기억나는 몇 작품이 있다.

대학 때 그가 처음 배우로서 무대에 올랐던 <선우교수댁>이란 작품. 큰아들은 전투경찰이고 작은 아들은 데모하는 학생으로 집안의 갈등을 그린 희곡이었다. 그에게 연극의 길을 가도록 불을 지펴준 작품이다.

그가 쓴 희곡 <격정만리>는 지만지(지식을 만드는 사회)라는 출판사에서 권위 있게 엄선한 우리 희곡 100선의 작품집에 실려 한 권의 책으로도 나왔다. <격정만리>는 그의 대표작이기도 하고 논란도 많이 됐던 작품. 서울연극제에 초청작이 되어 그가 만든 아리랑 극단에서 연습 중이었다. 그런데 이장호 감독이랑 영화《명자, 아끼코, 쏘냐》찍으러 러시아 다녀온 시점에 돌연 초청이 취소되었다. 극 중에 김일성의 <피바다> 연극을 연상시키는 장면이 있어 난리가 났다는 것이다. 일제강점기부터 한국전쟁까지 살다간 연극배우들의 이야기를 다루다 보니 극중극[2]이 나온 것뿐이었다. 그러

---

2) 연극의 기본 줄거리와는 별도로, 등장인물에 의하여 극 안에서 이루어지는 또 하나의 연극

_사진 자료 제공 김명곤

나 그런 변명도, 설명도 필요 없었다. 자유로운 창작이라는 게 허용될 수 없는 어두운 시간의 터널을 지났던 것이다.

그는 합리적인 사람이고 싶었다. 처음 국립극장장에 응모하고 선임이 되었을 때 보수적인 색채가 강한 단원들은 그를 마음속으로 거부했다. 그가 전국민족극운동협의회 의장을 했던 전력에 비추어 누군가는 그를 의심했고 누군가는 그를 비아냥거렸다. 전통을 중요시하는 사람이니 이제 모두 생활한복을 입고 다녀야 하는 것이냐고 조소했다.

예술의 잣대는 이념이 아니라 각자의 노력과 성과로 보는 게 옳다. 같은 단원이어도 사람의 생각이 다 같을 수는 없다. 어떤 조직이든 건강하려면 리더 한 사람에게 끌려가서는 안 된다. 그래서 단원들에게 다양한 작품활동을 인정하겠다고 그는 말했다.

"누구 눈치 보지 말고, 마당극도 하고 현대극도 하고 그러자고 했지요. 제가 누구보다 검열에 시달린 사람인데, 제가 리더가 돼서까지 검열하고 그러면 되겠어요? 권력의 독선을 저 또한 싫어했으니, 그렇게 하면 안 되는 거지요."

그는 늘 조심하고 반성한다. 괴물을 싫어하면서 괴물을 물리치겠다고 자칫 괴물과 같은 방식을 쓰는 어리석음을 범하지 않으려고 애썼다. 사람들의 우려대로 욕하면서 배운다고, 결국 괴물을 닮아갈까 봐 염려한다. 그러면 또 다른 괴물이 탄생하게 되는 거다. 그래서 그는 두려움을 느끼며 늘 자신을 경계한다.

김명곤, 그는 자신을 광대라고 부른다. 연극도 하고 대본도 쓰고 영화

배우도 하고 연출도 하고 판소리도 하고 학생들을 가르치기도 한다. 여러 가지 역할을 하지만 무엇보다 중요한 건 예술을 하는 사람이라는 것. 예술로 사람들을 감싸 안고 가야 하는 게 그의 가장 큰 역할이라 믿는다. 광대廣大는 크고 넓은 마음으로 사람들의 삶을 예술로 만들어내는 창조자이므로.

전통은 갑자기 생겨난 것이 아니라 오랫동안 축적되어 온 것이다. 전통은 사람을 사랑하는 일이기에 그는 여전히 꿈꾸고 여전히 노력한다. 여전히 무대를 기획하고 여전히 시나리오를 쓰고 여전히 연기를 한다.

어쩌면 조만간 우리는 제2의 서편제를 볼 수 있을지 모르겠다. 어느 자리에 앉아 있든, 높낮이를 재며 사람을 대하지 않는 배우 김명곤. 그는 종종 영화의 단역으로, 비중이 크지 않은 드라마의 조연으로도 나온다. 자신이 배우로서 열심히 살고 있음을 보여주어, 대중은 반갑다. 그를 통해 야생마처럼 들끓는 뜨거운 자유의 피가 우리의 가슴에도 전해지는 것만 같다. 그와 함께 모든 철벽들을 걷어내고 소통의 굿 한판이라도 벌이고 싶다.

2019년 1월 3일 초판 1쇄 펴냄
2019년 7월 15일 초판 2쇄 펴냄

지은이 신희지
발행인 김산환
책임편집 윤소영
영업 마케팅 정용범
디자인 윤지영
펴낸 곳 꿈의지도
인쇄 다라니
종이 월드페이퍼

주소 경기도 파주시 경의로 1100, 604호
전화 070-7535-9416
팩스 031-947-1530
홈페이지 www.dreammap.co.kr
출판등록 2009년 10월 12일 제82호

ISBN 979-11-89469-18-4 13810